新潮文庫

隠花平原

上巻

松本清張著

新潮社版

5629

隠花平原

上巻

それは「閑静」というきまり文句がつく住宅街といえた。渋谷から西のほうに出ている私鉄で十一番目の駅といえば、十年前まではまだ郊外の感じであった。今は、郊外の境界がずっと西のほうに移って、この駅を中心に商店街がつくられ、一帯はびっしりと住宅地が形成されている。空地も畑も目に入らなくなった。

このような地域には共通の特徴がある。一つは前からできている住宅街で、これは見るからにゆったりとしていて、古いが家は大きく、ひろい敷地を持ち、たいていコンクリートかブロックの塀《へい》で囲んでいる。塀の上には古びた樹《き》が出ている。道幅もひろい。

もう一つは、この四、五年来の建築ブームで、それまでの空地や畠《はたけ》をつぶして建てられた新住宅地である。目新しい設計の家だが、敷地がないので、せせこましい。たいてい法規上の建蔽《けんぺい》率を犯していて、隣と隣が接した密集地帯となっている。建売住宅区域は殊《こと》にそうだ。

こういうところは路《みち》がせまい。別に道路計画をした上で宅地造成をしたのではないから、前からの道に沿って家ができている。極端にいうと、畑の畔《あぜ》をひろげてそのまま道になった感じだ。中型車がすれ違いできるのがやっとで、ひどく曲りくねっている。横丁には小型車も入れない。

　駅の北側の奥が古い住宅地、南側の奥が新住宅地である。以前、ここは広い、黒土の麦畠であった。駅のあたりからは低地になっていて、しばらく行くと、また丘になる。武蔵野《むさしの》は起伏の多い地形である。助かるのは、この住宅地から見て、高地にその雑木林がところどころに残っていることだった。

　そこは駅から西に向って三つ目の踏切を南に渡った道に結んだ地点であった。踏切から五百メートルくらい低地に向って行くと、小さな川にかかった橋に出るのだが、それまでに西のほうへ行く分れ道がある。この道は彎曲《わんきょく》していて、結局はその川の端に出るのだが、このへん一帯も新しい住宅地で埋まっている。

　この道は川の傍《そば》にきて行止りだから、車はめったに通らない。もし、この道を通る車があれば、それは、その近所に住んでいる人の自家用車か、街から戻るタクシーかに限られていた。通り抜けられない道はトラックも走らないので、いつまでもきれいである。二年前に初めて舗装が出来たが、ほとんど荒れてはいなかった。

　その道はまた小さな径《こみち》をいくつも左右に出している。全部が私道で、家を建てた人が便利のため勝手につけたものだ。

　殺人死体は、その分れ道の、つまり、最初の私道を東寄に三十メートルくらい入ったところで発見された。

　このへんはサラリーマンがローンで建てた家がある。また、駅から歩いて十分という便利から、以前は個人の住宅だったものが、急にアパートに改造したのもあった。

発見は一月八日の夜十一時ごろであった。その近所に帰る鉄鋼会社の社員が、路の上に俯《うつ》伏《ぶ》せになっている男の姿を遠い街灯の光で見たのである。

会社員は、はじめ、その人が酔いつぶれて路上に寝ているのかと思った。正月が明けて間もないときだ。気軽にその人の肩を叩《たた》いた。茶色のオーバーで、生地《きじ》がいいとみえ、うすくて柔らかであった。

この路で寝ているからには、この近所の人だと会社員は判断した。しかし、近所でも交際はない。どこにどういう人が住んでいるのか、彼には分らなかったが、とにかく近くの人が酔いつぶれていると思うと彼は見過しができなかったのである。

それから、彼の指が何かねっとりとする冷たい液体にふれた。泥酔《でいすい》している相手だし、何か吐いたものにふれたのかと思い、顔をしかめてポケットからハンカチを出して手を拭《ふ》いた。血であった。

会社員はあわてて駆け出した。そこから交番までは駅のほうに引返して十分もかかるから、最初に家に駆け戻ったのは当然である。この変事をまず家族に報《し》らせて、少しでも自分が安心したかったのだ。

女房が顔色を変えて、電話で一一〇番に報らせたほうがいい、と云《い》った。会社員も初めてそれに気がついたのは、やはり動転していたのである。

「その人の顔を見たの？」

と、妻は訊《き》いた。

「いや、血が手についたから、そのままにしてきた。顔まで見ていない」

「ほんとに死んでるの？」

「あれだけ血が出ているんだから、死んでいるのかもしれない」

「どこから血が出ていたの？　だって背中にふれて血がついたのでしょ。それじゃ、肩かもしれないわね。刺されているの？」

妻は矢継早に訊いたが、会社員は何一つとして答えられなかった。

会社員が電話をかける傍で、家族がみんな起きて聞いていた。

「人が血まみれになって倒れているんです。死んでいるか怪我《けが》をしているか分りません。とにかく路に血まみれになって横たわっています。いま、それを見つけました」

「場所はどこですか？」

一一〇番の声はのんびりしていた。

「杉並区みどり町五丁目二六一番地です。わたしの家の近くだから、その場所の番地も多分同じだと思います」

「杉並区、みどり町、五、丁目、二、六、一、番地、ですね？」

一一〇番は実にゆっくりと一語一語を切って問い返した。春風駘蕩《たいとう》とした調子だった。あとで考えると、通報者の昂奮《こうふん》を静めるためかも分らなかった。

タクシー運転手の警察での供述。

「その客は新宿のコマ劇場の近くで拾いました。午後九時五十分ごろだったと思います。狭い横丁から出てきて、流してるわたしに手をあげました。いや、手をあげたのはバアのホステスで、その客に二人ほど女がついていました。別にそれほど酔っているとは思いませんでした。中に入ってから外の女に手を振っていましたが、みどり町に行ってくれと云いました。した。

今朝の新聞に出ている通り、茶色のコートを着ていました。それが何よりの特徴です。

車内では変った様子はなく、客のほうから話しかけてきました。暮はずいぶん忙しかったろうから、さぞ稼《かせ》いだろうね、と云うのです。いくらか酔ったような口ぶりで笑っていました。わたしも二、三話しましたが、今晩は新年宴会ですか、と訊いたとき、なに、それほどでもないが、三日ばかり前から会社が始まったので、今年初めて行きつけの店に行ったのだ、と云いました。何というバアかは聞きませんでした。

新宿からみどり町までは三十分くらいかかります。駅の近くに来て、これからどっちに入るのですか、と訊いたところ、その人は半分睡《ねむ》りかけていて、ふっと眼《め》を醒《さ》ましたように、その道を左に入ってくれ、と指示しました。その通り行くと、また睡りそうなので、今度はどっちに行くのですかと、絶えず訊くことにしました。駅から三つ目の踏切を左に曲り、それを少し行くと右に入るんだと、こんなふうに教えるので、その通りに走りました。

その町に入ると人通りがなく、どの家も寝静まっています。ずいぶん静かなところにお住まいですね、と云うと、家は建てこんでいるが、夜は静かなものだよ、と云いました。その曲った道を行くと、そこでいい、と云ったところで車を停《と》めました。時計を見ると十時二十分でした。わたしは車を停めると時計を見る癖があるので間違いはありません。日報にもその時間が書いてあります。客は財布から料金をとり出しながら、自分の家はまだ、この横丁の路をずっと奥のほうに入ったところだが、車が入れなくてね、ここからは歩かなければならないと、こぼしていました。

わたしが、この道を真直《まっす》ぐに行けば甲州街道《かいどう》に出られるのですか、と訊きました。大体の方角はそんなふうに思えたからです。すると、その客は、いや、この道は行止りで、どこへも行けない、と云いました。じゃ、バックしなければいけませんね、と云うと、そうだね、と答えていました。

客は料金を払うと、どうもありがとう、と云って降りて行きました。茶色のコートの背中は別に酔っているふうでもなく、左手に黒っぽい書類鞄《かばん》を提げてその横丁の狭い道を歩いて行くのが映りました。しかし、わたしはすぐ車を出してバックしたので、その人の姿はそれきりしか見ていません……バックですか。そうですねえ、そこから五、六メートル行ったところにまた狭い路地があったから、そこに車を入れてもとの道に戻ったのです。そのとき、さっきの客が入って行った横の細い路をチラリと見ましたが、その人の姿は分りませんでした。ほかにも人影は無かったと思います。ほんの一瞬間だけの印象ですが。

帰るときも来た方向に戻りましたが、途中でほかの車には出遇《であ》いませんでした。駅までくると広い道路に出ますから、ここで初めてほかの車の流れに入ったのです。別に変な車は無かったと思います」

被害者、太陽相互銀行につとめる依田《よだ》徳一郎が現場で殺されるまでの経過は、タクシーの運転手の届出どおりであった。

依田が出た店は歌舞伎《かぶき》町の「白鳥」というのである。彼をタクシーまで送ったのはその店のママと若い女の子だった。彼女たちの話では、依田は店によくくる客で、わりあい賑《にぎ》やかなほうである。同僚や部下を誘ってくることもあるが、ひとりでくることもある。

太陽相互銀行というのは渋谷のほうにあった。だが、店の話だと、依田はそこだけではなく、渋谷にも行きつけの店が二、三軒、新宿ではもう一軒くらいあったという。

タクシーの運転手の話だと、彼が依田をその道で降ろしたのは午後十時二十分ごろであった。会社員が死体を見つけたのは十一時ごろだから、約四十分の間に殺人が行われたことになる。あとの死体解剖で判《わか》ったことだが、後頭部を鈍器様のもので強く攻撃され、その部分は頭蓋骨《ずがいこつ》が陥没していた。もちろん、即死である。この鈍器様のものという攻撃道具について解剖の監察医は、たとえば、金槌《かなづち》の大きいもの、あるいは手斧《ておの》の背のようなもの、という表現を用いている。

被害品は無かった。財布には一万二千円がそのまま入っている。黒革の書類鞄の中には銀行関係の書類も入っていたが、これは全然手がつけられてなかった。

依田徳一郎の家は、その路を入って約五十メートルのところで、発見者の会社員の家とはあまり離れていなかった。

依田徳一郎の妻真佐子は、その晩、夫の帰るまで待っていた。徳一郎は三十六、真佐子は三十一、五つになる男の子が一人ある。

徳一郎はめったに早く帰宅したことはなかった。酒はそれほど呑《の》めないが、賑やかな場所が好きなほうで、必ず誰かを誘ったり誘われたりして呑んでくる。だが、たいてい九時か十時までには戻った。もっとも、暮と正月はずっと遅い時間がつづいている。真佐子が警察から急報を受けたのは十二時近かった。うかつだが、すぐそこで夫が殺されているとは知らなかったのだ。このへんは八時になると、ほとんど人が通らない。各戸も表を暗くし、奥のほうに引込んでいる。

警察が報らしてくる前にパトカーのサイレンが近づいて来て、家の近くで鳴り止《や》んだくらいは知っていた。が、まさか、それがわが身に関係していようとは分らなかった。警官は殺された人の上衣《うわぎ》から名刺が出たのを見て、それで彼女を呼びに来たのである。むろん、死体確認のためだった。

解剖のために死体が警察の車で持去られたあと、真佐子は刑事からいろいろな質問を受けた。現金や重要な書類が紛失していなかったので、当然、殺人の原因は怨恨《えんこん》関係に求められる。警察の質問は、そういう点に絞られた。

真佐子は、いっさい覚えがないと云った。主人はむしろ人が愚直というくらい善良だと云った。だが、彼女も思いがけないことに出遇った直後の衝撃で、言葉の前後が整っていなかった。刑事はひと通り質問した上で、翌日彼女が落ちつくのを待って再びたずねることにした。

さて、現場だが、翌朝早くから現場付近を捜査したが凶器は見当らなかった。昨夜もひと通りそのへんを捜して発見出来ていないので、犯人が持去ったものと思われた。しかし、これは検視の鑑識係もあとの解剖医と同じ意見を述べたことだが、金槌様のものだとすると、そのままムキ出しで持帰ったのではあるまい。鞄の中に入れるか、何かに包むかして運んだであろう。もし、そうでなかったら、近くから車で逃走したとき、車内にかくしていたということも考えられる。

そこで付近一帯の地面を捜してみたが、いくら自動車が通らないとはいえ、近所には自家用車で通う人もあるし、よそから用事でくる車もあるので、その跡は無数についている。タイヤの痕跡《こんせき》からは手がかりはつかめなかった。

凶行が夜の十時二十分から十一時ごろの間とすれば、近所で車の音を聞いた者があるかもしれない。その聞きこみをおこなったが、その時間、二、三台ぐらい車の通過する音は聞いたが、そのへんに停止したという気配はなかったという。やっと一台停った音を聞いたという証言を得たら、それは被害者の乗ってきたタクシーのことであった。

犯人がそこから歩いて駅まで行き、電車に乗った可能性も考えられる。当夜、その時刻、改札に勤務していた駅員や駅前の店などに聞いてみた。十時すぎから十一時までは電車が二十分おきで三本その駅から発車していた。時刻が時刻なので どの電車も乗客は僅《わず》かであった。その中に鞄を持ったり包みを持つ人には気がつかなかったという駅員の返事である。

妻の真佐子の昂奮がおさまってから、係官の事情聴取がはじまった。主《おも》に殺された徳一郎の交遊関係だった。妻は知っている限りその人名を述べたが、ほとんどが勤《つとめ》先の関係だった。次には、云いにくいことだが、と前おきして真佐子に女性関係のことが訊かれた。彼女は、その心当りは無いと、はっきり云った。

警察では勤先の太陽相互銀行について徳一郎の事情を調べた。彼はそこの整理課長である。仕事は主として貸付金の焦《こ》げつきの取立てや、担保物件の取得などだった。調べた刑事は聞き耳を立てた。その仕事はとかく他人から怨恨を買いそうだからだった。

一方、徳一郎がよく行っていたバアが調べられた。殺害された当夜、タクシーに乗る前にいたという新宿の「白鳥」をはじめ、渋谷など五、六軒から聞きこみがおこなわれた。主として店の女の子との関係である。捜査員はどんな些細《ささい》なことでもメモしていた。

捜査は難航した。

タクシーを降りて家に帰って行く相互銀行員の後から、だれかが彼の後頭部を「金槌か、手斧の背のようなもの」で滅多打ちにして逃げたのである。犯行はまことに簡単であった。知能を必要としない、だれにでもやれることであった。

しかし、そのあまりに明々白々な、単純な凶行のゆえに、捜査は難航したといっていい。手がかりは何一つ得られなかった。

こうして一週間ほど経《た》った。新聞記者に詰寄られて、所轄《しょかつ》署におかれた捜査本部では苦りきっていた。

被害者の交遊関係は広い。仕事の上でも無数に知合いがある。過去三カ年間の取引関係だけでも、それが客と銀行員という立場を別にすれば、すべて彼の知人ということができる。また銀行関係も、その銀行の支店を含めると決して少なくはない。しかし、いずれもがただ銀行内だけのつき合いか、せいぜい呑み友だちぐらいで、深いものは何も無かった。要するに、被害者は浅く広い交際範囲であった。もっとも、その広い範囲の中に今度の殺人事件の意外な動機が潜んでいれば別のことである。

飲み屋も彼は普通の客で、別に女の子と特殊な関係にあったという話は取れなかった。依田徳一郎は、賑やかに呑み、賑やかにしゃべって出て行くほうである。彼は猥談《わいだん》が好きだった。そんな程度なら、すべての客と店の女とを疑わねばならぬ。もっとも、だれも知らない秘密の関係が出来ているなら別である。――

捜査本部の努力にもかかわらず、日がたっても有力な被疑者があがってこなかった。するると、死体を発見した近所の会社員が再び疑われた。彼は前に一度調べられたことはあるが、捜査が行詰ると発見者に念押し的な嫌疑《けんぎ》が戻ってくるのは、こうした場合の当局の常らしかった。

被害者を乗せたタクシーの運転手の場合もそうだった。彼が事件の翌日、新聞を見たといって警察署に事情を述べに来たことも捜査本部に再取調の必要を感じさせた。届出が早すぎたことが、かえって疑われたのだった。あまりに早急に警察に協力するのも考えものである。

一体、犯人は、依田徳一郎がその時刻、その場所に戻ってくることを知って前から待伏せしていたのであろうか。
捜査本部に呼び出された運転手は、こんな訊問《じんもん》を受けた。
問「君が、その被害者を新宿から乗せて現場に行くまで、うしろからずっと尾《つ》けてくるような車はなかったかね？」
答「駅前の通りまでは何台も車がつづいて走っていましたから分りませんが、あの道に入ってからはわたしの車だけです。あすこは行止りの道ですから、そういう尾行車があればすぐに分るはずです」
問「しかし、現場まで尾いてこなくとも、たとえば、踏切を過ぎて、途中の分れ道のところまでうしろから来たという車も考えられないではないからな」
答「そういう車はありませんでした。わたしは、あの踏切を渡って一台も車が通ってないので、ちょっと寂しいような思いをしたのを覚えていますから」
問「君が新宿からその客を乗せて現場にくるまで、途中でその客がだれかを乗せて、またどこかで降ろしたということはないかね？」
答「そういうことはありません」
問「よく考えてごらん。君の思い違いということもあるから」
答「いくら考えても、そんなことがあればすぐ分ります。お客とずっと話していましたから。それに、駅の近くになると、お客は睡りかけていて、わたしが方向を訊くためにときどき起したくらいです」

　ここまでくると運転手も、係官がどうやら自分が犯人を被害者といっしょに車に乗せたように考えているらしいと分った。彼は口を尖《とが》らして間違いのない事実を強調した。

「それなら、もう一度、その客を乗せて現場に送ったときの様子を話してごらん」

　運転手は、その通りに述べた。こうして同じことを繰返してしゃべらせるのは、ちょっとした食い違いや矛盾から追及するつもりだろうと、気づき、なるべく云いそこないのないように気をつけて話した。いくら本当のことを話すにしても、そんな意識に妨げられると、話方も硬《かた》くなってくる。運転手は途中で何度も唾《つば》を呑んだ。

「車の中で、そういう話以外に何か変ったことは云わなかったかね？」

「別に」

「君は、殺された依田という人を初めて見たのだね？」

「もちろんです。全然知らないお客さんです」

　それから係官は、タクシーを停めて引返すときにヘッドライトの光がその付近をひと回り照らしたはずだが、何も見なかったのか、と念を押した。運転手は、前と同じように首を振った。

「帰り車だが、君はどこで次の客を拾い、どこまで行ったかね？」

　係官は、どうやら彼がその帰り車に、凶行を終えた犯人を乗せたように疑っているらしかった。運転手は警察の想像力におどろいた。

「渋谷まできて初めて客を拾いました。みどり町などからでは、あんな時刻、都心のほうに行く客なんかありませんからね」

「その人をどこまで送ったかね？」

「港区の二本榎《にほんえのき》まで行ってくれというので送りました。日報にちゃんと書いてあります」

「客は？」

「バアづとめの人らしく、二十四、五ぐらいの女の人です」

「その女客と何か話したかね？」

「いいえ、向うは黙って煙草《たばこ》を吸っていましたから何も話しません」

運転手は初めて自由になった。

死体発見の会社員の場合はこうである。

問「あなたは依田さんとは親しいのですか？」

答「いいえ、顔を見たことはありません」

問「しかし、依田さんはあなたの近所じゃありませんか」

答「いくら近所でも知らない人はいっぱい居ます。それに、ぼくは二年前にこちらに引越してきましたから、以前から住んでる人は、ほとんど分りません」

問「依田さんは一年前にそこに引越したそうですよ。あなたより一年後です」

答「いや、分りません。実は二、三軒隣の近所の方でもろくに知らないのです」

問「それはおかしいですね。依田さんも勤人だし、あなたもサラリーマンです。会社の行き帰りにあの道で出遇うということはなかったですかね、一年間にですよ」
答「どんなにおっしゃっても、ぼくは依田さんにお遇いしたことはありません。第一、依田さんという方が近所に居らっしゃることだって知らないので、死体を発見したときも、あの路地を歩いて酔いつぶれたのだろうと思い、それなら近所の方だろうと考えたくらいですからね」
問「あなたの町内には、町内会とか、何かの用事で集るということはないのですか？」
答「一度もありません。町内会なんて、そんなもの、顔を出したこともありません」
問「どうしてです？」
答「ちょっとした空地にだんだん小さな家が建って、そこに人が入ってくるという状態ですからね。建売も多いし、どうせサラリーマンばかりで、勤人は職場で煩《わずら》わしい人間関係に神経を摩《す》り減らして戻りますから、近所づき合いまではご免だという気持があります」
問「あなたは、どうしてタクシーで帰宅しなかったんですか？」
答「冗談じゃありませんよ。日本橋からあすこまでタクシーで飛ばしてごらんなさい。千円は軽く超えますよ。ぼくの給料はどのくらいだと思いますか？」
問「いつも電車でお帰りですか。どんなに遅くなっても？」
答「いくら遅くなっても電車に間に合うように帰っています。刑事さん、ぼくは警察に協力したんですよ。事件発生の通報者ですよ。それなのに、そんなに疑われちゃ立場がありませんね」

捜査本部では依田徳一郎殺しにあくまでも怨恨関係、女性関係の線を棄《す》てなかった。凶器は金槌様のものであった。もし、監察医のその推定が当っているなら、そうした凶器は犯人が用意してきたものとみなければならない。凶器でも刃物だとか、紐《ひも》で絞殺したとかいうのだったら、普通よくある殺人だが、金槌だと、そこには被害者に対する怨恨がみられる。犯人は、不意に被害者のうしろを襲って、金槌様のもので後頭部の頭骨《とうこつ》が陥没するくらい滅多打ちにした。単純な動機では、こんな残虐《ざんぎゃく》なことはしない。

次には、現場は行止りの道から入った私道だった。つまり、そこは用事のある者しか通らない特殊な場所であった。通りがかりの者が知っている道ではなかった。だから犯人は、その男が帰るのを狙《ねら》って陰に身をひそめていたことになる。強盗でないことは金品の被害が無かったことでも分った。それで、警察ではしつこく被害者を乗せたタクシーの運転手と死体の発見者とを調べたのだ。多少の疑いも持った。また、それ以外に、彼らが前に言い落としたことや、もう一度話を聞いて、新に思い出すちょっとしたことなどから、行詰った捜査のヒントを摑《つか》もうとしたのだった。

依田の妻真佐子もずいぶん調べられた。

当夜、真佐子は五つになる子供と二人だけで家に居た。彼女はパトカーのサイレンを聞いても出て来なかった。近所の人はあわてて寝巻のまま飛び出して来た人もあったくらいだ。

また、真佐子は、とかく夫の帰宅は遅いと云っていたが、それでも十一時すぎになれば夫の帰りが気になっていたはずだった。パトカーのサイレンでおどろかなかったというのは妙であった。

そんなことから、彼女はだいぶ厳《きび》しく追及された。疑われたと知って彼女は泣き出した。刑事から、お宅に金槌はないか、と訊かれたときは口も利《き》けなかった。

被害者は保険にかかっていたが、その額は殺人の嫌疑をかけるほど多額なものではなかった。勤人ならだれしもそのくらいは入っていそうな保険金額だった。

親戚《しんせき》関係も詳しく訊かれた。

彼女には修二という二十九歳の弟がいた。中野のほうに住んでいる洋画家である。そこで早速、夫と弟の仲を詳細に質問された。

このように捜査本部が一見地道なようで基礎的な捜査をいつまでもつづけているのは、捜査自体が完全に行詰っていたからだった。

事件が起った直後には、捜査本部の置かれた所轄署の前に新聞社の社旗を立てた車がおびただしくならんでいた。捜査本部の主任は「犯行は単純だから犯人はすぐに挙がる」と報道陣に自信ありげに答えていたが、次第にその口は重くなった。

「動機はどう見ていますか？」

と最初のころに訊かれた捜査主任は、

「怨恨だ。ああいう犯罪は怨恨に決っている」

と言い切ったものだった。

「怨恨といってもいろいろあるが、金銭関係かね、女関係かね、それとも家庭の事情かね？」

記者連中に訊かれて、

「その三つのうち、どれかが当っているよ」

と、主任は自信を秘めて空とぼけた様子を見せていたものだが、だんだん、三つのうち、どれになるか分らなくなってきたようだった。

太陽相互銀行の行員は落ちつかなかった。いちいち当夜の行動を訊かれるのである。真直ぐに家に帰るか、途中でひっかかっても証明出来るような者の場合は幸いだった。曖昧《あいまい》な者は追及された。プライバシーの侵害にあわてる者も出てきた。

行内には派閥らしいものがあって、抗争みたいなものが無いでもなかった。これはどこの会社でもそうだからなんでもないといえたが、この場合はまことに厄介《やっかい》であった。日ごろから依田徳一郎と反目している者や、仲違《なかたが》いしている連中は恐慌《きょうこう》を来した。

また、依田徳一郎が、その仕事の上で関係をもった取引先も入念に調べられた。依田は整理課長として長期に延びた未回収の貸付金を取立てたり、押えた担保を銀行に取上げたりする、いわば憎まれ役であった。

だから、取引先とはいろいろトラブルも起しているだろうし、憎悪《ぞうお》も買っているに違いなかった。捜査本部では、この点に重点をおいた。

調べてみると、たしかに依田はそうした面で紛争を起していた。なかには銀行の側に忠実な依田を面罵《めんば》したり、喧嘩《けんか》をしかけた者もあった。

そのことでは捜査本部もかなり綿密に関係者のアリバイなどを取った。しかし、これも結局はキメ手にならなかった。疑わしい人物はいたが、決定的なことが打出せなかった。

依田はどちらかというと、仕事の上では、相手が激昂すればするほどおとなしく、しかし、粘り強く出るほうで、これはどの取引先も仕事だからやむを得ないと云い、人間はいい人だと認めていた。

捜査本部の置かれている所轄署にくる報道関係の車がだんだん減ってきた。捜査が長引き、迷宮入りの気配が濃厚になってくると、新聞社も興味を失ってくる。

事件発生後早くも一カ月が経った。捜査本部は縮小されることに決った。

捜査本部には警視庁から捜査一課の係長が応援に来ていたのだが、結局、サジを投げた結果となった。事件以後久しぶりに各社の車が所轄署に集った。本部から各社に今日までの捜査経過を発表すると通知したからである。

「われわれの努力が足りなくてまことに申訳ないことになった。捜査員は日夜不眠不休で事件解決に努力したのだが、遂《つい》に決め手を得るに至らなかった。それで、ひとまず捜査本部を縮小し、今後は所轄署で二、三名の専従員を置き、永続的に地道な捜査に当ることになった」

捜査本部のスポークスマンである本部主任は、そう記者団に発表した。

「いま決め手がつかめないというお話でしたが、物的証拠は無くとも疑わしい人物は浮んだということですか？」

記者のなかで質問者があった。

「そういうことです。現在は戦前と違い、情況証拠だけでは逮捕できないので、有力な物的証拠を握らない限り逮捕状を取ることができません」

本部主任は浮かぬ顔で答えた。

「それは有力な物的証拠が無いというだけで、本部では本人を十分に取調べられたのですか？」

「もちろんです」

「一体、殺人の動機は何ですか？」

「怨恨関係には間違いはない。しかし、被害者の依田氏は、その職務上、かなり人とトラブルを起しているようです。また、社内の複雑な人事関係も多少はある。同氏は酒が好きで、バアなどで相当派手な遊び方をしていたらしい。その線からの女性関係ということも考えられないではない。怨恨関係を、そうした面から捉《とら》えてずいぶん捜査した。しかし、いまも云ったように、これという決定的な事実が出なかった」

「女性関係といわれたが、そこから数人の容疑者は浮んで来たのですか？」

「容疑者は浮んだが、どうしても裏づけが取れなかった」

本部は新聞社に経過を発表して事実上解散した。

捜査本部の解散は侘《わび》しいものである。犯人を挙げたときと違い、幹部が捜査員たちの労苦をどのようにねぎらっても、通夜《つや》の感じであった。

茶碗酒《ちゃわんざけ》一杯にしても、少しも気が浮立たなかった。挫折《ざせつ》感と敗北感とが陰気に支配していた。

翌日の朝刊は、みどり町の課長殺しが迷宮入りとなったことを報じた。そこには、こういう記事がつけ足されてあった。

「被害者には取引関係や女性関係で怨恨説が濃厚だったが、遂に捜査本部はそのキメ手をつかむに至らなかった」

その日、被害者依田徳一郎の妻、真佐子の弟修二が姉を訪ねていた。

「姉さん、今朝の新聞を読んだかい？」

修二は、ボサボサとした長い髪を掻《か》き上げて訊いた。髪や服装を見ると、名前の売れない画家と合点できる。

「読んだわ」

真佐子は俯向《うつむ》いた。

「ひどいな。兄貴が殺されたのは女性関係の怨恨だと書いてあったな。姉さん、そんな気配が兄貴にあったのか？」

「そんなことはないわ。そりゃバアなんかが好きなことは分っていたけど、特殊な女性とどうだったというようなことは絶対にないわ。そんなことはいくら隠していても妻には分るもんだわ」

「ぼくもそう思う。あの記事は捜査本部から聞いて書いたのに違いないが、結局、犯人が分らなかったため、ああいう発表の仕方になったと思う。いわば警察の面目で、何もつかめなかったというよりは、線はつかんだが裏づけができない、いまは証拠第一主義だから逮捕ができなかったという言訳だろうと思うな」

修二は使い古したパイプをくわえ、座蒲団《ざぶとん》の上にあぐらを組んでいた。

「あの記事が出て、わたしも口惜《くや》しいわ。亡《な》くなったあの人が他人から変な眼で見られると思うと、わたしまで恥ずかしいわ」

「そりゃそうだ、姉さん。ぼくは警察に行って、ひとつ詰問《きつもん》してみようと思うよ」

「え、あんたが?」

「ぼくだって黙っていられないからな。もし、捜査本部が言訳のためいいかげんなことを発表したのだったら、こりゃ抗議する必要があるよ」

修二は眼を閉じ、パイプから煙を吐いていた。

山辺修二は、所轄署に行った。彼は入ったところで立止りながら、眼をうろうろさせた。細長いカウンターの前には制服や私服をきた警官が、銀行の出張所か村役場のように、机にかがみこんで執務しているので、この用件をどこの窓口に持込んでいいか迷った。

執務中の警官たちも妙な眼つきで、短かいコートの前をはだけて赤いシャツを露《あら》わし、パイプを口にして立っている髪の長いこの男をチラチラとぬすみ見していたが、誰も先に声をかける者はなかった。絵描《えかき》というので少々勝手が違ったとみえた。

結局、山辺修二が歩み寄ったのが、交通係の前だった。

「お伺いしますが」

「はあ」

交通係は首をあげたが視線が、修二の無精髭《ぶしょうひげ》を正面に眺《なが》める位置になった。

「事件捜査の事情を聞くのは、どちらへ行ったらいいですか？」

「捜査の事情？」

交通係は怪訝《けげん》な顔をした。

「一体、どういう用ですか？」

一般市民、特に絵描が捜査の事情を聞きにくるというのが警官には見当違いに思われた。

「実は、一カ月ほど前に、この先のみどり町五丁目の二六一番地で人が殺された事件のことですが」

「はあ」

交通巡査はすぐに眼を別なところに走らせた。そこは捜査課で、ひと群の係員が机に坐《すわ》っていた。折から外来者はこの画家だけであったから、話声は向うにも筒抜けに聞えていた。

交通係が教えるまでもなく、その捜査課から一人の私服が椅子《いす》を起《た》ってカウンターの前に近づいた。

「どうぞこちらへ」

手招きされたので、修二は云われるほうへ歩いた。

「いま伺ったのですが、あの事件で何か……？」

痩《や》せた三十くらいの男だった。

「はあ。新聞で読んだ警察の捜査のことで……」

修二はパイプを口から放して云った。

「あなたは、あのご近所の方ですか?」

「違います」

「では、事件の関係者に近い方ですか?」

「はあ。殺された人の義弟です。姉がその人の女房ですから」

捜査係の私服は返事をしないで、机の列の正面に坐っている四十年配の男のところに相談に行った。彼は何か耳もとにささやいていたが、正面の男は修二のほうをのぞいてうなずいた。

「ま、どうぞこちらへお入り下さい」

さっきの男が戻って横手のほうへ修二を誘導した。そこにカウンターの開閉戸があった。

修二はその事務室に坐らされたのではなく、案内されたのはその奥の暗い通路を通って入った、殺風景な部屋だった。貧弱な机と椅子があるだけで、見た眼の潤《うるお》いといえば机上の菊《きく》の一輪ざし一つだった。迂闊《うかつ》な者でもここが取調室と気づく。

修二がその椅子に坐ってパイプの煙をつづけて吐くまでもなく、うしろのドアから、さっき机の列の正面に坐っていた男が入ってきた。

「やあ、わざわざどうも」

と、顔のまるい、眉《まゆ》の濃いその上位の男は、修二の真正面に机を隔てて坐った。

「ぼくはこの署の捜査課の係長をしている白石という者です。わざわざどうも」

相手は頭を下げたが、丁寧で、しかも勢こんだ顔つきだった。

「まず、あなたのお名前を伺わせていただきましょうか」

係長は、彼に眼を据《す》えていんぎんに云った。

「山辺修二といいます」

彼は名刺は持っていないと云った。

「お見受けするところ絵描さんのようですが?」

「そうです」

「油のようですね。失礼ですが、抽象画のほうですか?」

「いや。……具象です」

「なるほど。近ごろは抽象ばかり流行《はや》ってるので、まだお若い方だから、てっきりアブストラクトだと思っていました。失礼ですが年齢は?」

「二十九」

「この前の事件で亡くなられた方の奥さんの弟さんだとおっしゃったようですが、そうですね?」

「はあ。それについて……」

「ちょっとお待ち下さい。ご住所は?」

「中野の城山町××番地です」

「ご家族は？」

「独身ですよ」

「なるほど。絵は前からずっとやってらっしゃるんですか？」

「はあ。美術学校を出てからずっと……」

「どこか団体に所属していらっしゃるんですか？」

「刑事さん、いや、係長さん、ぼくは捜査についてお伺いに来たんですよ。それに、そういうおたずねが必要なんですかね？」

「こういう場合、一応伺うことになっています」

「こういう場合とおっしゃると？」

「事件に関係して何か通報を持ってきて下さる方には、一応身元をおたずねすることになっています」

修二は黙ってパイプをくゆらした。不機嫌《ふきげん》そうな顔であった。違うんだ、という表情だったが、渋々云った。

「団体は大濤《だいとう》画会。会員だが、自慢ではないけれど、まだ一度もめぼしい賞を取っていません。だが、幸い、ぼくのような下手糞《へたくそ》な絵でも買取ってくれる奇特な画商がいるので、生活は貧乏でも特に窮乏していません。殺された依田徳一郎の妻、真佐子の二つ下の弟です。本籍は長野県上伊那《かみいな》郡高遠《たかとお》町××番地……このくらいでいいですか？」

係長は、どうもありがとう、と云ったあと、どういうお話を伺えるのか、と訊いた。

「新聞に出た捜査本部の談話ですがね、あれについてお伺いに来たんです」

修二は、ちょっと耳に垂れかける髪を小指で掻き上げて云った。

「待って下さい。あなたは何か、この事件で有力な情報を持って来ていただいたのではないのですか?」

まるい顔の係長は当てが違ったように絵描の眼を見つめた。

「そんなものがあれば、こちらでお聞きしたいくらいですよ」

「ははあ」

係長は失望を示した。いままでの愛想のよかった態度が急速に消えた。

「係長さん、おたずねしてもいいですか?」

修二がパイプを手につかんで訊いた。

「どういうことですか?」

「新聞に出た捜査本部の意見によると、義兄が殺されたのは、彼が日ごろから女関係があって、その怨恨に因《よ》るのだとありましたね。それには、たしかな裏づけがあってのことですか?」

「捜査本部としては出来るだけこの事件の解決のため情報を収集していたのです。ですから、いいかげんなことは発表しませんよ」

係長は全く無愛想な口調になって云った。

「その点を伺わせていただきたいのです。姉がひどく悲しんでいますからね。まあ、どこの女房も、亭主は自分をいちばん大事にしてくれると信じこんでるわけですが、今度の捜査本部の発表は姉にたいへんなショックです。義兄が殺された上に、女関係まで新聞に出たものですからね。第一、近所や、知った人に対して顔向けができないと云ってるんですよ。それで、ぼくも多少は義兄の性格や私生活を知っているのですが、ぼくにも彼の女関係のことがピンとこないのです。そりゃ、彼はバアにも出入りしていたようだし、酒が好きですから、そういう店の女の子をからかったことぐらいはあるでしょう。しかし、人に恨みを買って殺されるような因縁《いんねん》をつくるほど深い関係を結んだ女は一人もないと信じるんですがね」

「あなたのお気持は分りますがね」と係長は椅子に身体を起して云った。「だが、われわれのほうとしては、まだ、その資料を全部発表するわけにはいかないんです。たとえ、被害者の近親のかたでも、それは出来ませんな。捜査本部は解散しても、事件の捜査は継続されているんですからね」

「そうすると、義兄に女関係の線はあったというわけですね?」

「まあ、無いとはいえないでしょうな」

「ところが、あの発表を読むと、もう一つ、義兄の取引関係とか、銀行内の派閥関係うんぬんといったものがほのめかしてありますね。あの点はどうですか?」

「それもわれわれの収集した材料の中にあるわけですな」

「義兄は整理課長として、焦《こ》げつきそうな貸付金の取立てや、押えた担保の処分などに当る役目でした。しかし、彼はいつも姉やぼくなんかに云っていましたが、そう無理な取立てはしていません。大体が気の弱い人でしてね。ぼくらから見ると、むしろ善人すぎるくらいでした。その彼が取引関係で怨恨を買い、殺されたということが、どうもぼくらにはピンとこないのですよ。これもどういうことか教えていただけないのですか？」

「残念ながら困るんです」

「そうですか。では、銀行内の派閥争いというのはどうですか？」

「やはりお教えするわけにはゆきませんね」

「と、その線も、殺される原因に考えられるというわけですか？」

「決定的ではありませんが、われわれとしてはあらゆる線を想定していろいろ捜査してるわけです」

「係長さん、それは少しおかしいですね」

　と、修二はパイプを一服吸ったあと云った。

「いま伺うと、殺害された原因は女関係のようでもあるし、仕事の上の関係のようでもある。また社内の対人関係のようでもある。つまり、焦点がないわけですな。ということは、あれもこれもとならべて、みんな平均ということになるようですが？」

「…………」

「いや、捜査の方も、たとえ弱い材料からでもこの事件を解決したい、犯人を割出したいという気持はよく分りますよ。だが、いま伺うと、どうも有力なキメ手は無いようですね。それだと、むしろ、ああいう談話を新聞に発表されたのが心外ですな」

「山辺さん、あなたはわれわれの捜査に何か不満があって抗議にこられたのですか?」

丸顔の係長は言葉に詰った挙句、濃い眉を動かした。

「いや、捜査そのものに不満があるわけではありません。ただ、あの新聞記事に出た捜査本部の意見というのが、どういう具体的な資料によったのか、それを伺いに来たのです。……しかし」

と彼は係長の表情を見て云った。

「捜査の秘密となれば、お聞かせ願えないのもいたし方ありませんかね」

「誤解のないようにお願いしたいのですが」

と係長は少し柔らかい声を出した。

「われわれは亡くなられたあなたのお義兄《にい》さんの冥福《めいふく》を祈るためにも、また一般市民の安全のためにも、犯人の逮捕に躍起となっているのですよ。この努力をどうか認めて下さい。刑事たちは、それこそ日夜を分たず捜査に従事したのです。なかには、三日間も四日間も家に帰らないで捜査にたずさわった刑事もいるのです」

「その点は感謝しています」

と、修二は諦《あきら》め顔にパイプの先を握りこんで腰をあげた。

「ただ、今後もあることです。本部の発表ものには、どうか被害者の遺族に対する一般の印象を考えて、くれぐれもご注意願いますよ」

係長は、修二のうしろ姿がドアに消えるまで見送っていた。

修二は署を出ると、車の激しく走り通う道路を横断し、静かな住宅地に入った。彼は駅の前まで出ると、線路沿いにゆっくりと歩いた。何か思索するように顔を俯向けて歩くのが、この絵描の癖らしかった。そして十歩ぐらい歩くと顔をあげ、ちょいとあたりの風景に眼《め》を投げる習慣もあるようだった。

ひとにぎりの雑木林の梢《こずえ》の上に、深い海の色にも似た夕方の雲がかかっていた。その切れ間から赤い光線がのぞいていた。

パイプをくわえた絵描が三つ目の踏切にきて、折から通過する電車を待っているとき、彼はうしろから肩を叩《たた》かれた。

修二がふり返ると、背は低いが、箱のような感じの体軀《たいく》をした四十前後の色の黒い男が鼻の真ん中に皺《しわ》を寄せて彼に笑いかけていた。見馴《みな》れない男なので、その色の褪《さ》めかかった背広と、陽《ひ》に焼けた四十面《づら》を見つめていると、その男はポケットの中から金色の紋章のついた黒革の手帳を出して眼の先に見せた。

「わたしはですね。こういう者です」

彼は、手帳の間から一枚の名刺をつまんで修二に渡したが、それには「警視庁巡査、刑事係、西東《さいとう》九郎」とあった。

「あのですね、わたしは、あなたが署に見えて係長と会っていらしたのを、よそながら拝見していましたがね」

と、皺の多い刑事は踏切の前で修二といっしょにならんで云った。

修二はパイプの煙を吐いた。思うに、この刑事は自分のうしろを尾《つ》いてきたようであった。刑事は何か口をもぐもぐさせていたが、眼の前を通過する電車の轟音《ごうおん》に消されて修二の耳には届かなかった。

刑事もそれと知って、いっしょに長い電車の通過を黙って見物していた。電車の流れる屋根の向うに凋《しぼ》む陽が雲の下にあった。

やっと遮断《しゃだん》機が上った。野菜を積んだスクーターの商人が、上った棒の下をくぐって走り出した。修二が歩き出すと、刑事もいっしょにならんで足を動かした。少しガニ股《また》のようであった。線路の溝《みぞ》に煙草の吸殻《すいがら》がひしゃげていた。

「……さっき、電車の音で聞えなかったかも分りませんがね」

と、西東九郎刑事は歩きながら言い直した。

「捜査本部の発表をあなたに追及されて、係長もだいぶ弱っていたようですが、あなたのいわれることはごもっともです」

と、彼は修二の横顔をちらちら眺めながら云った。

踏切を渡ると道は真直《まっす》ぐだが、途中で右に折れる分れ道がある。

「あのですね、あれはですな……」

刑事は少し訛《なまり》のある言葉でつづけた。

「やはり係長の負けですよ。いや、大きな声では云えませんがね。実を云うと、捜査本部は今度の事件で、有力な材料を一つもつかむことが出来なかったんです。何しろ、捜査本部の解散となると、人情として係長も一つも筋がつかめなかったとは云えませんからね。どうしても報道陣には多少言訳的な発表になります。それを新聞記者が少々大げさに書いたんです。それで、新聞に、お義兄《にい》さんの女関係だとか、取引関係だとか、社内の人事関係とかいうのが大きく出たわけですな。結局は怨恨《えんこん》関係の線で進むと、ああいうことになるでしょうな。考えてみると、弱い発表ですよ」

「そうすると、義兄が殺されたのは、怨恨関係一本という見方で捜査をすすめていたわけですか?」

修二は分れ道のところへ来て右へ方向を取った。背は低いが横幅のある刑事もいっしょについてきた。

「その、殺し方ですね。あれを見ると、普通の殺人じゃなく、やはり怨恨という線が強いです。これは、われわれが長い間現場の経験を積んだ結果の一種のカンですな、カン……」

「近ごろは科学的な捜査が発達してるということですが」

「そりゃそうです。ですが、やはり古いけれど経験によるカンは狂いませんよ。あのですね。科学捜査というのは、いろいろデータがあって、その上で結論を出すんですが、今度のように材料の不足しているときは科学捜査もあまり役に立ちませんな。ふむ……」

刑事は洟《はな》をすすった。二人はその道を歩いた。やがて、殺人現場の私道に岐《わか》れる角にきた。

刑事は友だちのようについてきた。人のよさそうな笑顔で、話し方もあけすけで親しみがあった。

現場の私道が左に直角に折れていた。修二は、狭いその私道の端に佇《たたず》んだ。刑事も彼とならんで立った。二人は、そこからいっしょに、すぐ目と鼻の先の殺人現場の跡を見ていた。

むろん、何の痕跡《こんせき》も残ってはいなかった。舗装こそしてないが、このへんの住宅に似つかわしい綺麗《きれい》な私道であった。両側の家々は、小さいながら、新しく、和風、洋風さまざまだった。落日のため、風景は濃い影の部分が多かった。

「ねえ、刑事さん」と背の高い絵描は、横の男を見下ろしてきいた。

「事件捜査には、一般には発表しない極秘の資料があるということですが、ほんとうですか?」

「捜査には……」

と、西東刑事は山辺修二の質問に呟《つぶや》くように答えた。

「一つや二つは大事な材料を匿《かく》して持っているものです。それはですな、被疑者があがったとき、そいつが果して犯人《ホシ》かどうか、はっきりさせる場合のキメ手にするためです。たとえば、犯人だけが知っている、他人には分らないようなことが、その材料と符合するわけですよ」

刑事は、そう云って言葉を区切り、

「ところが、今度の事件には、そういうものは一つもありませんな。手持ちの材料といったら、ほとんど何も無いですからな。被害者が頭を砕かれた凶器の金槌《かなづち》みたいなものが、これで出てくるといいんですがな。そういうものも発見されないし、今度の捜査ばかりはお手上げでしたよ」

「それで、ああいう発表の仕方になったのですね？」

「どうも。……」

刑事は謝るように軽く頭を下げた。

刑事は修二から離れる様子はなかった。退屈なときに話相手を得たときのように、去りがたい風情《ふぜい》でいた。

「あのですね、これは、わたしの考えですがね、あなただけに打ちあけます。人におっしゃられると困るんですが……」

と、刑事はぐずついたあとで云い出した。

「この殺人事件はですね、人違いではないかと思うんですよ」

「人違い？」

「はあ。被害者の遺族の方には、たいへん申し上げにくいんですがね。何の手がかりもつかめないのは、殺される理由がないからですよ。捜査陣の発想をかえないとだめですよ」

「それは、どういうことですか？」

「はあ。これはわたしの想像ですがね。あなたのお義兄さんは、茶色のコートを着てらっしゃいましたね。少し、赤の色の勝った……」

「そうです、むしろ赤茶色でしたね」

「そうですな。それで、犯人は、その赤茶色のコートを着た人をてっきり相手だと思いこんで、うしろから襲いかかったのだと思いますよ」

「そんなバカな」

「いや、犯人の心理として、ああいう場合は気持が動転していますからね。うしろからいきなりお義兄さんの後頭部を凶器で殴っているでしょう。だから、犯人はお義兄さんの顔を見ないで、てっきり自分の狙う相手だと思いこんでやったんじゃないですか。わたしはそんなふうにも思っています」

「………」

「犯人は相手があの時刻にこの道を帰ってくるのを知っていて、そのへんに待伏せしていたのです。ほら、この通りはこの近所の人しか通らないでしょう。今でもこんなふうに人通りが少ないくらいだから、夜の十時過ぎといえば、このあたりに住む人が家路を急ぐだけだと思うんです。特に、この私道を通る人はそういうことになりますな。それで、犯人は狙いをつけたと思いますよ」

「すると、その狙われた人は、この近所の者ということになりますね?」

「そうだと思います」

「ははあ。では、犯人が狙ったその相手は、兄貴と同じくらいな背の高さですかね。そして片手に書類入れの鞄《かばん》を持って……」

「背の高さは同じぐらいだったでしょうな。ですが、鞄の点はどうですかね。また、姿恰好《かっこう》も狙う相手とお義兄さんとはあまり違わなかったかも分りません」

「唯一《ゆいいつ》の目印は赤茶色のコートだけですか？」

「あのですね、犯人は犯行時に冷静さを失いますから、目印の赤茶色だけが犯人の気持の中に拡大していたのでしょうな」

「それにしても、恨みを持った相手を殺すんだから、もう少し実際の人物と、違う人物との区別がつきそうなものですがね？」

「ごもっともです。ですから、わたしは、あるいは犯人は相手の男の顔をよく知らなかったのじゃないかという気さえします」

「人を殺すのに相手の顔をおぼえていないというのはどういうことですか。物盗《ものと》りだったら別ですが、怨恨だと、そんなことはあり得ないでしょう？」

「理屈です。けどね、ときどき、捜査をやっていて理屈に合わないことも、犯人を挙げたあと、なるほど、と思うこともあるのですよ」

「それは捜査本部の意見ですか？」

「いいえ。わたしだけの考えです。実は捜査会議でわたしの考えを述べたのですが、主任に一蹴《いっしゅう》されましたよ。あなたと同じように不自然だということでね」

「それで、あなたはまだ、その考えを捨ててないわけですね？」

「持ってるだけでなく、前には、わたしだけで捜査してみたんです。そういう捜査は今のやり方では許されませんがね。だが、わたしはやはり昔流の刑事がやった方法にもいいところがあると思うんですよ。現在は何事も合議制で、刑事の単独捜査は許してくれませんからな。……ま、そんなことはどうでもいいんですが、わたしはそういう考えで、この近所に住んでいる赤茶色のコートをきた男を自分で捜してみたんです」

「ほう」

修二は低い刑事の顔を見下ろした。

「それで、そういう人物が出てきましたか?」

「見つかりませんでした。失礼ですが、ああいう赤茶色のコートを着た人はこの近所では、お義兄さんだけでしたよ」

修二は黙って口から煙を吐きつづけた。

「いや、これはですな。捜査本部がああいう発表の仕方をして、あなたがたにご迷惑をかけたから、わたしなりにお詫《わ》びのしるしに申上げたんです。わたしなんか下っ端《ぱ》刑事でお詫びにもなりませんがね。まあ、これは本部の秘匿《ひとく》材料ではないが、あなただけに打ちあけたんです」

「なるほどね」

絵描は、諒承《りょうしょう》ともつかないうなずきかたをした。電車の音がひとしきり、この辺の静けさを破って通りすぎた。

「それで、あなたは、私道を中心にこの界隈《かいわい》全部、赤茶色のコートをきた男を捜査なさった、しかし、兄貴のほかにそういう人物は居なかった。こういうわけですね？」

彼は刑事に確めるように訊《き》き返した。

「そうです。あのですね、それは、わたしひとりがこっそり二十日間ばかりかかって洗ってみたんですから間違いはありません」

刑事は答えた。

あたりはすっかり暗くなり、この私道の両側についている七メートル間隔の街灯がオレンジ色の光を放っていた。それは、普通の蒼白《あおじろ》い光の街灯とは違っていた。

「ここの街灯は、なかなか洒落《しゃれ》てますな」

と、刑事は修二とならんで立ちながら橙《だいだい》色の光のことを云った。

「このへんは新しく出来た町だから、街灯も洒落たのを使ってるんですね」

修二は、捜査本部の未公開の材料が皆無だということを聞いて、失望の顔をみせていた。もっとも多少、刑事の言葉に疑わしい色もあった。

空は先ほどの黝《あおぐろ》い雲も真暗い中に消えて、夕方の残光の漂っていた裂け目には、うすい星がかすかに出ていた。

二人はここにならんだまま、三分間は確実に佇んでいた。絵描は背が高く、刑事の頭は彼の首ほどもないので、不釣合《ふつりあ》いであった。ひろい道は、さっき着いた電車で降りたらしい勤人がばらばらに二人ほど通っただけだった。

修二はパイプを吸っていたが、刑事は手持無沙汰《ぶさた》でいた。そこで、彼はつぶれた煙草《たばこ》の函《はこ》から一本を口にはさんだ。次に、上衣《うわぎ》の両方のポケットを、もそもそと探《さぐ》ったり、ズボンの上から叩いたりした。

「マッチですか？」

刑事に訊いた。

「はあ。持ってたはずですが」

修二は、古いコートのポケットから、野暮ったいマッチ函を取り出し、軸に火をつけて刑事にさし出した。

「はあ。おそれ入ります」

西東刑事はかがみこんで、火に煙草の先を近づけた。頰《ほお》の筋肉を動かしてパクパクと吸いつけていたが、煙があがらないうちに、炎のほうが消えた。風が流れていた。

修二は、二度目の軸を擦《す》った。

「どうも、済みません」

刑事が火を吸いつけている間、修二は左手の掌《てのひら》にマッチ函を持ったままでいた。彼の視線は自然とそのマッチのラベルに落ちていたが、どういう訳かふいに、おどろいた眼になった。そこで、検《しら》べるようにラベルを見つめた。パイプが白抜きになっている図案であった。

次に、顔を仰向けて橙色の街灯を見上げた。

横の刑事もそれに誘われるように、もう一度、街灯に眼をやった。

修二は、マッチをポケットにしまい、今度は自分のコートの前をひろげて、胸を見た。

「どうかなさいましたか？」

と、刑事は訊いた。

「いや、パイプの灰が落ちましたのでね」

彼はシャツの胸を指ではたいた。

このとき、私道の正面にぴかりと光るものがあった。この狭い私道の先はちょうど遠近法か透視画法の見本のように一点に細まっていた。

「ははあ、どうやら、引越しのようですな」

と、刑事が云った。

さっき、強く光ったのはトラックのヘッドライトらしく、今度は懐中電灯のような小さな光がうろうろし、三、四人の人影が荷物を運んでいた。

私道の突き当りは、別な公道になっていた。トラックはそこに止っていた。その公道は、駅から三番目の踏切を渡った道が途中で分岐したもので、つまり、二人が入ってきた道と並《へい》行《こう》していた。

この恰好をH型とすれば、両側のタテ棒が二つの公道で、横の棒がそれをつなぐ私道であった。

西東刑事は、眼を凝《こ》らして前方を見ていたが、

「どうやら、あのアパートの居住者に異動があったようですな」

と、低い声でいった。

この辺を二十日間にわたって洗ったというだけに、刑事は様子をよく知っていた。

「ほう、あの辺にアパートがあるんですか?」

修二のほうが知らなかった。

「あります。二階建の、新しいアパートです。持主は、この辺のひろい農地を持っていた地主で、土地が高い値で売れたから、それでアパート経営になったのですな。わりと高級アパートですよ。十世帯ほど入ってましたがね」

彼はその十世帯について、赤茶色のコートを、調査したに違いなかった。

「では、ここで失礼します」

と、西東刑事は、急に頭を下げた。

「どうも」

「今のことは、なるべくあなたの胸だけに収めておいて下さい」

刑事は念を押し、いっしょに依田家の前まで歩いたが、そのままガニ股で向うへ歩きつづけていった。

その前方には、荷物運びの影がつづいていた。

「どうだった?」

と、修二が座敷に戻ったのを見ると、殺された男の妻は弟に訊いた。

「一応、係長というのに会って、あの発表について文句を云《い》ってきたがね。向うでは謝ったような云い方だったが、全面的に謝罪ということはしなかったよ」

弟は、ポケットからさっきのマッチをとり出して、電灯の光で眺めていた。真赤な色の地にパイプのかたちを白抜きにしたラベルだ。

「警察では、どう云ってたの?」

依田徳一郎の妻は訊いた。

「いろいろなことを云っていたがね」

と、弟は聞いてきたことをひと通り話した。

「結局、捜査本部は、これという有力な端緒がつかめなかったんだな」

「それじゃ、殺されたウチの人のことでいろいろ噂《うわさ》を立てられてるのを、警察ではどう思ってるのかしら?」

姉は、そこまで追及しなかったらしい弟まで非難する眼になった。

「その点は迷惑をかけたとは云っていたがね。しかし、ああいうところは、よほど強い力のある人間が抗議しない限り、素直には謝らないようだよ」

「ひどいわ」

と、姉は云ったが、その弟がマッチをしきりと電灯の光にかざしているのを見ると、口をつぐんだ。弟ののんきな様子が腹立たしかったようである。

「あんた、何やってるの?」

姉は、子供みたいなことをしている弟に口を尖《とが》らした。

「いや、何でもない」

修二は、上衣の前にむき出されている自分のシャツを、首を下げて見ていた。赤いシャツだった。今度は、マッチのラベルと自分のシャツとを見くらべている。

「姉さん」と弟は急にマッチをポケットに入れて云った。「そこの先にアパートがあるんだってね？」

「それがどうしたの？」

姉は、本気に同情してるかどうか分らない弟に腹を立てていた。

「あのアパートに居る人を、始終、ここで見かける？」

「そんなには見かけないわ」

「アパートの居住者で、義兄さんと同じような赤茶色のコートを着ていた人間は居なかったかな？」

「知らないわ」

姉はそこまで云ったが、ふと気がついたように、

「居たら、どういうこと？」

「いや、ちょっと」

弟は立ち上った。

「帰るの？」

姉は弟を見上げた。

「いや、ちょっと、そこまで行ってくる」

修二は下駄《げた》をつっかけて玄関を出た。

さっき刑事が去ったほうをすかして見ると、まだ三、四人の人影が荷物を運んで動いていた。

彼はゆっくりとそっちへ向った。荷物を運び入れているところは私道の左側の二階建のアパートだった。トラックの運転手と助手がタンスを抱《かか》えてくるのを、入口で若い夫婦が重そうに受取っていた。

「お忙しいところをお邪魔します」

と、修二は、その若い夫婦に訊いた。

「失礼ですが、あなたがたは何号室にお入りになるんですか？」

頭に鉢《はち》巻《ま》きをした、眼鏡の夫が、髪の長い絵《え》描《かき》にふしぎそうな眼を向け、

「八号室です。二階のいちばん奥まった部屋ですが」

と答えた。若い夫は修二が近所の者と思ったらしく、そう無愛想に出来なかったのだ。

「どうもありがとう。ここの家主さんはいませんか？」

「ご用なら呼んであげましょう」

と、ネッカチーフの妻が云った。しばらくして四十すぎの色の黒い女が出てきた。玄関は、この引越しのために明るい電灯とつけ替えられていた。

「どうも済みません」

修二は、怪訝《けげん》な顔の家主に頭を下げた。

「八号室の前の人は、いつごろ、部屋を明けたんでしょうか?」

「あなたも警察の方ですか?」

と、主婦は訊いた。その問いで、さっきの刑事が同じことを聞きに来たのだと修二に分った。

「いいえ、そういう者ではありませんが、実は、ちょっと、前の人のことで知りたいことがありまして」

「それじゃ、森山さんのお友だちですか?」

八号室を明けた人が森山だと分った。

「森山さんなら、昨日、部屋をお空《あ》けになりましたよ。転勤でね、いま、入ってこられた方は、同じ会社の方です」

「ははあ」

修二は、あとの言葉を失い、トラックからの次の荷が運ばれてくるのを何となく見ていた。

「あなたと同じことを、たった今、刑事さんが訊きにきましたが、一体、どうしたんですか?」

家主が訊いた。

「いや、ぼくは、この近所に居る依田という家の身内ですが」

と修二が返事すると、彼女は両眼を大きく開いた。

「それじゃ、この前、そこで……」

女家主の不審の色は急速に消えた代り、珍しげな顔つきに変った。

「あら、そうですか。……それは、まあ、ほんとに先日はお気の毒さまでございました」

女家主は悔みをいうようにかたちを改めたが、眼には好奇心があらわに出ていた。

「いえ、どうも。……あの、ぼくは、その殺された当人の妻の弟なんですが」

「ああ、そうですか。それはちっとも存じませんで」

「いや、ぼくは依田の家にいっしょに居るんじゃないんです。別の所に住んで居る人間ですが」

「ああ、そうですか。道理であまりお見かけしないと思いました」

「ところで、おくさん、さっきのお話では、警察からも、八号室の前居住者のことを聞きに来たとおっしゃいましたが……」

「はい。三十分くらい前なんです。背の低い刑事さんでしたけれど」

「なるほど。で、ぼくもそのことでおたずねしてもよろしいですか?」

「ええ、どうぞ」

女家主は、修二の素性が知れたので、自分の返答によっては相手がどのような反応を見せるだろうかという、さらに好奇心を持ったようだった。

「昨日八号室をお空けになったのは、森山さんという名前の方だそうですが、どこの会社にお勤めなんですか?」

「その方は電機会社に勤めておられましたよ。でも、八号室に越してこられたのは、たった二週間前で、すぐに地方へ転勤になられたのです。郊外からやっとここに移って来たのに、すぐまた地方に引越しとは情けないと云っておられました」

玄関のほうからは相変らず、その後釜《あとがま》に八号室に入る夫婦の運ぶ荷物の音がつづいていた。

「そうすると、森山さんという人はわずか二週間しか八号室にはおられなかったわけですね？」

「そうなんですよ。地方転勤のことがもう少し早く分れば、こんな無駄《むだ》なことは省けたのにとコボしておられました」

「ははあ。すると……その森山さんの前に八号室におられたのは？」

「それなんです」

と、女家主ははずみそうな声を抑《おさ》えるようにして云った。

「さっき、刑事さんが聞かれたのも、あなたと同じように、そのことでした」

「どういう人です？」

「女のひとでした」

修二はがっかりしたようにパイプに煙草を詰めた。ポケットからマッチをとり出したが自然にラベルを一瞥《いちべつ》した。真赤な地に白いパイプ印である。

「女のひとの家族は？」

彼は煙を吐いて云った。

「その方が、おひとりでしたよ。二十四、五くらいの、きれいな女性でした。その半年ほど前にここに越してこられましてね。刑事さんは当てが違ったような顔をしていましたがね。けれど、わたしが、羽田さん……羽田さんというのが森山さんの前に居た女の方ですよ。その羽田さんのところにくる男の人のことを云ったら、なんだか知らないけど、根掘り葉掘りその男のことを訊かれました」

「何ですって？」修二はパイプの吸口を唇《くちびる》から放した。「その女のひとのところに男性が来ていたんですか？」

「羽田さんは、その方のことを叔父さんと云っていましたけれどね、顔はまるきり似ていません。男の方は三十半ばでした」

「ちょっと待って下さい。その羽田さんという女性は、何か職業を持ってた人ですか？」

「前は日本橋あたりで喫茶店をやっていたそうですが、それが失敗して、次の商売にかかるまで、当分、遊ぶのだと云っておられました。前の商売で疲れたから、身体《からだ》も癒《なお》さなければと云われましてね。ここは閑静でいい、健康にいいと喜んでおられましたよ」

「そうすると、叔父さんというのは、実は彼女のスポンサーですかね？」

「わたしもそう思っています」

と、女家主は眼尻《めじり》を笑わせた。

「その叔父さんなる者は、その八号室に入って、どんな様子でした？　いや、これは失礼。ぼくの云いたいのは、その羽田さんなる女性と、叔父さんなる男性の話している様子などをあなたが見てらっしゃれば、大体、その関係に想像がつくと思うんですが」

修二は訊いた。

「それが、わたしの前ではお二人はあんまり話をなさらないんですよ。なんだか、よそよそしくてね」

と、女家主は云った。

「じゃ、叔父さんは彼女の部屋にすぐに入っていたのですね？」

「ええ。ごらんのように、このアパートは、各室に自由な訪問が出来るようになっています。ですから、叔父さんがわたしを通じて羽田さんの部屋を訊かれたのは、羽田さんがここに越してきて間もないときだけでした。でも、時折りわたしと廊下で遇《あ》っても、ちゃんとていねいに挨拶《あいさつ》をなさっていました」

「その叔父さんという人の着ているオーバーの色はどうなんです？」

「あら、あなたもさっきの刑事さんと同じことをお訊きになりますね。その方のオーバーは黒でしたよ」

「真黒ですか？」

「真黒に近いですね。多少紺がかっていたと思いますが、まあ、黒といっていいでしょう」

修二は再び煙を吹かした。

「で、その男の人は一週間にどれくらい八号室の羽田さんのところに来ていましたか？……どうも、不躾《ぶしつけ》な質問で申訳ないのですが」

「いえ、刑事さんにも云いましたから、構いませんよ。週に一度ぐらいでした」

「泊って行くんですか？」

「いいえ。夜きては一時間半か二時間くらいで帰って行かれます」

「夜？　昼間は無いんですか？」

「昼間こられたことは一度もありません。いつも暗くなってからです」

「時間は？」

「決っていません。七時ごろにいらっしゃるときもあれば、十時すぎてからこられるようなこともありました」

「その叔父さんは、この私道に入ってくるのに、どっちの公道からきていましたか？　北側ですか、南側ですか？」

「それは、わたしには分りませんよ。刑事さんも同じことをきいていましたが」

「その叔父さんなる人の職業とか名前とかいうのは分っていますか？」

「刑事さんもそれを訊かれましたけれど、わたしにはとうとう分らずじまいです。羽田さんに聞こうと思いましたが、あの方は無口なほうで、つい、わたしも訊きそびれてしまいました。それに、なんだか、そんなことをきくのが悪いような気がしましてね。本当の叔父さんかそうでないかは分ってますから」

　女家主は笑った。

「そうすると、羽田さんが八号室を出られたのが森山さんと入れ替った二週間前ですね。その叔父さんは引越しの前の晩にでも羽田さんのところにやって来ましたか？」

「いいえ。それが、あなた、しばらく前からぷっつりと足が遠のきましてね。刑事さんにもそれを訊かれましたがね」

女家主は、一々刑事の質問と照合させた。

「二週間前に羽田さんが出て行く前から叔父さんの足が遠のいた。……ふむ。それはどのくらい前です？」

「そうですね、一カ月近くでしょうか」

「一カ月？」

修二はパイプを口に当てたまましばらく黙った。

どうやら彼の眼の表情では、その叔父なる男が八号室にこなくなった日と、義兄の事件の日とを計算し合せているようだった。

「わたしの義兄がそこの先の私道で殺されたときですがね、そのとき、羽田さんは何か云っていましたか？」

修二はきいた。

「あのときは、みんなが集ると、申しわけないことですが、その話で持ちきりでした。怕《こわ》い、怕いと云って、みんな蒼《あお》くなったものです。羽田さんが特にどう云ったかはおぼえていませんが、やはり、こわがっていた一人だと思います」

「おくさん、義兄の事件が起ってからですね、その叔父さんという人が羽田さんのところにこなくなったのは?」

「ええ。それも刑事さんがきいていました。そういえば、そういうことになりますね。でも、あの叔父さんが事件に関係のある何かになるというわけじゃないでしょうね?」

やはり、あの背の低い刑事も、その日数の計算をしていたのだ。女家主は、そうした刑事の質問から、叔父なる男を事件の関係者として警察が捜していると思っているようだった。

「さあ。まさか、そんなことはないでしょう」

「あの愛想のいい、控え目な方が、まさか、そんな人とは考えられませんけど。でも、刑事さんにああしてしつこく訊かれると、わたしも少し気味が悪くなりました」

叔父なる男は三十半ばだという。死んだ義兄の徳一郎と大差のない年齢である。背恰好のことをきくと、女家主の答えは、義兄の特徴と似ているようであった。

「ところで、羽田さんという方は、ここを出られてどこに行かれたんですか?」

「なんでも、青山のほうにいいアパートが見つかったと云って出られました。詳しく聞きませんでしたが」

「羽田何という方ですか?」

「羽田道子さんです」

「羽田道子さんの本籍は分りませんか?」

「ここに入居されるときに、その書いたものをもらいましたが、それには京都府の福知山市とありました。その詳しい地名は刑事さんに、たった今、渡しました」

「その叔父さんのほかに彼女を訪ねてくる人はいなかったんですか？」

「そうですね、各部屋はじかにお客さまが行けるようになっているので、その点は分りませんけれど。わたしに羽田さんの部屋をたずねてこられたのは、あとにもさきにもその叔父さんという方だけでした」

「ここの電話は、あなたのお部屋に一つだけですか？」

修二は、ちょっと内部を覗《のぞ》いて訊いた。

「そうなんです。ですから、各部屋の方はここに来てかけていただいたり、呼び出しはわたしがすることになっています。夜中の電話はお断りしてるんですけれど」

「羽田さんはどうです？」

「それも刑事さんに申しあげたんですが、羽田さんがいらした半年の間、この部屋の電話をお使いになったことはありません。また、外部からの呼び出し電話もありませんでしたわ」

「なるほど。で、羽田さんがここから青山のアパートに越されたのは、新しい仕事でもなさるつもりですかな？」

「ご本人は、そのつもりだと云っておられましたが、どうでしょうか、よく分りません」

「ちょっと羽田さんに遇ってみたいような気がしますね。大体の人相はどんなふうです？」

「どんなふうって……そうですね、面長《おもなが》の方で、どちらかというと瘦《や》せたほうでしょうね。中高な顔で、眼は大きいほうでした。刑事さんは写真は無いかと云われたけれど、そんなものがあるわけはありませんからね」

「待って下さい」

と、彼はコートの大きなポケットからスケッチブックをとり出した。女家主の眼の前でそれを開くと、鉛筆を手早く動かして忽《たちま》ち女の顔を描《か》いた。

「こんな顔ですか?」

とスケッチブックを相手のほうに向けた。女家主は見ていたが、

「あなたは、絵描さんですね。そうだろうと思っていました。でも、さすがにうまいものですわねえ」

と感歎《かんたん》し、出来上ったスケッチを鑑賞していた。

「これよりもっと瘦せていたように思いますわ。それに、眼が少し大きすぎるかしら。そうそう、瞼《まぶた》の上が窪《くぼ》んだようになっていたのが特徴でした。それに、これは一重瞼ですが、あの方のはきれいな二重瞼でしたわ」

その通り訂正した。

「そう、だいぶん似てきましたけれど、感じがまだちょっと違いますわね。髪型のせいかしら?」

女家主の云う通りに訂正すると、彼女はずいぶん似てきましたわ、と云った。

「羽田さんが引越しの際は、むろん、荷物は運送屋さんの手で運ばれたでしょうが、それは何という運送屋でしたか?」

「やはり刑事さんからも訊かれましたけれど、運送屋さんではなかったような気がします。

羽田さんの荷物を取りに見えた若い人二人が、そんな感じではなく、なんだか自家用のトラックのようでした」

これで修二の知りたいことは一応終ったようだった。

「義兄の死体を初めて見つけられた方は、このご近所だと思いますが、家をご存じないですか？」

「はあ、新聞では、そこの先の細野さんと書いてありましたわね。これから五軒目の隣ですわ」

「どうも、いろいろなことをおたずねして申しわけありませんでした」

修二は女家主に厚く礼を述べた。前の私道に出ると、鉢巻きに眼鏡の夫と、ネッカチーフの若い妻とが最後の荷物を玄関に運び入れるところだった。

五軒目の細野家は、石門のこぢんまりとした家だった。まさに修二がその玄関の脇《わき》にとり付けられたブザーのボタンに指を置こうとしたとき、灯《ひ》のついた玄関のガラス戸に影法師が映ったと思うと、それがガラリと開いて背の低い男が出てきた。

「おや」

と声をかけたのは、西東刑事だった。

「またお目にかかりましたね」

修二は仕方なく刑事といっしょに後戻りする仕儀となった。

「あなたも細野さんの家においでになるところだったんですか？」

話好きの刑事は人なつっこくきいた。

「ええ。ちょっと義兄の件で話を伺う気になって、細野さんにお会いしてみようかと思ったんですがね」

「亡《な》くなられた義兄《にい》さんの外套《がいとう》の色のことでしょう?」刑事は無感動な声で云った。「いや、今夜はちょっと面白いことが分ってきました」

「………」

「それもあなたのお蔭《かげ》です」

「ぼくの?」

「さっき、あなたがマッチをとり出して、この橙色の街灯の光に当ててご覧になりましたね。あのときは何のことだか分りませんでしたが、あなたと別れてからすぐにそこのアパートに行き、家主のおくさんから、前の居住者の話を聞いたんですよ。そうすると、あなたがマッチを見ておられた理由にやっと思い当りましたよ」

二人は、その橙色の街灯の下に出た。

「これから実験をはじめましょうか」

と、刑事は云った。

午後八時を過ぎると、この界隈はまるで深夜のようになる。どの家もぴったりと表を閉ざし、明りは窓からわずかに洩《も》れているだけだった。そのような家々が狭い私道を挟《はさ》んで深夜の雰囲気《ふんいき》を構成していた。

二人は橙色の街灯の下に立った。普通の蒼白い光と違って、この橙色は人に暖かそうな感覚を持たせ、抒情《じよじよう》的な気分に浸らせた。刑事は街灯を見上げた。

「あなたは絵描さんだが、こういう暖かい色を色彩のほうではどう呼んでますかね？」

「その通りの言葉ですよ。暖色です。赤、黄、茶、橙などみな暖色の中に入る」

山辺修二は西東刑事に答え、

「この橙色の光は、ナトリウムランプというんだそうですね。ナトリウムと微量のアルゴンガスとネオンガスで、こういう暖かい色になる」と、つけ加えた。

刑事は煙草をくわえ、

「恐縮ですが、マッチを」と求めた。

修二はポケットを探り、マッチをとり出した。

「どうもありがとう」

西東刑事は一本擦って火を点《つ》けたあと、そのマッチの函を掌の上に置いて、じっと見ていた。白いパイプの商標で、地色が黒かった。

「ほう。ラベルの色が真黒ですね」

「そう。黒く見える」

修二は、ラベルに落とした刑事の視線を横から眺《なが》めて云った。

「ふしぎだ。このマッチの地色は真赤なはずですね。それが、こうして見ると真黒に見える。橙色の光の影響ですか？」

「そうらしいですな」

修二は、マッチの商標と同じパイプを口にくわえていた。

「あのですねえ、橙色の光に当てられると、赤は黒く変色するものですかね？」

刑事は頭の上の橙色の街灯を見上げてきいた。

「そりゃ色彩学の問題ですな。ぼくが美術学校で習ったうろおぼえの知識によると、光源が自然昼光か、タングステン電灯か、蛍光灯《けいこうとう》かによって分光エネルギー分布が異るから、したがって、それらの光で照らされた物の色も変ってきて、違う色に見える。たとえば、赤味の多い電灯光の中には赤に対する感受器の感度が下がり、相対的に青や緑に対する感度が上る。赤味の少ない蛍光灯のときは逆に緑や青についての感度が悪くなり、赤に敏感になるように働く……これは絵の色彩を人間の眼《め》が見つめる場合について云われることですが、このオレンジ色の下で赤の色が黒く見えるというのは、ぼくも初めて発見しましたよ」

「なるほどねえ」

と、刑事は初めの色彩学の理屈は呑《の》みこめなかったが、あとの発見には同感した。事実、刑事もそれを自分自身で発見したのである。

「だが、ぼくに疑問がある。ぼくの兄貴は赤色の強い茶色のコートを着ていた。したがって、ナトリウム灯の下では真黒に見えたはずです。ところが、発見者の細野さんは、警察で、倒れていた兄貴のコートは赤茶色だったと云っています。黒いコートとは云っていません。なぜ、発見者の細野さんには、このオレンジ光の下の赤茶色が黒く見えなかったのでしょうか？」

「いや、それはですな」と、刑事は厚い唇を舌で湿して云った。「さっき、わたしが細野さんの宅に伺って、御当人に会って聞いて初めて分ったことですが、細野さんはそのとき、大型の懐中電灯を持っていたんですな。あの人は、駅からここに戻るまで暗い通りがつづくので、いつも懐中電灯をともしながら歩くそうです。それでですね、細野さんの大型懐中電灯の強い光が被害者のコートを照らしたとき、上からふりそそいでいるナトリウム灯のオレンジ色の影響がうすくなったのでしょう。だから、自然の光でコートの色が普通の赤茶色に映ったのでしょうな」

「なるほど。それでぼくにも呑みこめた」と、修二は大きくうなずいた。「それを細野さんに聞こうと思ってお宅の前に行ったところ、あなたが出て来たのです」

「一つの疑問は、それで解けましたね」と、刑事は云った。「ところで、もう一つの疑問です。犯人は細野さんのように懐中電灯を持っていなかった。当り前です。だから、犯人が見たのは、この橙色の光の下にきたあなたの義兄さんのコートです。それが、犯人には黒く見えた。……となると、犯人ははじめから黒いオーバーを着ていた男を狙《ねら》っていたことになる。そうなりますな？」

「あなたの理屈どおりです。兄貴の赤茶色のコートが、この橙色の街灯の下で変色したのがいけなかったのです。このナトリウム灯が兄貴の生命を奪ったのですね」

「われわれは錯覚していました」と、刑事は反省していった。「義兄さんの着ていられた赤茶色のコートを着ていた男こそ、犯人の狙う相手だとばかり思っていたのです。あの色が犯人には目印になっていたと思ってましたからな。特殊な色ですからね。……これじゃ、早速捜査の立て直しをしなければなりませんな」

「結論的にいって、犯人の狙った男のオーバーの色は何ですか?」

修二はきいた。

「黒のオーバーコートです」

「黒のコートは普通ですね。それと、濃紺。これも橙色の下では黒と同じです。コートを着ている人の半数以上がこの二つの色でしょう。あとはグレイかな。……ま、とにかく、ありふれた黒いコートは特徴ではなくなったと思っていいでしょう。とすれば、犯人が狙った相手の特徴というのは何でしょう? まあ、これは犯人が相手をよく知っていなかったということを前提に置いてですよ。げんに兄貴は間違えられて殺されてるんですから……」

「そうですな、やはり、人相ですな。次は姿とか恰好《かっこう》とか年齢、またはしぐさなどでしょう」

西東刑事はゆっくりと答えた。

「そうすると、犯人は相手をよく知らなかった。それで、誰かに頼まれて相手を襲ったのですかね?」

「それも考えられますね。似た男が、その時刻、その路《みち》を歩いてくれれば、待ち伏せしていた犯人は、錯覚してとび出すかもしれませんね。ほら、犯行は夜だったでしょう、この通りオレンジ色の街灯は七メートル置きで、照明の具合がたいそう悪い。灯と灯の間の暗いところが多い。それに、相手は歩いているから、照明の条件はもっと悪いですな。一口にいって、相手の顔をたしかめるには都合が悪いのですよ」

背の低い刑事は、しゃべった。

「うむ」と修二はパイプを口からはなして西東を見下ろした。「刑事さん、あなたは、いま、同じ時刻、同じ路を来る男が犯人の狙いだといいましたね？」

「ええ」

「兄貴が殺されたのは、午後十時半ごろです。その時刻に、この私道を通る予定の男が狙われていたというのですね？」

「まあ、これは、いまのわたしの考えですからね。あとで訂正することがあるかもしれませんが」

「この私道に入るには」と修二は左右を見た。「この右の公道と、あの左の公道とがあるわけです。ほら、あそこの私道の入口に引越しのトラックがとまっていますね。アパートに越してきた若い夫婦が荷物を抱えて運んでいる。あれは左の公道、つまり、南側の公道です。こっちは北側の公道ですな。そして二つの公道は踏切を渡ってきたところから岐《わか》れたものですね」

刑事は、その通りというようにうなずいた。

「あのアパートは、この私道の中央から南側の公道に近いのです。引越しトラックがその角にとまっていることでも分るでしょう。たいして違わないけれど、アパートの位置が南側公道に北側公道よりは二十メートルくらい近いですかな?」

絵描は、スケッチブックを出したが、女の顔が描いてあったので、すぐにめくって次の紙に道路の見取図を鉛筆でさっと描いた。ナトリウム灯の下だから白い木炭紙が美しいオレンジ色に染っていた。

「その通りですな」

と、西東刑事は略図をのぞいてうなずいた。

「二十メートル近いというだけで、このアパートに出入りする者は南側の公道から私道という順路をとります。北側の公道に出るよりは、気持の上でずいぶん近いように思われますからね。……ぼくの兄貴の家の場合は、アパートと逆です。だから、兄貴はいつも北側の公道からこの私道に出入りしていました。……そうすると、狙われた男もこの北側公道に近い私道のところに家を持っていたか、又は、その家を訪問するところだったといえますね?」

「うむ、普通の場合だと、その通りですな」

西東刑事は複雑な顔をした。背の高い修二は、その表情を見下ろした。

「ねえ、刑事さん、あのアパートの八号室から二週間前に引越して行ったのは羽田さんという女性でした。彼女のところにきていた男のコートはどんな色でした?」

刑事は口もとをすぼめて、うす笑いした。

「ほう。あなたも、あのアパートの女家主さんから聞きましたか。……黒のコートだそうです」

「そうでしたね。この橙色の街灯の下では兄貴のきていたコートも黒く見えました。しかし、黒のコートは、さっきもいった通りありふれていて特徴にならない。狙われた男が黒のコートをいつも着ていたということは分るが、それが唯一《ゆいいつ》の目印にはなりません。……ところで、八号室の彼女のもとにきていた男は、どっち側の公道から入ってきたと思いますか？」

「アパートの位置からいって、当然、南側の公道からでしょうな」

「もし……もしもですよ。あのアパートの八号室の女性に通っていた男が、殺人犯の狙う本当の相手だったとすると、彼はいつもアパートからは遠い、こっちの北側の公道から入っていたことになります。なぜなら、もし、兄貴がその男と間違えられたとすれば、われわれが立っている、この場所で兄貴はやられましたからね」

「あなたはどうして八号室に来ていた男が狙われた本人だと思うんですか？」

と、刑事は反問した。

「あなたも先刻お気づきでしょうが、その男は、あの事件以来、ぴたりと八号室の彼女のところにこなくなった。そして、その後ほぼ二週間ぐらいしてから、羽田という女性もアパートをこっそり引払って、どこともなく引越している。その引越先もよく分らない。家主に丁寧だったというその紳士の名前も素性も一切分らない。その男は黒いコートを着ていた。……そう考えると、この事件に因果関係を感じないわけにはいかないですね」

「しかし、その男は、アパートに近い南側の公道から入ってくるはずですがね？」

「刑事さん。そこにこの事件の或《あ》る特徴がみえると思うんですよ。普通なら、アパートに近い南側から入るところだが、その八号室に来ていた男は、どういうわけか、いつも少し遠い北側の公道からこの私道に曲っていた。もし、彼を狙う男がいれば、それを相手の癖というか、習慣として条件の中に入れるはずですがね」

「……………」

「その上、時間と黒のコートです。そして、義兄が間違えられて殺された」

「では、なぜ、その八号室に来ていた男は、わざと距離の少し遠い北側の公道から入ったのですかな?」

刑事は反問した。少し意外そうな声だった。

「それは分りません。ぼくがここで云えることは、その路順が彼の特徴だったということです。そして犯人側がそれを知っていたということですね」

山辺修二は西東刑事と別れて家に戻った。

「どこに行っていたの?」

姉は仏壇の前から戻ってきた。眼が濡《ぬ》れていた。仏壇には、まだ供物が賑《にぎ》やかに飾られてあった。

「うむ、ちょっと、そこまで」

修二は、どっこいしょ、というように座蒲団《ざぶとん》を取ってあぐらをかいた。

姉は不機嫌《ふきげん》に二つの湯呑みをならべ、急須《きゅうす》に鉄瓶《てつびん》の湯を注《つ》いだ。弟がのんきに遊んできたように思っているらしかった。

「姉さん」

と、弟はパイプをくゆらせて話しかけた。

「なに？」

姉の横顔は硬かった。

「そこのアパートに二週間前まで部屋を借りていた女のひとがいるんだけど。二十四、五くらいの、ちょっときれいなひとだったというんだけどさ。姉さん、知らないか？」

「知らないわ、そんなひと」

姉は機嫌のよくない返事をし、急須を傾けて二つの湯呑みに茶をついでいた。

「ふむ、そうかなあ」

修二は、それきり煙ばかり口から吐いていた。姉は、黙って湯呑みを弟の前に出し、自分はその一つを抱えた。唇を尖らし、吹き吹き少しずつ啜《すす》っている。修二があと何も云わないので気になったものか、

「それが何よ？」

と、横を向いたまま訊《き》いた。

「いや、近所だし、その女のひとは、そこのアパートに半年くらい居たからね、姉さんも前の路で見たことがあるだろうと思ってきいたのさ」

修二は、ぼそっとした調子でいった。

「そんな年恰好の女は、この辺にいっぱいいるわ」

姉は、まだ機嫌の直らない声で云った。

「そうかな?」

「そら、そうよ。この家のまわりの方なら、大体、どんな方が住んでいらっしゃるか分るけれど、あすこのアパートじゃ分るはずはないわ。……それがどうしたの?」

姉は、いつまでものんきなことを訊く弟が腹に据《す》えかねているようだった。

「いや、今度の兄貴の事件に少し関係があるような気がするんでね」

「え、女のひとが?」

「姉さん、錯覚を起さないほうがいいよ。兄貴がその女性とどうだというわけじゃない。兄貴とは無関係だが、事件に関係があるような気がする」

「ただ二十四、五くらいのきれいな女のひとだけじゃ分らないわ」

と、姉は少し気持をほぐして云った。

「そうだ」

と、弟は、そこに置いてあるコートの広いポケットからスケッチブックを出した。ひろげたのは、先ほどアパートの女家主から聞いたイメージで描いた女の顔だった。

「実際に当人を見たわけではないから似てないかもしれないけれど、およそ、こんな顔らしいんだがね」

姉は、ひろげたスケッチブックに顔をねじって横から見入った。

「服装はいつも洋服だと云っていたけれど、背はすらりとしたひとだそうだがね」

姉はスケッチをしばらく見ていたが、

「そんなら、あのひとかしら？」

と、口の中で呟《つぶや》いた。

「姉さん、心当りがあるかい？」

弟は、絵に見入っている姉の顔に訊いた。

「そうね、今から四カ月ぐらい前だけれど。アパート側に寄った前の道で、その女のひとに遇ったわ」

その女のひとという云い方が、修二にはかなり確定的に聞えた。

「そんなにこの顔と似てる？」

「少し違うようだけれど、でも、感じとしては、大体、そうね。でも、その方なら、わたし、知ってるのよ」

姉は機嫌を直していた。

「え、知っている？」弟は眼を大きく開いた。「どうして知っている？」

「知っていると云っていいかどうか、とにかく顔はおぼえていたわ」

「おぼえていたというのは、ずっと前に遇ったことがあるということだな？」

「そう。もう七カ月くらい前かしら、徳一郎の生命保険を少し増額しようと思ってね。あら、こんなことを云うと、いかにも今度のことを予想していたようだけれど……」

「そんなことはない。保険金の契約額が少なければ当然さ。物価も騰《あが》っているしね……それで、どうした?」

「ウチの人にかけていた保険は東陽生命保険というの」

「そりゃ一流の保険会社だ」

「契約は今から二年前に結んだの。前に住んでいた家に外交員がきて勧めたから、相手は有名会社だし、入ったんだけれど。それが東陽生命からじかに来たんじゃなくて、その代理店で、桜総行株式会社といったわ。外交員の名刺を紛失してしまったので、桜総行の事務所に出かけたの。京橋の松《まつ》ガ枝《え》ビルの三階だったけれど……そのとき、出てきて話した事務員がこの絵の彼女だったのよ。でも、その後一カ月ほどで代理店はつぶれたという通知が来たわ。事件後、まだ保険の手続きをする気にならないでいるけれど」

松ガ枝ビルは京橋の大通りから北に入って二本目の通りにあった。建物は四階建だが、それほど大きくもなく小さくもなく、また、新しくもなし古くもなし、全体が中途半端《はんぱ》な感じであった。また、この界隈《かいわい》がそれほど賑やかでもなく、といって寂しくもなく、甚《はなは》だ落ちつかない気持にさせる街だった。

髪の毛の長い絵描《えかき》がパイプをくわえてそのビルの玄関に入った。受付は無かった。左の壁にビルの居住者、つまり各会社の名札が黒漆に白い文字でならんでいた。本社の名前は二つだけで、あとは支店か出張所だった。

絵描は三階の五つばかりの社名を眺めたあと、狭いエレベーターに入って3のボタンを捺《お》した。

降りたところが細長い廊下の端で、両側にはドアと窓ばかりがならび、遠近の法則で、両側の直線が正面に合したところに、灰色の小さな四角い壁があった。

山辺修二は両側の事務所の看板を一つ一つ眺めて歩いたが、どれが姉の云った「桜総行」の後釜《あとがま》か分らなかった。三室つづきを取っている会社もあれば、一室しかない社もあった。

折よく、人気《ひとけ》のない廊下に横合から飛び出してきた女事務員がいたので、彼は頭を下げた。

「あら、桜総行を訪ねてみえる方は久しぶりですわ。ここ三カ月ほどすっかり切れていたのに。あなたも保険のことですか？」
二十七、八くらいの、顔の平ぺたい、眼の細い彼女は修二の前に立停《たちどま》ってきいた。
「そうです。桜総行で契約した東陽生命保険の増額をしようと思ってきたんですが」

修二は云った。

「桜総行なら半年ほど前につぶれましたわ。事務所はこの隣だったんですが」

女事務員は、大和商事株式会社という文字のついている次のドアを指した。それは二室つづきになっていた。

「つぶれた？」

修二はわざと眼を大きくした。つい三カ月前まで、事情を知らない客が桜総行をこのビルに訪ねてきていたのはありそうな話だった。修二もその一人を装った。

「それをご存知ないでお見えになる方が多くて、一々お教えするのに一時は大変でしたわ」

女事務員は云《い》った。

「へえ。桜総行は倒産したんですか、それとも商売を変えたんですか？」

「まあ倒産というんでしょうね。東陽生命の事務代行が主だったんですが、途中、その権利を取り上げられたので、立ち行かなくなったんです。あとの引継ぎを赤坂の友愛相互という新会社がやってるそうですから、保険の用事でしたら、あなたもそこにおでかけになるか、直接東陽生命の本社にいらしたらいかがですか？」

「あなたはよその社のことに詳しいですな」

「そりゃ、もう百何十人という方にお話したんですもの、そのくらいのことは分りますわ」

女事務員は笑った。

「桜総行からあとのことを頼まれたのですか？」

「べつにそういうわけじゃありませんけど。ほんとうはこれは管理人の仕事なんですが、この管理人は年寄りでビルには毎日来ないんです。ですから、仕方なしにわたくしがそんなことをおしゃべりする役目になったんです」

「ほかの人は説明してあげないんですか？」

「面倒臭がってるんです。潰《つぶ》れた社のことですからね。それに、わたくしは桜総行にいた萩《はぎ》村《むら》さんという経理をやってた女性とわりに親しかったものですから、知らぬ顔が出来ないんです」

「萩村さん？」

　修二は平ぺたい相手の顔にチラリと視線を投げて、思い出すようにその眼を廊下の照明器具に向けた。

「その女のひとだったかもしれないな。ぼくが保険の用事でここにきた時、書類をつくってくれたのは？」

「きっとそうでしょう。萩村さんは内勤の仕事もやってましたから。何でも出来るひとでしたわ」

「きれいなひとだったでしょう、二十四、五くらいで、顔の細長い、二重瞼の？」

「その方ですよ。桜総行には女のひとは四人いましたが、ほかの三人の方はそれほどきれいじゃありません」

「待って下さい」

　修二は裾《すそ》の短かいコートの大きなポケットからスケッチブックをとり出し、開いて彼女に見せた。

「これは別のひとですが、印象としてはこんな顔じゃなかったですか、羽田、いや、萩村さんは？」

　女事務員は絵をのぞいた。

「そうそう、こういう感じの顔ですわ。あなたは絵描きさんですね。さすがにお上手ですわ。二重瞼の眼《め》のところも、それに近いですわ」

「どうもありがとう。で、あなたは萩村さんと親しかったとおっしゃったけれど、いっしょに食事をしたとか、萩村さんの家に遊びに行ったとか、そういう仲でしたか?」

「いいえ。それほどのおつき合いではありませんでした。お昼時間にお茶を飲みに行く程度でしたけれど……」

「あなたは、今、お忙しいんですか?」

「ええ、まあ……」

「ほんのあと十分間くらいでいいんですが、此処《ここ》でもう少し、その萩村さんの話をしていただけませんか?」

女事務員は、不思議そうに絵描を見上げたが、十分間くらいならいい、と承諾し、廊下の端に歩いた。

廊下の端、さっきエレベーターで降りたときに見た直線の集中の先にある灰色の四角い壁は、実は掃除器具の格納室の扉《とびら》だった。そこを正面にして廊下が左右に分れ、手洗所、倉庫、共同湯沸し場、といった各室があった。

女事務員は、その共同湯沸し室の前で立停った。

「お忙しいところを恐縮です」

と、修二は長い髪に手をやって頭を下げた。

「実は、ぼく、女性を主体とする絵を頼まれましてね。いろいろモデルを物色したんですが、どうも適当なひとが見つからないんです。困って考えているうちに、ふと浮んだのが、一年前に保険の用事で桜総行に来たときに遇《あ》った萩村さんです。いや、萩村さんという名前なんぞ、もちろん、そのときは知りませんでしたがね。あのひとの顔が、記憶の底からぼんやりと浮んできたんです。特に意識を持ったわけではありませんが、やはり印象があって、それがぼくの潜在的な記憶になっていたんですな。考えているうちに、あの顔が眼の前に、ぼうと出てきたんですから」

「まあ。やっぱり絵描さんですわね。でも、萩村さんはきれいだから、ふつうの方でも印象に残りますけど」

「絵描の眼と思って下さい。そんなわけで、ぼくはそのぼんやりとした記憶をたよりに、あの顔を描いてみたんです。デッサンを十何枚も描きました。このスケッチブックもその一つですが」

「道理で、感じが似ていると思いましたわ」

「いや、いけません。やはり薄い記憶で描くというのは駄目《だめ》ですね、観念的になって。細部《デテール》がまるきり摑《つか》めないんです。……それで、思い切って、ここまで御本人にお遇いしたいと思って来たんですよ、保険の再契約にかこつけてね」

「まあ、そうですか。会社が駄目になって、萩村さんがここにいらっしゃらないのだから、失望なさいましたわね」

「いや、まだ、がっかりはしません。萩村さんの……萩村何というお名前ですか?」

「萩村綾子さんです。綾錦《あやにしき》などという綾です」

「綾子さんね。うむ」羽田道子のもう一つの名前だと分った。「……その萩村綾子さんの現在が分っていれば、そっちに伺いますよ。伺って顔だけのモデルをお願いするつもりです」

「ずいぶん、ご熱心ですね」

「絵描という奴《やつ》は、みんな、こうですよ」

「残念ですわ。萩村さんはどこに行かれたかわたくしにも分りませんわ。桜総行さんがここから消えたきり、あの方も消息が分らないんです。わたくしもハガキ一枚頂けませんの」

「ほう。親しかったというあなたにもね」

「萩村さんのお気持は分ると思いますわ。会社が続いていて、よそに移られたのならともかく、つぶれてしまったんですからねえ」

「なるほど」

「それに、たとえ、あの方の居どころが分って、あなたが訪ねていらしても、萩村さんはモデルになるなんてご承知なさらないと思いますわ。たとえ顔だけでも」

「それだったら、顔を見て帰るだけでもいいんです。今度こそ眼でしっかりとおぼえますから」

「でも、肝心の居所が分らないんですからね。どうしようもないでしょう」

「心当りは全然ありませんか、あなたにも？」

女事務員は首を振った。

「そうですか。東陽生命保険の本社に行ったら分りますかね？」

「それも駄目だと思いますわ」

彼女は、はっきりと云った。

「駄目？　どうしてですか。自分とこの業務を代行させていた前の代理店でしょう？」

「普通はそうですが、桜総行の場合、何でも東陽生命の本社と桜総行の社長とは喧嘩《けんか》別《わか》れになったらしいんです。ですから、ほかの人が、桜総行の社長さんは何処《どこ》に行ったか分らないか、東陽生命の本社ではさっぱり教えてくれないが、といってわたくしに訊きに見える方も相当ありましたわ」

「社長の行方も分らないから、萩村さんも分らないというわけですね。……社長は何という人でしたか？」

「玉野文雄さんという方でしたわ」

彼女はその漢字を絵描に教えた。

「年齢は？」

「そう。三十半ばくらいでしょうね」

「三十半ばですか」

殺された義兄の依田徳一郎は三十六歳だった。

「変なことを訊くようですが、その玉野社長は、どんな顔つきの人ですか、それと、身長とか、身体の恰好とか？」

「そうですね、身長は一六五センチくらいだったかしら」

義兄は一六三センチだった。

「顔は、どちらかというと丸顔のほうでしたわ。ですから、身体《からだ》も小肥りで、がっちりした体格でした」

義兄の依田徳一郎の特徴もそうであった。それはアパートの女家主から聞いた八号室の男客の姿とも合致していた。

「社長の態度はどうでした、あなたから見て？」

「紳士でしたわ。丁寧で、やさしくて。腰の低い方でした。わたくしは直接にはお話したことはありませんが」

それも女家主の云う、八号室に通ってきていた男の描写と合っていた。

「あら」

と、気がついたように女事務員は細い眼をきらりと光らせた。

「あなた、私立探偵《たんてい》？」

「いや、そんなんじゃありませんよ。ぼくはこの通り、正真正銘の絵描です」

修二が云うと、彼女は彼の長い髪や風采《ふうさい》に納得したようだった。

「どうして、私立探偵などとぼくを疑うんですか。あ、分った。桜総行が生命保険の掛金で契約加入者に迷惑をかけているからですか？」

「いえ、そういうことじゃないんです。そういうトラブルは無いようです。それよりは……」

ここで彼女は言葉を濁しかけた。修二はそれを追った。

「それよりは……何ですか？」

埃《ほこり》っぽい長い髪、無精《ぶしよう》な服装《みなり》にもかかわらず、絵描は柔和な、親しそうな眼を持っていた。これが三十歳前の女事務員を妙に信用させた。

「あなたが萩村さんの事情を調査なさってるんじゃないかと思ったんです」

と、彼女は少し声を落として云った。山辺修二にはこの一言だけで十分だった。

その短かい言葉から、あのアパートにいた羽田道子という女性と叔父と称する男との関係が、そのまま萩村綾子と玉野文雄との上に引き直された。

「萩村さんの事情というのは、社長の玉野さんとの仲のことですか？」

女事務員は、びっくりして彼を見た。

「いや、あなたの口吻《くちぶり》ですぐ察しがつきましたよ。三十半ばの社長と、若くてきれいで、しかも仕事の出来る女子社員となれば、その間が通俗小説の作者でなくとも想像が働きますよ」

修二は微笑で云った。黙って眼を伏せているのが彼女の答えであった。

「ほんとうのことを云うと、あなたのお察しの通りです。玉野社長と、萩村さんとは恋愛関係にあったんです。それは、あのころ桜総行に居た社員の方はみんな知っていましたから」

彼女はやっと答えた。

「うむ、やっぱりね。しかし、玉野さんには奥さんが居たのでしょう？」

「そうなんです。ですから、萩村さんはとても悩んでおられましたわ」

女事務員の口調は小川のせせらぎの音のような同情を帯びてきた。

「あなたの口ぶりからすると、そのころ、あなたは萩村さんからその悩みを打明けられ、相談をうけましたね？」

「少しはね。でも、わたくしなんか相談を受けても何の役にも立ちませんわ。ただ、萩村さんは、少しでも悩みを打明けることで、気持が軽くなったかも分りません。ひとりで、そんな苦労をかかえていては堪《たま》りませんもの」

「萩村さんは玉野さんとどうしても結婚できなかったのですか。たとえば、玉野さんが奥さんと離婚するとか……」

「それを社長さんにねだれるくらいの勇気が萩村さんにあったらよかったんですが、あのひとはそれが云えなかったんです。といって、ほかの方と結婚する意志も無かったのです。そのころ、縁談はいくつかあったようですわ」

「玉野さんは本気で萩村さんを愛していたんですか？」

「ええ、そりゃ真剣のようでした。萩村さんは、社長さんの気持が分っているから、自分は一生、陰の存在でもいいと云ってましたけれど。あのひと、社長さんのことを思いつめていましたわ」

「ほかに、萩村さんを好いて、彼女に熱心になっているとか、追回しているとかいう男性はいませんでしたか？」

「萩村さんは社長さん以外どんな男性にも一顧もしませんでしたから、そこまでもゆかなか

った と思います」

「うむ」

この言葉が真実なら、殺人(それは被害者が間違えられたものだが)の原因が女をめぐる関係でなかったことが分る。そして、萩村綾子が、陰の存在でもいいと洩《も》らしたという言葉が、アパートの八号室の羽田道子と、その叔父の姿とに結像していた。

「萩村さんは、いまどうしてらっしゃるかしら。社長さんとの仕合せがつづいていればいいいと思いますわ」

女事務員は自分のことのように溜息《ためいき》をついたが、その落ちた視線の先が修二の腕時計の針に当ると、あわてて自分の小さな時計を確め、急にそわそわした。

「あ、いけない。もうこんな時間になったわ。早く戻らなくちゃ……」

「どうも済みません。あの、最後におたずねしますが……玉野さんは、寒い季節、どんな色のコートを着ていましたか、黒ですか、茶色ですか?」

「そんなことまでおぼえてませんわ。失礼」

油を売りすぎた女事務員は足早に立去った。

修二は、その中途半端な感じのビルを出た。外に出ると、パイプに火をつけ、どっちに行ったものかと思案するように道路に立った。足もとに風が吹いていた。

山辺修二は、丸の内の東陽生命ビルの前に出た。さっきの松ガ枝ビルとはうって変った、巨大で近代的な建物だった。一階から三階までが東陽生命の本社になっている。中はまるで戸外と同じに太陽の光が溢《あふ》れていた。壁面がそのまま大きなガラス枠《わく》になっているのである。生命保険会社は儲《もう》かり過ぎているようだった。

彼は一階の長い大理石のカウンターの真ん中に近づいた。大銀行の内部と同じように柱も床も大理石ずくめの荘重さだった。

「こちらの生命保険の加入者ですが、桜総行のことでちょっと伺いにきました」

美しい女子社員がにこやかに答えた。

「どういうご用件でしょうか?」

「桜総行に契約した保険のことですが、いま松ガ枝ビルに行ったところ、桜総行は半年前に潰れたということですね。保険はどうなってるんでしょう?」

「少々お待ち下さい」

絵描がパイプから煙を二度と吐かないうちに、身だしなみのいい三十ぐらいの男子社員がカウンターに対《むか》い立った。

「桜総行を通じて保険を契約していただいたそうで、どうもありがとうございます。それについて何かご不審な点でも?」

と社員は微笑を湛《たた》えてきいた。

「いや、不審というわけではありませんが、何しろ、その契約した会社が潰れたと聞いてびっくりしたんです」

「はあ、潰れたといいますか、とにかく、代理店としての桜総行に事情があって特約業務をよそに移しました。しかし、てまえのほうの生命保険にご加入願ったことには変りはありませんので、桜総行の引継ぎ分も新しい店にやらせております。そのとき、たしか、加入者の方々にはご通知を差上げたはずですが」

「いや、いただいていません」

「それでは行違いになったのかも分りませんね。しかし、ご契約願ったのは当社の保険でございますから、桜総行がどのようなことになっても、その点はご安心願いとう存じます。お名前は何とおっしゃるんでしょうか？」

修二は姉の名前を云い、その代理で来たといった。

「それでは少々お待ち下さい。いまカードを調べさせます」

社員は心得て、早速、その手配を女子社員に命じた。

「こういう事態はときどき起るんですか？　いや、代理店のことですが」

修二は、その男をカウンターに引止めた。

「いいえ。滅多に起りません。桜総行のことは例外中の例外です」

社員は東陽生命保険の信用を強調するように答えた。

「ははあ。そうすると、桜総行が何か不都合なことでもしでかしたのですか？」

「いいえ。決して、そういうわけではありません」

修二は、パイプの煙を一口吐いた。

「桜総行の社長は玉野さんと云いましたね。その人は、今、どうしていますか？」

この質問を受けて社員の顔が少し変ってきた。愛想のよかった眼つきが別な表情になって、絵描をじろじろと観察した。

「さあ、どうしていますかね……」

と上《うわ》の空で云ったとき、女子社員が戻ってきて、カードを調べた結果、異状のないことを報告した。

「あ、そう」

社員、おそらく何かの係長かと思われる男は、その報告も上の空で聞き、まだ、修二にためらうような視線を向けていたが、

「済みません、ちょっとお待ち下さい」

と云うなり、急いでカウンターをはなれて奥のほうに行った。正面には数人の、年とった幹部社員らしいのがならんでいたが、係長はその一人の机に行って何か告げていた。修二の立っているところからは、その男の姿が小さく見えるくらい遠かったので、もちろん、何を話しているか分らなかった。しかし、正面のその上役は修二のほうをのぞくように顔を向けていたので、彼のことには違いなかった。

打合せが済むと、係長は急いで修二の前にとって返した。

「あの、まことに恐れ入りますが、ちょっとあちらに十分間ほどお越し願えませんか？」

あちらといって手で示したのが、修二からいって右側の、応接室と文字の出ているドアの

ほうであった。

「ぼくが？」

「いえ、ちょっと、ご説明申上げたいことがありまして。それほどお時間をおとりいたしませんので、どうぞ、どうぞ」

係長は、生憎《あいにく》と、立派な、幅広の、長いカウンターが間を邪魔しているので、修二の背中を押すことはできなかったが、彼を誘うように右に向けて歩きだした。

応接室の立派なことは云うまでもなかったが、係長は、ここに彼を連れこんだことをしきりと詫《わ》びた上、上役があなたにお訊《たず》ねしたいといっているので承諾してほしいと云った。

たった今、自分のほうから説明したいと云っておきながら、それでは話が逆だったが、修二は快くうなずいた。すると、係長は安心したように、修二の住所と名前をきき、ご職業は一目拝見しただけで分ります、と云った。

うしろのドアを開けて四十四、五くらいの男が入ってきたが、それがさっき正面に坐って係長の報告を受けた上役だった。彼は名刺を出して、当社の保険に加入していただいてるそうですが、いつもお世話になります、と礼を述べ、勝手にお引止めして申しわけない、と謝った。名刺の肩書は、契約部第一課長となっていた。

「桜総行のことでお見えになったそうで？」

と、第一課長は如才のない調子で云った。

「はあ、桜総行が潰れたと聞いて、ちょっと心配になったんです」

「それはこの係からご説明申しあげたと思いますが、失礼ですが、あなたは桜総行の社長をしていた玉野さんとはご昵懇《じっこん》だったんでしょうか？」

「いいえ、全然知らない人です」

「はあ、左様で」

課長と係長は、一瞬、眼を交した。

「玉野さんがどうしているかとのおたずねですが、それは何か理由がございますか？」

「理由も何もありません。ただ、契約した代理店が倒れたというので、ふと、社長の玉野さんの消息を訊いただけです」

「そうですか」

課長は、その返事に満足してなく、

「実は、さっき、あなたと同じことを訊きにこられた方がありましてね。それで、わたくしどもも気になるものですからお伺いしたのです」

「ほかの方はどうか知りませんが、ぼくは、ただそれだけの気持できいてみただけです。まあ、玉野さんの現住所が分れば、これに越したことはありませんがね」

「さっきの方もそう云っておられました。玉野さんの現在を訊かれたんです」

「それがどうしてあなたのほうに気にかかるんですか？」

「いや、実を申しますと、さっき、玉野さんのことで訊きにこられたのは警察の方でしてね」

「警察？」

はじめて修二はパイプを口から放した。

「そうなんです。警視庁の刑事さんなんです」

修二の頭の中を、姉の家の私道をいっしょに歩いた背の低い刑事の姿がよぎった。もし、そうだとしたら、風采の上らない、一向に活気のない刑事だったが、さすがに商売で、早くもここに先回りして来たと思った。

「刑事が何のために、玉野さんのことを訊きにきたのですか？」

「さあ、それは分りません。ただ、玉野さんの居所が分ったら教えてくれというだけでした」

「ご存じだったんですか？」

「いいえ、われわれも玉野社長というのは名前だけしか聞いていませんのでね。当社とはもう関係の無い人です。どこに住んでいらっしゃるか、こりゃ分りようがありませんよ」

「その通りに云ったら、警察は何と云ってました？」

「ただ、そうですか、と云っただけで引きあげられましたがね。わたしたちも、なぜ、警察が玉野さんのことで当社にきたのか、よく分らないんです。刑事さんが西東という名刺をくれました」

やはり間違いなかった。だが、西東刑事がどうして桜総行の玉野のことを嗅《か》ぎ出して来たのだろうか。あの刑事はアパートで、引越して行った八号室の女のことを女家主から聞いていた。その女の名前も本名ではなかったはずだ。それがどうして桜総行の玉野社長に結びついたのか。こっちは、姉にスケッチを見せ、その記憶から桜総行の萩村綾子に辿《たど》りついたのだが、刑事には、そういうきっかけは無かったはずだ。修二は、警察というものは、思ったより合理的に、しかも一般には分らずに迅速に行動するものだと感服した。

課長はつづけた。

「警察が動くといえば事件関係しかないですからね。で、どういう事件が起ったのか質問しましたが、刑事さんは、いや、こちらには無関係のことです、といって打明けてくれないんです。まあ、われわれもこうして信用を看板にしてる商売ですから、たとえ半年前に桜総行と解約したとしても、前の代理店が何か面白くない事件を起したとなると、これはやはり気にかかります。で、お忙しいところをお引止めしたのは、あなたも刑事さんと同じことを訊きにこられたので、玉野さんについてどのようなことが起ったのか、お伺いしたかったのですよ」

修二は事情を了解した。さすがに生命保険だけあって神経は過敏だった。

「いや、いくらきかれても、ほんとにぼくは何も知らないんですからね。いまも云ったように、桜総行がつぶれたと聞いてから、社長の玉野さんの現在が、ただ何となく知りたくなったんです」

「ああ、左様で」

課長も係長もどうやらそれで納得したようだった。彼らも絵描がほんの好奇心から玉野のことを訊いたことに気づいたらしかった。自分たちの質問の愚さを知ったように、あっさり礼を云って、修二を引取らせようとした。

だが、この応接室に入ってから浮んだ思案が修二のほうにあった。

「一体、桜総行は、どういう事情でお宅の代理店の権利をとり上げられたのですかね？　おっしゃりにくいことでしょうが、やはり伺っておいたほうが今後の安心のためにもいいと思います」

「桜総行とはまずくなっても、何度も申上げるように、契約加入者の方には決してご迷惑はかけておりません。事情と申しましても、これは内部のことで、発表には差支《さしつか》えるんです」

「桜総行というのは、ほとんど東陽生命の特約業務で会社を運営していたそうですね？」

「はあ」

「お話しにくいんなら、べつに伺わなくてもいいんですが、いずれにしても、そういう結果になったのは、桜総行なるものが初めから弱体だったということだけは想像できますね」

「必ずしも弱体ではありませんが、途中からいろいろな事情が起ったのです」

「途中から事情が起るということが問題ですよ」

と、修二にしては珍しく喰下《くいさが》った。

「それは初めから何か欠点があったと思います。一体、桜総行が東陽生命保険の特約業務をはじめたのはいつごろですか？」

「約二年前です」

課長は少し苦々《にがにが》しく答えた。

「二年前。そうすると、一年半しか業務をやってなかったことになりますね。保険代理業を開始して二年目にはもう本社と契約破棄にならざるを得なかったというのは、やはり、その桜総行なるものがしっかりしていなかったということになるんじゃありませんか？」

「しかし、これにはいろいろと事情がありまして」

と、傍《かたわら》の係長がたまりかねて課長の助け舟を出そうとした。

「その事情を伺わせてもらいたいと云っているんですが」

「ですから、それはちょっと外部の方には……」

「そうですか。なんだか臭いものに蓋《ふた》をされたような感じがしないでもありませんね。とにかく、生命保険というのは、銀行と同じように信用第一でなければならない。したがって、代理店もそういう信用のある組織を択《えら》ばないと、東陽生命の看板にもかかわることですよ。町のいいかげんなグループを代理店にしたのじゃ……」

「そういうことは決してしません。おっしゃるように、桜総行との契約を廃止したため、ご不審を起された点はよく分りますが、桜総行は、はじめは決していいかげんなものじゃなかったんです」

「はじめは、とおっしゃいましたね。それはどういう意味ですか？　現に、あなたがたは社長の玉野さんがその後どうしたか分らないと云っておられる。それから、警察から玉野さんのことを訊《き》きにきたので、こうしてわたしを応接間に引止めて心配しておられる。これでは、やはり桜総行がどうもインチキ臭かったということにしか取れませんよ。桜総行の設立に東陽生命の社長さんが参加なさっていたのなら、これは別ですがね」

「おい、君」と、課長は係長に顔を向けた。

「たしか、桜総行の設立趣意書が保存してあったね。あれをこちらにお目にかけたほうがいいだろう。そうすると、こちらのお疑いが解けるかも分らない」

係長は応接室を出て行った。入れ違いに女子社員が紅茶を運んできた。その間、課長と修二と二人だけだったが、紅茶が卓に置かれるのを待っているかのように双方は黙っていた。

さっきの係長がファイルの綴込《とじこ》みを手にして戻ってきた。出て行く女子社員とまた入れ違いだった。

「ございました」

と、係長は課長にまず見せた。課長はひろげられた綴込みのところに眼を落とし、それを訪問者の前に置いて見せた。

「ご覧下さい。決してわたしどもがいいかげんな代理店を択んだわけではございません」

修二は綴込みに眼を落とした。

それは「株式会社桜総行」の設立趣意書であった。文章はこの際、あまり重要ではない。修二が見たのは、その発起人の名前であった。

玉野文雄

花房　寛（光和銀行頭取）

花房忠雄（光和銀行会長）
田村　満（東陽生命保険株式会社社長）
上田吾一（東陽生命保険株式会社常務取締役）
西山春治（富源物産株式会社社長）

修二の眼が二番目にならんでいる花房寛の名前にとまった。彼の眼には、かすかだがおどろきの色が宿った。それは意外なところで知人に遇ったときの表情に似ていた。

「ほれ、この通り、発起人は一流人ばかりですよ。ちゃんと当社の社長も名前を連ねております」

と、向い側から課長が云った。

「なるほど」

と修二は大きくうなずいて云った。

「これだけの名前を発起人に揃《そろ》えて、どうして桜総行はいけなくなったんでしょう？」

発起人は会社設立後には株主になったはずだ。

「いや、事業をやると、いろいろな事情が起ります」

係長が横から口を出した。

筆頭発起人に玉野文雄がいるのは、このあと桜総行の社長になる予定だったから当然としても、彼だけは当時の肩書がついてない。姓名だけが、ぽつんと寂しそうである。

「この玉野さんは、そのころ、何をしておられたんですか？」

修二は課長に訊いた。

「さあ。この設立当時のことは分りませんが、そのすぐ前まで光和銀行に長く勤めておられたそうですがね……」

課長は、しぶり気味に答えた。


京橋の芸苑《げいえん》画廊のウインドーには、金ピカの額縁に飾られた大家の絵ばかりがならんでいる。荘重に見えるが、みんな売絵ばかりだった。店内の三方の壁も額縁で埋まっている。これも有名画家が多いが、表の陳列と同様に売絵ばかりだった。

パイプをくわえた山辺修二がふらりと入って行った。

「おや、いらっしゃい」

狭い奥から顔見知りの店員が出てきた。

「やあ」

絵描は、店内を見渡して、景気はどうですか、と訊いた。

「まあまあです。……ちょうどいいところにいらしていただきました。おやじがお会いしたいと云っていましたよ。いま奥に居ますから、どうぞ」

奥に灯明が輝いていた。狭い、落ちつかない場所に豪華な応接セットが置いてある。その向うの事務机の前から主人の千塚忠吉が白髪《しらが》頭を向けた。修二を認めると、老眼鏡をはずし、つき出た腹でよちよちと歩いてきた。

「やあ、いらっしゃい」

赧《あか》ら顔だから頭の白髪が美しく見えた。

「今日は」

「このところ、しばらく見えませんでしたな」

店主は彼を歓迎して椅子《いす》をすすめた。七人の使徒を浮彫りにした銅版画の灰皿がある。外国戻りの絵《え》描《かき》の土産ものらしい。芸苑画廊は洋画壇の大家にも慇懃《いんぎん》な睨《にら》みが利いていた。その反面、無名画家には冷酷だった。しかし、店主は修二に一年くらい前から少々愛想がよくなっていた。それまでは洟《はな》もひっかけない男だった。

商売のうまい男である。画商の経営はむずかしい。千塚忠吉は四十年前からこの商売をやっていた。その間、何度か浮沈があった。いちばんの危機は二十年前で、すんでに店が潰れるところまでいった。その断崖《だんがい》のふちから引戻してくれた幸運が、いまでは千塚忠吉にかかわる神話となっている。不届きな噂《うわさ》だが、商売人の倫理はそれを不道徳としていない。かえって、「やり手」ということになって業者仲間に称讃《しょうさん》された。二十年前に千塚忠吉からニセ絵をつかまされた或《あ》る高名な評論家が、そのニセ絵を堂々と本文中の写真版にして出して、作家論を書いていた。真贋《しんがん》の弁別は素人《しろうと》には至難である。

その千塚忠吉がいま、山辺修二ににこやかな顔を向けているが、一年前まではこんな歓迎はなかった。修二が何を持参してもじろりとそれを見るだけで、持って帰ってくれ、と冷たく云ったものだった。その後は少々うるさく思ったか、十枚一束で話にならぬ安値をつけた。

ウチの倉庫は持込み絵がいっぱい詰って、置場所が無い、と云うのだった。わずかでも金を支払ってくれたのは恩恵かもしれなかった。画商は、そうした絵を、有名作家の作品を買ってくれる客にタダで添えてやるのである。お添物である。画商が一山いくらで叩《たた》くのは当然だった。

皮肉なことに、この景品のせいで山辺修二に芸苑画廊のおやじの微笑が向けられた。値段が安いからではない。どんなに安くても画商は客にタダでくれてやるのだから、それだけ損をしているわけである。商売人の微笑の意味は、それが利潤として生れ変ってきたからだった。抱き合わせではなく、正真正銘、山辺修二の絵に単独の値段が生じたのだ。その変化は、ほぼ一年前からはじまっている。

有名な画家だが、作品的にはくだらない絵を一枚買ってくれた客が、おまけにつけてくれた修二のタダの絵に注目してくれたのだった。これはどういう画家か、と客は訊いたという。

客は絵の解《わか》る人だった。既成作家よりも、これから出て行く未完成の画家に興味を持っていた。その客が貰《もら》ったお添物の絵を見て、この無名作家のほかの絵も見たい、と云《い》い出したのだった。

景品で残った修二の絵はまだ八枚は倉庫にほうりこまれてあった。

(面白い絵だね)

その客は八枚をならべて見て云った。

（面白いです）

店主は、商才的な視線を客の顔に走らせると、忽《たちま》ち同調した。画家の前では決して云わなかった言葉が出た。

（この作家は将来性があります。絵もほかの画家に見られない独特な味をもっています。まだ未完成ですが、それだけ将来が楽しみです）

客はこの作者は、どういう経歴の人か、と訊いた。そのとき、店主の千塚忠吉も修二のことをまだよく知っていなかった。

（今度、本人が来たら、よく聞いておくんだね）

白い頭を掻《か》いている千塚に客は云った。まだ四十そこそこの紳士だった。身につけているものの目立たないところに贅沢《ぜいたく》な配慮があった。渋く見えて、実はスマートに派手なのである。店に現われるときは、運転手つきの大型外車だった。

（君、この人は将来きっと賞を取るよ。ぼくの眼に狂いはない）

（実は、わたしもそう思って期待しているのです）

と、千塚は抜け目なく云った。早くも次の値段を考えてのことだった。

この客の道楽は、無名画家の作品を買って置いて、その作家が伸びて行く楽しみにあるようだった。自分の鑑識眼の正確なのを自慢にするのである。事実、今まで二度ばかり、それを実証する経験があった。どちらも新人賞を取って、いま新進画家として売出している。もっとも、一人のほうは早くも没落しかけていたが。——

（この作家は、前の二人よりはいいよ）

と、その紳士は八枚の絵を眺《なが》めて云った。絵は抽象ではなく、具象派に近かった。近かったというのは、抽象画の流行のあとなので、そこに抽象と具象の混合があったからである。抽象派が行詰ったといっても、その反動として具象派が以前のそれに帰れるはずもなかった。

（デッサンもしっかりしてるね。色彩感覚がいい）

と、客はほめて、

（こんな時世になると、デッサンの出来ない抽象画家は悲劇だな）

と笑った。そこで、客は八枚全部を買うと云い出した。一束の値段でなく、一枚ずつを、ちゃんと号の計算で支払ったのである。

その顧客の名前を、芸苑画廊の主人千塚忠吉は作者の山辺修二に容易には明さなかった。

（非常に絵のよく解る客でね、あんたの絵に見どころがあると云っておられた。まだまだ、海のものとも山のものとも分らないが、画壇に出る可能性はあると云っておられたよ）

主人は、彼の八枚の絵全部が売れたとは決して云わなかった。その一枚をさばいただけでもやっとだったと強調した。

（つづけて何か描《か》いてみませんか）

画廊の店主がこう云ったからといって、それほど熱心な調子ではなかった。持ってくれば見てあげよう、そして、絵の出来がよかったら先方にすすめてみる、まあ、描いても描かなくてもどちらでもいいがね、といった気のないすすめ方だった。

（前のよりはいいようですな）

と、次に店主は修二が持ってきた絵を一瞥《いちべつ》して云った。

（しかし、まだ勉強してもらわないといけませんな。何度も云う通り、先方は絵のよく解る人だから。そりゃ批評家よりも怕《こわ》いくらいですよ）

初めて千塚忠吉が一枚ぶんの値段で修二の絵を買ってくれた。前回までの十枚突こみ値段の半額だったにしても、とにかく正当に、一枚の価格を付けた。

（これを買ったからといって、すぐにその人が持って行ってくれるとは限らないのでね。今のところ、あんたの絵はその人しか買ってくれない。わたしのほうも賭《かけ》だ。見なさい、ここにある絵だけでも大きな資本を寝かせてあるよ。金利がたいへんですよ）

千塚忠吉は云わなかったが、大家や流行作家にはずいぶんと金をあずけている。描かせるために、無理に押しつけたのも多い。この金利も大きかったのだ。

一カ月後、修二が十号の絵を描きあげて持って行くと、千塚忠吉の顔は前より愛想がよくなっていた。

（先日の絵は売れましたよ。むろん、同じ人です。先方に、だいぶ、いろんなことを云われたがね。とにかく持って行ってくれました）

千塚は、修二の持込んだ絵を早速壁にかけて見た。古い番頭と女店員とがぐるりに集った。今まで修二の絵がこの店でこんな注目をうけたことはなかった。

（先方はどこがいけないと云ったんです？）

と、修二は批判の点を聞きたがった。

（それはまだあんたに云わないほうがいいな。云うと、それに拘束されて作品が萎縮《いしゅく》してもいけないからね。まあ、当分思うように描いてみて下さい）

千塚は云った。

（この絵も買ってくれますかね？）

（そりゃ何とも云えない。いくら安くても金を払うことですからな。あの人が買ってくれるのもそろそろ限界かもしれない。そうなったら、ほかのお客さんにすすめてみるつもりですがね）

しかし、今度は前回の五割増の値段を千塚忠吉ははずんだ。ちゃんと当《あ》てがあるのだ。客が必ず買うという見込みをつけているのである。

山辺修二が、自分の絵の客の名をやっとのことで千塚忠吉から聞き出したのは、それから三カ月ぐらいしてのことだった。絵を三枚持込んだあとである。

（銀行家です）

店主はそこまでは云ったが、そのときは銀行の名も当人の名前も明さなかった。画廊のおやじは若い画家と顧客とが直接に知合うのを好まない。たとえ、画廊の手を通すにしても、双方があまりに早く知合うのを好まなかった。買値と売値の差が大きいのを両方に知られたくないのが最大の理由だが、画商としては両方の間に介在していつまでも絶対の力を持ちたいのである。

（光和銀行の頭取さんで、花房寛という人です）

それがひと月前の店主の打明け話だった。修二の絵がほかの客にも動き出してからである。今のうちにこの画家のものをお買いになるとお得でしょう、と店主がその有望性を云ってすすめたのだろう。絵は投資でもあった。投資だから、眼《め》の利く客が買い集めていると聞けば、ほかの客の心も動く。

（光和銀行というのはどこです？）

修二は、その名前を知らなかった。

（阿岐市にあるんです。県下だけでなく、中部地方一帯に強力な地盤を持っていてね。東京支店が虎の門にある。頭取さんは始終支店にきているので、そのついでにわたしの店をのぞきにくるんですよ）

千塚忠吉がそこまで打明けたのは、修二にあとの作品を描かせるため、これ以上秘密にするのが不利だと思ったのかもしれない。それに、修二の性格が相手の客に直接言葉をかける人間でないと見極めをつけたのだろう。絵描の中には、画廊を通じて知った客に、こっそり直接交渉をはじめる「商人のような、狡《ずる》い奴《やつ》」もいた。

もっとも、千塚忠吉は絵描にタカをくくっていた。もし、そのような背信行為があれば、いつでも画家の生命を抹殺《まっさつ》できると信じているのだ。彼の店は同業にも押えが利いている。一片の回状で、その絵描はどの画商からも閉め出される。まして、修二はまだ無名だった。

（ぼくの絵がその人の気に入るなんて信じられませんね）

修二は、謙遜《けんそん》ではなく、ふしぎなことが起ったような気がした。自信とは別である。

「今日は、ちょっとお願いがあって来ました」

山辺修二は、出された紅茶に一口つけたあと画廊の主人に云った。

「ほう、何ですか？」

千塚忠吉は少し警戒的な眼つきをチラリと浮べた。早くも前借の無心と思ったようである。

この程度の絵描に前貸しはまだ早いという顔であった。

それとも、画料の値上げの交渉に来たのか、それなら少し考えてもいい、今までが少々安すぎたからな、だが、こっちから乗気にならないことだ、といったような、いろいろな思惑みたいなものがその眼に浮んでいた。

「実は、光和銀行頭取の花房さんのことなんですが」

修二は云った。

「ははあ」

画廊の主人の眼つきが変った。この絵描が、自分の絵を買ってくれる客に紹介してくれとでも頼むのか、無名画家の気持としては礼を述べた上で、あともよろしくと頼みたいのだろう、顧客と直接話を交して自分を知ってもらいたいのかもしれぬ。——千塚忠吉の眼に軽い疑惑があった。

「その、花房頭取に、ちょっと訊いていただきたいことがあるんですがね」

修二は云った。

「ははあ、何です？」

千塚忠吉の見当は違った。分らなくなった。

「……いや、これは直接《じか》に頭取さんに訊いてもらってはまずいかな」

修二は思い直したように呟いた。

桜総行の社長の玉野文雄は、その光和銀行の元行員だったというのである。頭取が発起人となって桜総行の設立を応援したくらいだから、花房頭取と玉野文雄とは、玉野が光和銀行に在職中から特別な関係だったかもしれない。玉野は花房頭取のお気に入りだったのであろう。

玉野のことを知るには、花房頭取に聞いたほうがよく分ると思った。だが、まだ絵を通じてしか知っていない花房に、いきなり遇《あ》って訊ねるわけにはゆかなかった。殊《こと》に、玉野には現在どうやら悲運がまつわりついているようである。その行方も分らぬ始末である。

そんな男のことをどういう理由で訊くのか、と花房頭取に反問されると窮するのだ。まさか、姉の家の近くで起った人殺しのことに関連があるとは云えなかった。いい話ではない。

修二は、殺人事件のことは伏せて、元光和銀行員で玉野文雄という人のことをある事情で知りたいのだが、花房頭取直接でなくとも、その周囲の人から聞けないだろうか、と千塚忠吉に相談した。

「そんなことなら簡単ですよ」

千塚忠吉はあっさりと引きうけた。彼の懸念《けねん》、つまり、商売上の利害関係とかけはなれた用件だと分って、彼の顔は単純に明るくなった。

「頭取の秘書室にいる加藤さんという東京支店詰の人、この人は頭取のお使いでよくここにも見えるし、わたしなんかも、銀行に行けばよく会いますからね。その人で分るでしょうから訊いてあげますよ」

「どうぞ、よろしく」

「いいですとも。しかし、そりゃ、どういうことなんです？」

千塚忠吉がそう訊いたとき、表から番頭の大津という、主人とそっくりに肥えた男が昂奮《こうふん》して注進にきた。

「社長、いま、梅林先生がお見えになりましたよ」

「え、先生が」

千塚忠吉は眼をむいて椅子から立ち上った。彼はたちまち修二をほったらかした。

「おい、おい、おれの上衣《うわぎ》」

と女店員に怒鳴るなり、千塚忠吉はあわてて表にとんで行った。梅林先生は洋画壇の大家である。


修二はアトリエで絵を描いていた。

借家だが、もと小さな看板屋だったので、わりと広いアトリエがもてた。いやがる家主を説得して、看板屋の仕事場を改造したのである。だから、戸口を入ってすぐにアトリエという奇妙な建物になっている。手ごろではあった。横に八畳と六畳くらいの部屋が二つ付き、旧式の台所と浴室があった。

「お姉さまから電話でございますよ」

通いのおばさんが取次いだ。近所の人で、主人はペンキ屋だ。修二は、そのペンキ屋の世話でここを借りることができたのだった。

「修二さん」

と、姉の声は少し昂《たか》ぶっていた。

「いま、渋谷の花屋さんから仏前に上げる生花が届いたのだけれど、あなた、池田一郎という人、知ってる？」

「さあ、知らないな」

「どうしたのでしょう？　とても立派な生花よ。それにいま云ったお名前がついてるの」

「住所は書いてないのか？」

「何も書いてないわ。ウチのひとの銀行関係の方かと思って、念のために庶務の方に訊いてみたけれど、ご存じないらしいわ。わたしにも心当りがないの。それであんたに訊いてみたの」

「姉さんが知らないのに、ぼくが知ってる道理はないよ」

「変ねえ。今ごろになってこんなお花が届くなんて」

「今日は何か法事に関係があるの？」

「四十九日が一カ月以上も前に済んだばかりでしょ。あるわけがないわ。その方、何を思い出してこんなものを下さったのかしら？」

電話を聞いている修二に、これは、と思い当るものがあった。

「そんなに立派な花？」

「変な話だけど、これだと五、六千円はするわね」

「よし。今からそっちに行くよ」

「そう。わたしも何だか気味が悪いわ。とにかくお供えはしているけれど」

修二はシャツとズボンを着更《きか》えた。シャツは例の赤い格子縞《こうしじま》である。画帖《がちょう》を入れたままのコートをひっかけて、おばさんに留守を頼んだ。電車では乗り換えが面倒臭いのでタクシーで行った。

「修二さん。これよ」

姉は玄関の修二をすぐに八畳の仏壇の前に伴《つ》れて行った。

立派な生花だった。さして大きくはないが、高い花ばかりが束《たば》ねてある。姉は五、六千円と云ったが、もう少し出ているかもしれなかった。茎から下っている花屋の小さな封筒には、「池田一郎」と書いた名札が差入れてあった。細い墨字だが、これは花屋が書いたのであろう。

「これは高そうだな」

「ね、そうでしょ。お葬式のときだって、こんなに立派な花は、銀行の頭取さんのしかなかったわね」

姉は弟の傍《そば》から花を見つめていた。

「池田一郎という人に銀行も姉さんも心当りがないとすれば、どういう人だろうね。このように立派な花をくれたんだから、義兄《にい》さんに関係の深い人かもしれないよ」

「けど、それだったら、お葬式の日に届くはずよ」

「うん。だから、義兄さんと関係があったというよりも、死んだ時の義兄さんに関係があったと云ったほうが当っているかもしれないな」

「いやだわ」

姉は弟の言葉に身慄《みぶる》いして、

「修二さん。ちょっとこっちに来てよ」

と、彼を引張るようにして次の六畳間に伴れこんだ。

「あんたもそう思う？」

姉は修二の顔を見たが、怯《おび》えているような眼《まな》ざしだった。

「ああ。姉さんもそう考えてるんだな？」

修二はパイプをとり出し、煙草《たばこ》を詰めた。火をつけ、煙をゆっくりと吐いた。

「しかしね、姉さんはちょっと勘違いしているよ。あの花束を犯人が贈ってきたとでも想像してるんだろう？」

姉は息を詰めていたが、

「違うの?」

と、低く問返した。

「ぼくが義兄さんの死に関係があると云ったのは、そういう意味ではないんだ。実は、今まで姉さんには黙っていたけれど、義兄さんはね、もしかすると、他人と間違えられて殺されたのかもしれないと思ってるよ」

「間違えられて?」

姉は眼を大きくし、肩で息を深く吸込むようにした。

「いや、まだはっきりとは分らないがね。実は、こういうことがある」

修二は初めて姉にこれまでの経過を打明けた。

ただ、あの背の低い刑事が同じ見込みでこっそり捜査しているらしいことは省いた。

「そうだったの」

と、姉は一瞬ぼんやりとなり、眼を天井の一角に止めた。

「そういうわけで、ぼくは、あのアパートに居た女のひとのもとに来ていた男が殺される相手だったと思うんだ。それを、犯人が義兄さんと間違えたんだな。今のところ、そう考えるよりほかにないよ。警察がどんなに洗っても、義兄さんには、そういう目に遭《あ》う原因が何も無かったんだからね。ほら、姉さんだって捜査本部の解散のときの警察の話に憤慨しただろう。あれはつまり、義兄さんについて警察が何もつかみ得なかったための弁解だったんだね」

姉は、その話で初めて修二が近所のアパートに居た女の顔を熱心に訊いていた理由に合点した。

生花についた名札には、渋谷道玄坂下の「ハーグ花店」の文字が印刷してあった。

「ハーグ花店」は最近出来たビルの一階にあった。中に入るといっぺんに噎《む》せる色彩に囲まれる。なかなか高級な花屋である。

修二は、二十歳《はたち》ばかりの女店員に姉のところから持ってきた名札を見せ、この注文主のことを知らないか、と訊いた。女店員は墨字で書いた名札を見ていたが、奥のレジに行った。そこには二十七、八ばかりの、少し顎《あご》のしゃくれた女が坐《すわ》っていた。若い女店員から話を聞いた彼女は立って修二の前にきた。

「いらっしゃいませ。これはたしかにてまえのほうでご注文を受けたものでございますが」

その女は彼ににこやかに云った。

「実は、その届けてもらった家の者ですがね」

と、修二はパイプを放した。

「この贈り主の方の名前に、どうも心当りがないんです。それで、どういう人がこれをこちらに注文にきたか、知りたいんですが」

「あら、そうでございますか」

女店員は別段おどろいてもいなかった。そういう仕方で注文する客は多いようであった。

「この名前の字はこちらで書いたんですね？」

「はい、左様でございます」

「なかなかきれいな字ですね。あなたですか？」

「恐れ入ります」

顎の少ししゃくれた女が微笑して俯向《うつむ》いた。

「あなたがお客さんに頼まれてこれを書かれたと分りましたが、その客はどういう男のひとですか、つまり、その年恰好《としかっこう》などですがね？」

「男の方ではありません。女のお客さまでした」

「女？」

修二の頭には二重瞼《ふたえまぶた》の眼が浮んだ。

「はい。女性の方のお年齢《とし》を申しあげては失礼ですけれど、二十四、五の方だと思いました。きれいな方でしたわ」

「そうすると、その女性はこの池田一郎という方の代理でここに来たのですね？」

「そのへんは何もおっしゃいませんから分りませんけれど、多分、そうだと思います」

「その女の方の特徴が知りたいんです。顔はどんなふうでした？」

「そうですね、二重瞼の、眼のきれいな方でしたわ。少し寂しいような感じでしたけれど……」

「なるほど」

修二は、外套《がいとう》の大きなポケットからスケッチブックをとり出した。女店員に開いて見せたのが、例の女の顔の描いてある部分だった。

「あら、眼のあたりに感じが出ていますわ」

のぞきこんだ女店員は絵の出来をほめた。さっきの筆蹟《ひっせき》を称讃されたお返しのぶんもある。しかし、よく似た顔だとは云わなかった。

「このお客さんがその名札の字を頼んだとき、原稿として書いた紙はありませんか？」

「いいえ。その方は何もお書きになりませんでした。わたくしが口でお名前の一つ一つを伺ったんです」

「服装はどんなでした？」

「そうですね、あまり目立たない服でしたわ。地味なくらい……」

「そのひと、ひとりで入って来たんですか？　だれか連れはなかったんですか？」

「いいえ」

「あの花は自分で択《えら》んだわけですね？」

「はい」

「そのとき、ま、これは無理な話かも分りませんが、そのお客さんの住所は聞いてなかったでしょうね？」

「伺ってません」

当然であった。店にふらりと入ってきて現金で支払って行く客が、いちいち、自分の住居を花屋に云うわけはなかった。

店に客が二、三人いちどきに入った。店員は急に忙しくなった。修二は、もっと聞き出したい気持が残って、そのまま立っていた。自分が邪魔な客だと分っていても、出て行けなかった。せっかくの機会だし、話が残っていた。

その客三人はあまり手間どった買物をしなかった。

若い女店員二人が客を見送って話合っていた。

「いまのお客さんは、どこかで見たような顔ね？」

「わたし、知らないわ」

顎のしゃくれた先輩の女店員がそれを聞いて、

「さっきのひと？　あの方なら山根さんとおっしゃって、半年ぐらい前にカトレヤを買って下さったじゃないの」

と、口をはさんだ。

「あら、そう。後藤さんは相変らず記憶がいいのね。おどろいたわ」

「だって、そのときもわたしが山根さんというお名前を書いたんですもの」

「それにしても、毎日たくさんのお客さんが見えるのに、半年前、たった一度見えただけでよく顔がおぼえられるものね。この前だって、一年前のお客さまのお顔をおぼえていて、お客さまのほうがびっくりなすっていたじゃないの」

これはもう一人の若い女店員の言葉だった。

修二は、顎のしゃくれた女店員が後藤という名前だと知った。

「失礼いたしました」

と、その後藤という彼女は修二のところに戻ってきた。

「いや、こちらこそつまらない用事でお邪魔して済みません」

女店員は愛嬌《あいきょう》よく大きな眼を微笑《わら》わせていた。

「いま、その若い方のお話をチラリと聞いたんですが、あなたはずいぶんご記憶がいいそうですね」

「あら、そんなでもありませんわ」

「それについて、ちょっとお願いしたいんですがね。ほかでもありません。この池田一郎の名前で注文されたきれいな女性、その方がまたこの店に見えたら、名前と住所を何とか聞いていただけませんかね？」

「はあ」

「いや、実は、ぜひその方にお目にかかりたいんです。ぼくは、この花を届けていただいた家の者です。ここに電話番号を書いておきます」

修二は画帖の端に鉛筆を走らせた。

「そうだ。その場合は、ぼくのほうに電話をいただいたほうが好都合かも分りませんな。ぼくは、その弟です」

「洋画のほうをやってらっしゃいますの？」

と、後藤という女店員は好意的な眼を見せた。

翌日、修二に芸苑画廊から電話がかかってきた。店主の千塚忠吉の声で、

「先頃はどうも失礼しました」

と云った。前に訪ねた時千塚は老大家の梅林先生にかかり切りで、修二をおっぽり出したので、さすがに気がとがめているらしく、いつになく丁寧だった。

「実は、あんたに頼まれた件ですが……ほら、光和銀行にいた玉野さんとかいう人のことを訊く件ですよ」

「あ、どうも」

千塚は忙しさにかまけて、忘れてしまったのかと思っていた。

「あんたのご希望通り、加藤さんに大体のことを訊いてみたところ、加藤さんが直接にあんたに遇って話してあげるということでしたよ」

「はあ」

そのほうがありがたかった。なまじ、千塚を通さないほうがよかった。

しかし、画商の千塚は絵描を直接に顧客筋と会わせるのを厭《いや》がる性質《たち》だ。たとえ、花房頭取直接でなくとも、秘書室の加藤は、頭取の使いで千塚とよく遇う人ということだ。千塚は加藤にも会わせるのが厭なはずだった。それが、こんな電話をくれるのは、もしかすると、千塚の話を聞いた加藤のほうから、ぜひその絵描に遇いたいと云ったのかもしれない。修二

はそんなふうにも思った。

「それじゃ、何時に銀行に伺えばいいんですか？」

「いや、銀行でなく、加藤さんは銀座のＳ堂のグリルで、午後二時に、あんたに会いたいと云ってるんですがね」

「分りました。そうします。どうも、ありがとう」

「じゃ、先方にそう云います。……銀座なら近いから、帰りにウチに寄りませんか？」

千塚忠吉は、顧客と絵描の話の様子を気にしているらしかった。

銀座のＳ堂の地階はきれいなグリルで、修二がテーブルについている人を捜して立っていると、横から歩み寄ってくる黒い洋服の人がいた。

「山辺さんですね？」

いかにも身だしなみのいい銀行員といった姿だし、機敏そうな眼をもっていた。

「どうぞ、どうぞ」

と、加藤は取ってあるらしいテーブルに修二を案内した。

「こういう者です。どうぞよろしく」

と、加藤は名刺を出した。光和銀行東京支店秘書室加藤和彦とあった。

席について、すぐコーヒーが運ばれてきた。

「いや、ウチの頭取があなたの絵を非常に好いていましてね、あなたの作品は芸苑画廊を通じて頂戴《ちょうだい》しています」

加藤はにこにこして云った。

「お話は芸苑画廊の千塚さんから伺っています。頭取さんにご挨拶《あいさつ》に参らなければならないんですが、まだ、その機会がなくて……どうもありがとうございます」

「いえいえ。頭取はえらくあなたの絵を賞《ほ》めていました。いえ、お世辞ではなく、頭取は、あれでなかなか絵の鑑賞に自信があるんですよ。ずっと前にも……」

と、加藤は世間話の代りに、花房頭取が眼をつけた無名画家のことをしばらく話題にした。話し方も才気があってきびきびしていた。

「……あ、思わず余計なことをしゃべりましたが、千塚さんの電話では、何か、あなたがウチの銀行にいた人のことを聞きたいとおっしゃったそうですが……?」

加藤は少し身体《からだ》の位置を直して訊《き》いた。

「はあ。玉野文雄さんといって、桜総行の社長をしていた人なんです。前には光和銀行に勤められていたというので、それについてお伺いしたかったんです」

修二は飾りのない言葉で云った。

「玉野のことをどうしてお訊きになるんです?」

と、茶碗《ちゃわん》を置いたときの加藤の眼は、前と少し違った視線で修二の顔にすえられていた。

グリルに子供を五人つれた夫婦者が入ってきて、二人の横を賑《にぎ》やかに通りすぎた。修二は、その通過を待って、

「実はちょっと事情がありまして、その玉野さんのことを知りたいのですが」

と、ゆっくりと云った。

「ははあ。どういうご事情ですか、さし支《つか》えなかったら伺いたいのです」

加藤も落ちついた口調で応じた。

「それを申しあげないといけませんか？」

「出来ればです。……なにしろ、辞《や》めたとはいえ、前のウチの行員でしたから、打明けていただくと好都合なんです」

「以前、玉野さんが桜総行の社長をしておられたとき、急にその会社を解散されましたね。桜総行というのは東陽生命保険の代理業だったのですが」

「そうなんです。それで？」

加藤は同じ口調だったが、眼はやはり相手の表情を観察していた。

「当時、その保険の契約のことで玉野さんといざこざを起した人があるんです。ぼくの知合いですがね。その桜総行が無くなったので、再び話合うことができない。それで、いっぺん玉野さんという人を知りたいというわけです。ぼくがちょうどあなたの銀行の頭取さんに絵を買ってもらっているので、つい、聞いてあげましょうと、引受けたんですよ。それで、千塚さんを介してお願いしたわけなんです」

「そういうことなら東陽生命のほうにいらっしゃると解決するんじゃないですか？」

「その人が云うには、玉野さんと個人的な特殊契約をしたらしいんですね。今までそれを放って置いたのも悪いんですが、本社に掛合って駄目《だめ》だったんですよ」

修二は、玉野のことを訊く理由に困っていた。今の言訳もわれながら上手でないと思った。

「そうですか」

機敏な社員に見える加藤だったが、修二の云う、その知合いの名前や特殊契約なるものの内容までは追及してこなかった。

「生命保険のことはぼくにはよく分りませんがね」

と加藤は云った。

「そういう個人的な取引というのも勧誘の際にはあるのかもしれませんね。殊《こと》に玉野が桜総行をはじめてすぐのときだったら、勧誘にも焦《あせ》っていたでしょう。しかし、残念ですが、ぼくらも玉野が現在どこに居るか分らないんです」

「ははあ。玉野氏は光和銀行を辞められるとき、どういうポストにおられたんですか?」

「総務のような仕事をしていました……。本店のほうでしたが」

「ははあ。相当な地位だったんですか?」

「……まあ、課長程度でしたね」

加藤は、具体的な職名を云わなかった。

「頭取さんは玉野さんの人物を買っていらしたんですか?」

「ほう。それはどういう意味ですか?」

「ぼくの知ってるその人が云うには、契約のとき、桜総行には光和銀行の全面的な援助があると云っていたそうですから」

「それは出鱈目《でたらめ》でしょう。そんなことはありませんよ」

加藤は、初めて修二から眼をはなし、手をポケットに入れて煙草をとり出した。

修二は、よほど桜総行の設立趣意書に出ている発起人の名を口にしようか、と思ったが、それは言葉にしないでおいた。

花房頭取が玉野文雄の新会社設立に関係していることを、この秘書室の男は知っているに違いなかった。

「そうすると、玉野さんというのは相当いいかげんな人なんですかね？」

修二は、そう訊いてみた。

「どうでしょう？　ぼくは玉野という人はよく知らないんですがね」

「そうですか。……いや、ぼくも頼まれたことなので、そのように先方には伝えておきます」

修二は、その辺で質問をおさめた。玉野文雄が本店の課長クラスで居たことが分っただけで今は満足しなければならなかった。ここで性急にいろいろなことを加藤に訊くと、こちらが尤《もっと》もな理由を持たないだけに警戒されそうだった。

「あまりお役に立ちませんで」

加藤は軽く頭を下げ、如才なく云った。

「こんな雑用で初めて加藤さんにお目にかかり、済みませんでした」

修二も云った。

「そうですね。この次は、ぜひ絵のお話でも承りたいものですね。芸苑画廊の千塚さんも、頭取が肩を入れるなら、山辺さんの絵をこれから世間に売出してみたいなんて張切っていましたよ」

「どうも」

修二は頭を下げた。

「頭取さんにお礼を申しあげて下さい」

「ああ、いつか機会《おり》があったら、そうします」

と云《い》って、加藤は云い直した。

「いや、山辺さん。今日、こういうことであなたにお目にかかったとは頭取には云いませんよ。ちょっと、その理由に苦しみますからね。ですから、ほかの用事、たとえば、偶然、芸苑画廊でお遇いしたようなときに、あなたのことを伝えておきましょう」

加藤の眼が冷たくなっていた。

修二はS堂の前で加藤と別れた。別れるときの加藤はまた愛想よくなっていた。大股《おおまた》で反対の方角に歩くその姿は向うの四つ角に消えた。その辺の駐車場に車でも待たしているらしかった。

修二は表通りをぼつぼつ歩いた。面会は後味がよくなかった。加藤は玉野文雄のことを答えたくなかったようだ。では、なぜ、向うから会ってみたいと云ってきたのだろうか。先方が話したくなかったら、適当な口実で面会を断ってくればいいはずである。さっきも、何だか、加藤に探られているみたいだった。からりと晴れないものがあった。うち割った話をしてくれなかったのも、そこに特別な肚《はら》があるようだった。

玉野文雄のことは知らないと加藤は云ったが、たとえ課が違っても、たかだか地方銀行ではないか。知らないはずはないし、これは明らかに彼の嘘《うそ》だった。要するに、加藤は、自分のほうは話したくないが、そんな質問を持込んでくるこっちの意図を知りたかったのではあるまいか。

なぜだろう。銀行という信用を表看板にする業種のせいだろうか。

——いつの間にか芸苑画廊の前に出ていた。例のごてごてと飾りつけた絵のホールに入って行くと、店主の千塚忠吉が立って客に裸体画を説明していた。

「やあ、いらっしゃい」

千塚が寄ってきた隙《すき》に、客はそそくさと店から逃げて行った。千塚は狭い奥に修二を導いた。

「どうでした、加藤さんに会いましたか？」

と、千塚は訊いた。女店員に煎茶《せんちゃ》の道具を運ばせ、魔法瓶《まほうびん》から急須《きゅうす》に手際《てぎわ》よく注《つ》いでいる。

「どうもありがとう。たった今、S堂で加藤さんにお会いしました」

修二はパイプをとり出したが、千塚が素焼きの小さな茶碗に濃い茶を注いだので、パイプをポケットに戻した。

「どうでした？」

千塚はちょっと気がかりげなふうだった。

「どうもあんまりご存じのようでなかったので、そのままお別れしました」

「ああ、そう……どうぞ」

と、千塚は自分でも小さな茶碗を唇《くちびる》に傾け滴《しずく》を舌の上に転がしていた。

「あなたの絵のことを賞めていませんでしたか?」

彼は云った。

「今日は絵の話はあんまり出ませんでしたよ」

「そうですか」

千塚は何となく安心したようだった。やはりお客と絵描《えかき》とが今の段階で直接結びつくのは好んでいなかった。

「まあ、頭取さんのほうはぼくに任して下さい」

と、千塚は茶碗のふちを音立てて吸った。

「あの加藤さんという人は頭取さんのお気に入りというだけでね、絵のことはあんまり分りませんよ。ただお使いでここに見えるだけだから」

千塚はその点を強調した。

「そうでしょうね。まあ、作品のことは、千塚さん、よろしくお願いします」

「承知しました。ひとつ、わたしもこれからあなたを世の中に押出したいと思いますよ」

「どうも」

「口幅ったい云い方のようだが、この芸苑画廊が肩入れしたとなると、やはり画商仲間のあんたを見る眼が違ってくる。そうすると、これは自然と批評家にも影響しますからな。なに、批評家というのはいい加減なものでね。書いていることはもっともな文章だが、先生がたには絵の鑑賞の自信はあんまりないですよ。だから、われわれの云うことに影響される。名前は云えないが、ある有名な批評家などは、わたしが話したことをそっくり新聞批評に書いていたからね」

千塚は笑った。

「そんなわけで、あんたも頑張《がんば》って下さい」

「芸苑画廊さんにそうおっしゃっていただくと、ありがたいです」

「できるだけやりましょう。……そうそう、不思議なもので、あんたの絵も少しずつ世間に分ってきたのかな」

「………」

「というのは、つい一時間くらい前だったか、あんたの住所と電話番号を教えてくれという問合せが電話でありましたよ」

「どなたからですか？」

「名前は云わなかったが、女の方です」

「女？」

「近ごろは、女性が新進画家の作品をぽつぽつ買うようになりましたな。電話の声も若い声でしたよ。なにしろ、若い女性には大家の絵は手が届かないからね、手ごろな値段で気に入った絵を買おうという傾向がある。わたしは、市民のために絵のローン制度をつくりたいと思っていますよ。生活に潤《うるお》いが出るからね。ま、そういう女の人でしょう、あんたの絵を見て、住所と電話番号を知りたくなったのかもしれませんね。近ごろの若い女は、何というのかな、映画スターや歌手の住所をすぐ知りたいように、絵描さんにも同じ気持になるのかもしれないいな」

千塚忠吉は、花房頭取のように金持のコレクターが絵描に直結するのは気にかかるが、そんな貧乏なファンは意にとめてなかった。

「その女性は、感じとしてはどんな職業のようでした？」

「気にかかりますか？」

千塚はまた笑った。

「おそらく、ＯＬじゃないでしょうか。電話に馴《な》れた声でしたよ」

「ああ、そう」

山辺修二に玉野文雄の愛人萩村綾子の影がよぎった。画帖に想像画となっている顔である。が、彼はすぐに打消した。向うがこっちの行動を知るはずがないからだった。

修二が家の近くでバスを降りたのは夕方だった。近所に市場があるので主婦たちが忙しそうに歩いていた。そこを抜けると、淋《さび》しい裏通りだった。

ぶらぶらと歩いていると、ふいに彼は、光和銀行の加藤和彦の言葉と態度に或《あ》ることを思い当った。ひとりの背の低いガニ股の男が眼に浮ぶ。その男が今も彼の横にならんで歩いているようだった。

加藤のところに西東刑事が訪ねて行っていたのではなかろうか。ちょうど東陽生命の本社に先回りしていたように、刑事は加藤と会って玉野のことを聞いたのかもしれない。あり得ないことではなかった。向うは捜査が本職だった。東陽生命の線から光和銀行を辿《たど》って玉野を洗い出そうとしたかしれない。そう考えて、初めて加藤がこっちを半ば警戒し、半ば詮索《せんさく》的な態度でいたことに合点がいく。加藤のほうから進んで修二に会おうと云ったのも、後味の悪かった今日の面会も、西東刑事を加藤の背後に置くと謎《なぞ》が解けそうだった。

修二は、自分の眼《め》の見えないところで、あの刑事が二歩も三歩も先を捜査している姿が想像できた。このぶんだと、今ごろは、あのガニ股の男が玉野文雄のところに行っているかも分らなかった。

そうだとすれば、この前、あの路地を二人で歩いた機縁から、都合によっては西東刑事に会い、話を聞いてもいい。

家に入ると、通いのおばさんが早速帰り支度をはじめた。

「夕食の支度はできております」

「ありがとう」

「あまりおいしいご馳走《ちそう》はできませんでしたけど」

「いいですよ。……それよりも、ぼくの留守にどこかから電話はかかってこなかったですか？」

「いいえ、別に」

修二はパイプをくわえながら描《か》きかけのキャンバスに見入った。この絵も、あるいは花房頭取が芸苑画廊を通じて買上げてくれるかもしれなかった。すると、光和銀行の連想からまたしても玉野のことが思われ、ついでに不得要領な加藤秘書の顔が浮んできた。

ふいに電話が鳴った。

「もしもし。そちらは山辺さんのお宅でいらっしゃいますか？」

女の声だった。

「そうです。ぼく、山辺ですが」

女の声はちょっと途切れたが、

「絵を描いていらっしゃる山辺修二さんですね？」

と、たしかめた。

修二は、そうです、と返事しながら、さっき千塚が云ったことを思い出した。女の声で彼の住所と電話番号を訊いてきたというのである。耳を澄ましたのは、あるいはこの女の声が萩村綾子かもしれないからだった。

「山辺さんは、玉野文雄さんのことをお知りになりたいようですね？」

「は？」

これが萩村綾子のことを頭に浮べてない時だったら、混乱を起すところだった。

「あなたはどなたですか？」

「ちょっと事情があって名前は申せませんけれど、玉野さんのことならお教えします」

女の声は澄んでいるほうだった。が、それほど若いとは思えなかった。

「……玉野さんは、二年前まで、光和銀行の考査課長でした」

「考査課長？」

「玉野さんの課長時代は二年間でした。光和銀行を辞めて、桜総行という東陽生命保険の特約業務をはじめたのは、玉野さんが体よく銀行を追出されたからです」

「もしもし。あなたのお名前を聞かしていただけませんか？」

「それは困ります。わたしは、ただ、それだけをあなたにお伝えしたかったのです」

「もしもし。それでは……それでは、あなたは玉野さんが現在どこに居るかご存じありませんか？」

「存じません」

「もしもし……あなたは萩村綾子さんではありませんか？」

「違います」すぐに否定した。

電話はそこで切れた。

用事は千塚の想像とはまるきり違っている。声は若い女には違いなかったが、見も知らぬ相手が玉野文雄のことを教えてくれるとは思わなかった。

どうしてあんなことを告げてきたのだろうか。それも光和銀行の加藤秘書室員と会って玉野のことを訊いた後なのである。芸苑画廊にかかった問合せ電話は、彼が加藤とS堂の地階で会っている間だったというから、修二は少し気味が悪くなった。自分の行動をだれかにのぞかれているような感じであった。

その見えない相手は、山辺修二という名前を知っている。住所と電話番号は知っていない。修二が看板屋のあとに入ったのは半年前で、まだ電話帳に名前が載っていなかった。その女は電話帳を無駄《むだ》に繰ったに違いない。そのあげく芸苑画廊に問合せたのであろう。

修二は、はじめ、電話の声を萩村綾子と考えていた。しかし、玉野のことは別として、あの女が自分と芸苑画廊との結びつきまで知っているかどうかだ。あなたは萩村さんですか、と訊いたら、声は即座に否定した。が、玉野文雄に最も関係のあるのは彼女だ。義兄が間違って殺された当時、彼女はその近くのアパートに住んでいた。そして殺人事件発生以来、彼女のアパートに玉野文雄は全く姿を見せなくなった。彼女自身もまたアパートを引払ってどこかに移ってしまった。その女が姉の家に黒リボンの生花を届けたとしても不自然ではない。なぜなら、もし彼女が玉野に間違えられて義兄が殺されたことを知っていれば、その霊前に花ぐらいはそっと供えたいに違いないからだ。

したがって、その義兄の事件を追及するため修二がいま動いていることも、萩村綾子は察知しているかもしれない。玉野にしても、彼女にしても、当局の捜査状況には注意を払っていたに違いないからだ。そうだとすれば、犠牲者の家庭の絵描がしきりと動いていることも分っているかもしれぬ。

こう考えてくると修二は、今の電話の主が萩村綾子のようでもあるし、そうでないようにも思えてきた。

——だが、彼の思案はまだ残っていた。

もし、あれが萩村綾子だとすると、なぜ彼のもとに玉野のことをわざわざ電話で教えたかという疑問だ。修二が事件を追っていると分っているなら、なるべく玉野のことを匿《かく》しておくのが萩村綾子の立場ではなかろうか。それなのにわざわざ玉野の前歴を告げてきたのである。

しかし、女の電話は、玉野が現在どこに住んでいるかは教えなかった。教え方が奇妙なのだ。玉野文雄が銀行を辞める前に本店の考査課長をしていたことを告げただけである……この点から考えると、玉野の愛人の萩村綾子ではないようにも思われる。

あの電話は果して密告的な性格だろうか。一部分だけを教えたのは、全部を云うと、自分の正体が分るというおそれからだろうか。つまりは、ヒントだけ与えて、それを手がかりにこっちに調べるようにすすめたのか。修二は落ちつかない気持になった。

修二は光和銀行の考査課という名をあまり聞いたことがなかった。もっとも銀行のことには詳しくない。

修二は翌日姉のところに電話を入れた。義兄が行員だったから、そこから考査課の役割を聞いてもらうためだ。

「姉さん。変りはないかい?」

「ええ、別に……あんた、花を届けて下さった方のことを調べに行くと云ってたけれど、あれ、どうなったの？」

「あ、報告を忘れていたな。やはり花屋に訊いてもよく分らなかったよ……」

修二は、よほど、その近くのアパートに居た例の女が注文主だと云おうとしたが、今は黙った。姉から余計な質問をされたくなかったし、あとでゆっくりと話すこともできる。

「ところで、義兄《にい》さんの銀行に訊いてもらいたいことがあるんだけどな」

修二は考査課のことを話した。

十五分ばかりして姉から電話がかかった。

「いま、聞いてあげたわ。考査課というのは太陽相互銀行には無いんですって」

「ある銀行に、そういう課があるんだがな」

「ええ、それは光和銀行というのにそういう課があるんですって……」

「やはり同業だ」

「なんでも、銀行内のお目付みたいな課ですって。自分のところでは調査課と呼んでると云ってたわ」

「銀行内のお目付。つまり監督だな？」

「そう。銀行内で不正とまではゆかなくても、少し貸出しが多すぎるとか、担保が少ないとかいうような仕事があれば、それを調べて上役に報告するのが任務だそうよ。それは本店よりも各地の支店が対象になっていると云ってたけれど」

「なるほど。それで考査課か……」

「何かあったの？」

「いや、いいんだ」

修二は電話を切った。

考査課では預金者には直接関係のない仕事をしているようである。対象は主として支店で、そこで行われる過剰貸付や、不適正な業務を監視することにあるらしい。銀行も預金者の大切な金を預っているのだから、貸付その他、業務上に手落ちのないように眼を光らしているのであろう。その眼の役が考査課らしい。一口に云えば、銀行の監察機関ということになろうか。そうした機関のあるのは堅実な銀行の信用を維持することであるから、決して恥ずかしいものではない。いや、恥ずかしいどころか、預金者の金を保護する役だから、その銀行がいかに立派であるかを誇っていいのである。

では、なぜに光和銀行の加藤秘書室員は、玉野文雄が考査課長だったことをS堂の会見ではっきり云わなかったのだろうか。

玉野は光和銀行を辞めた。そしてすぐに桜総行という保険の代理業を創設した。それには光和銀行の花房頭取が発起人として名を連ね、積極的に援助した。そうすると、玉野は花房頭取と個人的な関係がない限り、銀行にとって何か大きな功績があったのかもしれぬ。普通、辞めた行員がどんな会社をつくろうと、銀行の頭取がそこまで応援はしないはずだ。また、玉野の桜総行は銀行頭取の援助があるということだけでも対外的に大きな信用を持ったはずである。

では、玉野文雄は光和銀行でどのような手柄《てがら》を残したのだろうか。なぜ、電話の通報者は〝体よく追出された〟といったのだろうか。

桜総行は没落した。東陽生命に営業権を取りあげられた。このとき、光和銀行が玉野文雄を援助しなかったのは、この〝追出し〟の一環とも考えられる。現在、光和銀行と玉野文雄の線は完全に切れているようだ。それも何か暗い面を想《おも》わせるものがある。

玉野が光和銀行に功績を立てたとすれば、当然、それは彼の職制上のものに違いない。考査課長は地方支店の監察に当るのだから、あるいは玉野課長が支店の大きなミスを発見し、それを難なく防備したのかもしれぬ。今のところ、そうとしか考えられない。

しかし、またしても、なぜ、がつづく。もし、そうだとすれば、玉野はなぜ銀行内の昇進の途《みち》を得なかったのだろうか。なぜ体よく追出されたのだろうか。銀行を出て独立した会社をつくるのが彼の夢だったかどうかは分らないが、玉野の没落を考えると、何だか割切れなかった。

修二は、この秘密を知るには、まず、玉野が銀行の考査課長としてどのような仕事を手がけたかを知らなければならないと思った。

そんなことを考えていると、電話が鳴った。

「もしもし」

という嗄《しわが》れた声は芸苑画廊の千塚だった。

「ああ、昨日はどうも」

「いや、こちらこそ。どうです、わたしのところにあんたの電話番号を問合せてきた女性ファンから電話がありましたか？」

「いや、まだありません」

修二は答えたが、千塚が何も知らないでそんなことを云っているのか、それとも、昨日の女の電話のことは承知の上でとぼけているのか、よく分らなかった。

「ああ、そうですか。いずれあるでしょう。ところで、山辺さん。あんたにひとつ頑張ってもらわなければならないことになりましたよ」

千塚の声はのんびりとしていた。

「ほう。何でしょう？」

「いや、光和銀行の頭取さんから、いま、電話がありましてな」

「…………」

修二は、折も折だったので、どきんとした。

「あんたの絵を三枚欲しいと云われるんです。八号か十号ぐらいのをね。それもなるべく早く買いたいとおっしゃるんだが……」

「あなたのほうにはまだ残ってるはずですけど」

「あのほかです。ウチにあるのはご覧に入れたが、もっと新作が欲しいとおっしゃるんですよ。ここひと月のうちに三枚、なんとか出来ませんかね。画料のほうもはずみますよ」

「ひと月に三枚？」

ひと月に三枚描くと、今度の事件の調査の時間が無くなる。

「ちょっと、それは無理かも分りませんね」

「何とかしてくれませんか。頭取はひどく熱心なんです。あんたにも折角のチャンスですからな。三十日あるんですよ。三枚ぐらい描けるでしょう？」

「いや、ちょっとほかの用事を抱えていますのでね。一枚ならもちろん請合いますが」

「先方は三枚とおっしゃるんです」

と、千塚も強引だった。画商としては商売だから、これは頑固になるはずである。

「まあ、考えてみます」

と、修二はお座なりを云った。

「考えるじゃないですよ。何とかやって下さい。まあ、あんたもいろいろと気晴しはしなければならんでしょうが、仕事のほうも頑張ってもらいたいですな」

千塚は笑ったが、やはり押しつけがましいものがあった。千塚には修二を売込んだという意識がある。つまり、恩被《おんき》せがましいことだけは争えなかった。

光和銀行の花房頭取が何を思いついて急に絵を三枚も欲しいと云ったのか、修二はよく分らなかった。芸苑画廊にはまだ売れない絵がたしか三枚ぐらいはあずけてあるはずである。千塚によると、頭取はそれはあまり欲しくなく、新作を望んでいるという。だが、新しく描いた絵が果して気に入るかどうかも分らないのだ。一枚ならともかく、三枚も一どきに注文し、しかも一カ月以内に仕上げてくれという頭取の意図が修二にはつかめなかった。

いずれにしても、玉野文雄のいた銀行の頭取からそういう申し入れがあったということは、加藤秘書室員と会ったこととといい、玉野のことを教えた電話といい、なんだか次々と連鎖反応が一どきに起っているような気がした。

正午《ひる》近く、電話がかかってきた。

女の声だったのではっとなったが、昨日の声とは違っていた。

「わたくし、渋谷のハーグ花店の者ですが」

「ああ。ぼく、山辺です」

修二は、姉のもとに生花を届けた道玄坂の花屋の、顎《あご》のしゃくれた女の顔がすぐ眼に浮んだ。

「あなたは後藤さんですね？」

「はい。先日はどうも……実は、この前あなたがおたずねになった花の注文客のことですが、わたくし、あの方を見かけましたのでお報《し》らせしようと思いまして」

「え、どこでですか？」

修二は、受話器を耳に強く押しつけた。

山辺修二は渋谷の「ハーグ花店」に行った。

「いらっしゃいませ」

と、この前の後藤という女店員が出てきた。

「さっきは電話をどうもありがとう」

「ほんとに偶然でしたわ」

と、女店員はにこにこして云った。

「昨日、お店の帰りにあなたがおっしゃった方に遇《あ》ったんです。お宅にお届けするよう花を注文されたきれいな女性です」

「ずいぶん早く幸運をつかまえてくれましたね」

「そうなんです。わたくしもあなたからその話を伺ったばっかりだったのでおどろきましたわ。その方を見かけたとき、胸が急に騒いだくらいでした」

「豪徳寺駅だったそうですね？」

「そう。小田急線の。……わたくしの家は豪徳寺で降りるもんですから」

「くわしく聞かして下さい」

「午後六時ごろでしたわ。ちょうど昨日は家に用事があったので早退《はやび》けをしたんです。わたくしが改札から出て駅の石段を降りていました。ご承知かも分りませんが、豪徳寺の駅は道路より高い所にあって、石段を上下しなければなりません。そのとき向い側から上ってくる人の中にその女性の顔があったんです」

「ひとりでいましたか、その女《ひと》は？」

修二が訊いたのは、玉野文雄が横にいたかどうかをたしかめるつもりだった。

「そうだと思います。横に一緒についてらっしゃる方もいなかったようだし、さっさとおひとりで少し急ぎ足に上っておられましたから。それに、ここに見えたときよりもずっと派手なお化粧でしたわ」

「派手な？　どういうことです？」

「そう云ってはなんですけれど、お化粧がちょっとけばけばしいなという感じでしたわ。洋装でしたけれど、それもお店に見えたときの地味なものとは違っていました」

「人違いではないでしょうね？」

「あの顔はわたくしにわりあいと強い印象になって残っていますから」

「なるほど、あなたは記憶のいい方でしたね」

修二は、一昨日ここに来たとき、店員たちがこの後藤の記憶のいいことをほめていたのを知っている。

「いいえ、それほどでもないんですけれど……でも、あなたから頼まれて間もないでしょ。だから、その方を見かけたとき、はっとなってよく見たんです。二重瞼《ふたえまぶた》のあたりなどは、あなたの描かれた絵のような特徴があるんです」

「なるほど。で、その方はあなたがそんなにじろじろと見ても気がつかなかったんですか？」

「ええ。こんな店に勤めている店員など、一度きりの方には印象がないのが当然でしょう。それに、その方はちょっと急いでいるような風でしたから、ほかに気を配る余裕はなかったようです」

「それきりでしたか?」

「いいえ」と、後藤という女店員は微笑した。「わたくしもあなたに云われたので、ちょっと責任みたいなものを感じていたので、すぐ引返して、その方のうしろにそっと尾《つ》いて行ったんです」

「へえ。あなたが?」

修二は、その親切に感謝の眼を向けた。

「もちろん、その方はわたくしが刑事みたいな真似《まね》をしているなどとはご存じありませんわ。で、どこまでいらっしゃるのかと思って出札口を見ていると、その方は切符を買わずに、そのますすっと改札口を通ってホームに出られたんです。定期券だったんです」

「ははあ」

「わたくしもそこまでは気がつかなかったものですから、そのまま立って、上りの電車にその方が乗られるのをぼんやりと眺《なが》めていただけです」

「それが六時ごろだったと云いましたね?」

「そうなんです。六時ごろから定期券で街に出られるとすると、日ごろお勤めを持っていらっしゃる方が一旦《いったん》家に帰って、また用事で出られたのかも分りません」

「そうですな」

「でも、もう一つの考えもありますわ。こんなことを申し上げていいかどうか分りませんが、もしかすると、その時刻からのお勤めがある方じゃないでしょうか」

「なるほど」

「というのは、先ほど申し上げたように、その方の服装やお化粧は、この前お店にいらしたときよりは少し派手気味だったんです」

修二は、後藤という女店員の云おうとしていることが呑《の》みこめた。定期券を持っているから昼間の勤めではないかと云ったとき、彼は、あの萩村綾子がその後に新しい職場を見つけて働きに出たのかもしれないなと思った。住所も姉の近くのアパートから移っているのでありそうなことだった。だが、彼女のもとに来ていた玉野はどうなったのだろう。萩村綾子が勤めに出なければならないほど玉野は困ってきたのだろうか。

修二はハーグ花店を出ると、夕方の五時すぎまでの時間潰《つぶ》しに困った。いまが一時すぎなので、あと四時間以上もある。どこかの安レストランに入ってゆっくり昼飯を食うにしても、三時間ほど持てあますことになった。

修二は、あちこちの絵の展覧会を見て回ろうか、それとも、ここのところしばらく行っていない美術館を回ってみようかとも思った。古美術はときどき彼にヒントを与えることがあった。二、三日前の新聞だったか、某美術館で中国の青銅器を展示するとあったが、それも一度は見ておきたかった。

だが、何となく心がはずまなかった。あるいは、このところ遇ってない仲間を訪ねてみようかと、二、三、その顔ぶれも浮べた。が、気乗りがしなかった。仲間の仕事も見たいし、無駄話もしたいが、その気持になれなかった。五時すぎから豪徳寺駅に行かなければならないという意識が、意識を世俗的な「事件」に拘束していた。いつもはたやすく向う展覧会や仲間づきあいが今は気持から遊離していた。

それよりも玉野文雄のことを調べなければならぬと思った。考査課長としての彼が銀行にどのような功績を立てたのか。昨日から考えていたことで、それを早く知らねばならぬ。この時間こそそれに充《あ》てたい。

しかし、どこから手をつけていいか分らなかった。こんなことは光和銀行に行っても教えてくれぬ。むろん、あの銀行では、昨日遇った秘書室の加藤の態度でも分るように、ひた匿しに匿すに決っている。

修二は駅前通りを何となく歩いた。目的なしにうろついている人間になった。人の流れにまぎれこんで歩いたり、通りがかりの店をのぞいたり、信号で立停《たちどま》ったり、意味もなく煙草《たばこ》に火をつけたり、歩く人を眺めたりした。

玉野考査課長の功績の内容はどうしたら分るだろうか。今はその方法の一点を追っている。すると、思案はするものだと思った。いい知恵が浮んだのだった。

銀行の考査課長の玉野が手柄をたてたということは、光和銀行のどこかの支店が重要な過失をやっていたことになる。その支店を探し出せばいいわけである。

光和銀行は中部地方一帯に営業地盤を持っている。支店も何十箇所とあるに違いない。修二は、銀行の広告に小さな活字でぎっしりと組まれた支店名の羅列《られつ》を思い出した。光和銀行もあのように支店数の大を誇っているに違いなかった。

それで、その支店に一つ一つ当るだけでもたいへんだと分った。それに、それぞれの支店について当っても果して事実を云ってくれるかどうかだ。いや、これは絶対に無理だ。東京支店が沈黙しているように、本店も支店も固く秘密を守るに違いない。修二は実行不可能なことを思案していたのだ。

彼は渋谷の駅に入った。ただ人が流れているから、足がそれについて動いているだけだった。しかし、思案は休息していたのではなかった。スタンドの新聞や週刊誌を眼に入れたときから着想が前進していた。

――玉野が、もし、その支店の大きなミスを見つけて本店に大きな貢献をしたとすれば、当然に当該支店長は退職させられているはずだった。すなわち、玉野が光和銀行を辞めて保険代理業の桜総行を創立したのが二年前であるから、支店長の退職はそこを基点として過去一年か二年前であろう。そう見当をつけて間違いはなかろう。

だから、光和銀行の各支店について、その事実を調べることである。今までぼんやりとしていた幻想が急に具体性を持ち、焦点もはっきりとしてきた。

だが、それをどのようにして調べ出すかである。いちばんいいのは、光和銀行の本店から、二年前を基準にそれより過去一、二年間の支店長異動を知らせてもらうことだった。だが、これにも伝手《つて》がなかった。銀行としても外部にはあまり発表したくないに違いない。それにたとえ各支店長の異動が分ったとしても、そのどれが懲罰的な退職か外の人間には判別がつくまい。銀行は信用上、そんな場合でも依願退職のかたちを取るからだ。もっとも、表沙汰《おもてざた》になって刑事事件にされているなら別だが、そうでもない限り外部には知りようもない。

しかし、修二は、この着想を捨てなかった。退職した支店長の数はそれほど多くないという想像に突き当った。転勤などの異動は多いだろうが、支店長退職となるとそうざらにあるものではなかろう。それを全部拾ってみて、その中から停年退職者や希望退職者などを区別してゆけば依願退職の中でも特別な事情による者だけが残る。

だいぶはっきりしてきたと思った。問題も縮められてきた。

では、次に退職支店長をどのようにして知るかである。その資料を取る手段に行詰って、振出しに戻りかけた。だが今度は心配しなかった。何とか方法が見つかりそうだった。

ふと、新聞社のことが浮んだ。新聞社は、その支局を中部地方一帯に持っている。支局に頼めば、わけなく各地の光和銀行支店長の退職者が判明するにちがいない。それを集めると退職支店長一覧表ができる。

修二は、R新聞社の美術記者の辻《つじ》を思い出した。辻は仕事上、画壇に接近しているし、こまめに展覧会まわりもやっている。修二は、この辻にわりと眼をかけられていた。

辻は変った男で、役職名は学芸部のデスクだが、社の出勤はまことにルーズだった。一週間のうち四日間出社すればいいほうで、出社時間も一定していなかった。部長も彼の不規則な出勤を大目に見ている。部長が彼と同期で叱言《こごと》を云わないのである。

辻は美術記者のくせに若い画家を育てようとしていた。展覧会評にも無名の者の仕事ぶりをよくとり上げてくれていた。彼は当然に若い画家たちの間に人気があり、また辻のほうも自分の顔の利《き》くバアに連中をよく引張って行った。いわば画壇ジャーナリズムのちょっとしたボスであった。

修二は辻を頼ることにした。学芸部から社会部のほうに連絡を取ってもらい、支局に依頼することを思いついたのだった。ただ、辻がこんな時間に出社しているかどうか気遣われたが、ためしに電話してみると辻の声がいきなり受話器に出た。社の近くに「インデアン」という安レストランがある、そこに昼飯を食いに行くところだからすぐこい、と辻は云った。

地下鉄で行き、「インデアン」の店に入ると、辻の半白の長い髪はライスカレーの皿の上に垂れていた。

「どうしたい？」

と、辻は修二のために彼の意向も訊《き》かずライスカレーの皿を注文した。二時であった。

「ちょっとお願いがあって来たんです」

と、修二は云った。

「個展でもやるのか？」

そろそろ五十近い辻は額に皺《しわ》を寄せて訊いた。

「そんなことじゃないんです」

「じゃ、何だ？」

「辻さんは社会部にお知合いの人があるでしょう？」

「もちろん、いるよ。これでも入社したときは社会部の名記者になるつもりだった。ところが、すぐに学芸に回されてね。今では下手な絵《え》描《かき》のつき合いを長いことさせられてくたびれた。同期に社会部長がいる」

「実は、こういうことをお願いしたいんです」

と、修二は彼に用件を話した。目的は省いた。

「変なことを頼むじゃないか。支店長の退職者なんか聞いてどうする?」

「ちょっと訳があるんです」

「云《い》いたくないんなら聞かんでもいいがね。依頼は承知した」

「そうですか。どうもありがとう」

「これから帰って早速、社会部長に云ってやる。そうだな、あと三、四日して社に来てくれ」

「分りました。しかし、何時ごろに伺ったらいいんですか?」

辻は大口を開いて笑った。前歯が一本欠けていた。

「全くそうだったな。肝心のおれがいつ机の前に坐っているかどうか分らないわけだ。よろしい。そいじゃ、おれの方から電話する。夜にでも、銀座のポイントというバアに来てもらおうか」

「ポイントですね?」

「巣の一つだ」

「分りました。それじゃ、よろしく」

「ああ、分ったぞ……」

口のあたりをカレーで真黄にした辻が突然、大きな眼を向けた。

「おまえさんの絵は光和銀行の頭取がしきりと買ってるそうじゃないか？」

「そんなこと、だれが云いました？」

「昨日、ふらりと芸苑画廊に寄ってみた。千塚のやつが云ったよ」

「もう、そんなことをしゃべりましたか？」

「あいつがしゃべるのだから、いずれ、おれにおまえさんのことを何か書かせようという魂胆だろう。商売上不利なことは絶対に云わない男だからな。千塚の話だと、光和銀行の何とかいう頭取は、おまえさんの絵ばかり欲しがってるそうだな」

「何だか知りませんが、そんな話です」

「ふうむ」

辻は鶏の骨だけを皿に残して口のあたりをごしごし拭《ぬぐ》い、コップの水を飲んだ。

「その銀行屋がおまえさんの絵を本当に欲しがっているなら、ちょっとした男だと思ったよ。少しは絵が分るのかもしれないな」

「………」

「おれもおまえさんの絵にはちょっと面白いところがあると思っている。だが、誤解するなよ。感心してるわけじゃないから」

「分っています」

「いつかはほんの二、三行ぐらい、おまえさんのことをふれようと思っていた。それで、さっき頼みがあると云ってきたとき、個展をやるならちょっと書いてやってもいいなと思ったんだ」

「まだ、そこまでまとまっていません」

「まあ、若いんだから、個展のために仕事をあせることはないさ。……で、さっきの光和銀行の退職支店長のことだが、おまえさんのひいき筋の頭取と、その頼みとは本当に無関係だろうな。なんだか話が合いすぎるようだが？」

「誤解しないで下さい、辻さん。今は訳があって事情が云えないんですが……考えてもみて下さい。もしぼくに何か功利的な計算があったら、辞めた支店長なんかに何も興味を持つはずはないじゃありませんか」

「それもそうだな」

辻は空のコップを高々と差上げ、おい、水、とボーイに怒鳴った。口の端に黄色いカレーが残っていた。


五時十分に姉が石段の下でタクシーを降りる姿が見えた。修二は豪徳寺駅の横からそれを見下ろしている。構内にも、下の商店街にも灯《ひ》が入っているが、凋《しぼ》んだ夕日が屋根の向うのうすい雲の中に落ちている。空はまだ明るかった。

「まだ、間に合うの？」

石段を急いで上った姉は肩で息をして修二を見た。彼が電話でここに呼んだのだった。電車を待つ人たちは二十人ばかりだった。半分は若い女だ。

「六時ごろに電車に乗るらしいんだが」

修二は眼つきでホームに待っている人のなかに彼女の姿がないかと訊いた。姉は瞳《ひとみ》を動かしていたが首を振った。

修二は萩村綾子の顔を見たことがない。人の話で画帖《がちょう》に顔を合成したにすぎなかった。新聞社の辻と別れたあと、姉の家に電話して呼び寄せたのだ。

要領は電話でも手短かに云ってあるが、ここでも「ハーグ花店」の女店員の話を姉に伝えた。

「夜のおつとめというと、バアのひとかしら？」

姉はすぐ察して云った。

「そうかもしれない。定期券を使うのは昼間のものじゃないかもしれない」

修二は改札口に近い壁ぎわに佇《たたず》んだが、

「わたしは困るわ。あの人はわたしの顔をおぼえてるでしょうから、気づかれたくないわ」

と姉は云った。

もっともで、近所で双方が遇っているし、姉の家に花を届けた主《ぬし》である。先方に姉を気づかれると、修二の今の立場も不利になる。彼は姉を自分のうしろに置いて前を通る人に目立たないようにした。

ラッシュアワーで電車は頻繁《ひんぱん》にやってきた。姉は前を流れる人の群れの中から若い女の姿を探していたが、四、五台は何もなかった。

「ここではごちゃごちゃしてよく分らないわ。石段の上から見たら？」

なるほど、そうだった。電車に乗る者は下の道路から石段を上ってこなければならない。さっき、修二が姉を見つけた場所だった。

日は昏《く》れてあたりはうす暗くなっていた。ただ、石段の途中には外灯があるので、そこに浮び出てくる人の姿が見られた。だが、あいにくと上から見下ろして頭だけを見るかたちになるので顔が見えなかった。

「やっぱりこっちにするわ」

と、姉はもとの場所にもう一度切符を買って入った。

六時になった。電車に乗る者より降りる者が多かった。それでも六時半になるまで眺めていたが、二重瞼の女は姉の視界には無かった。

「今日はこないのかもしれないわ」

それでも二十分待ったが、姉の口からは何の声も出なかった。

「毎晩は乗らないのかしら？　それとも時間が違うのかしら？」

と、姉は石段を修二と降りながら云った。

「さあ」

修二は立停ってパイプに火をつけ、

「悪いけど、姉さん、明日の夕方もつき合ってもらえないかな？」

「それはいいけど、家に子供を置いているし」

と、夕方の忙しさに当惑をみせた。

「ほんとにその人がウチの人の死のカギを握ってるのかしら？」

「断言してもいい。まあ、もう少し経《た》ったらはっきりしたことが云える。とにかく義兄《にい》さんの死んだことに関係しているからね。協力してくれ」

「ええ」

二人は石段を降りた。修二にかすかな落胆があったが、第一日で成功するのは虫がいいと思い直した。彼女が発見できなくとも、新聞社の辻は三、四日のちには頼んだ資料を渡してくれるだろう。そこからも手がかりが得られそうであった。

翌《あく》る日の同じ時刻はずっと暗かった。雨が降っていた。駅の石段の上から見たのでは傘《かさ》だけしか分らなかった。

改札口の横に立っていると若い女はコートの色ですぐ分った。

このときも電車四、五台をむなしく送り、駄目《だめ》かと思った。

「花屋の店員さんが見間違えたんじゃないの？」

姉は訊いた。

「そんなことはないはずだ。すごく記憶のいい女でね。だから信用している。わざわざ彼女をたしかめに石段を引返して、この改札口まで追ってきたというくらいだから」

ラッシュでもこの時間は降りる客ばかりだった。手に持った傘がホームの電灯に光っていた。

そのとき、姉の口から小さく叫びが起った。

「あのひとだわ」

改札口からホームに急いでくる三人がいた。二人は男だった。女はベージュのレインコートに白い長靴《ながぐつ》をはいていた。姉が修二の肩のうしろに竦《すく》んだ。眼の前をその女の横顔が通りすぎた。

修二は、人違いかと思った。自分のつくったイメージとかなりはずれていた。想像していたより女の横顔はふけて見えたし、光線のかげんで黒い部分が多かった。

「姉さん。じゃ、これで」

修二は、彼女の乗った電車のドアに近づいた。

上り電車は空《す》いていた。観察者にも尾行者にも条件が悪かった。女は座席に坐《すわ》った。隣が中年の男、もう一方の隣が年配の女性。一人ぶんずつあいていた。

修二は彼女の前を素知らぬふりで通りすぎた。女はうすい雑誌をとり出していた。彼はずっと反対の端まで歩いて、隅《すみ》に腰を下ろした。この場合、絵描の長い髪が不便だった。これは目立つ。げんに前の座席にいる若い女が不潔そうに眼をチラリと向けた。

修二は吊《つ》りポスターを見上げた。行楽地の広告。その下に遠く彼女のベージュのコートが坐っていた。雑誌を読んでいた。顔がよく分らなかった。

　相手が雑誌を読んでいるので、修二は席をもう少し近くに移した。耳に垂れた髪を両手でかきあげておさえつけたのは、なるべく短かく見せたかった。生憎《あいにく》と、新聞を買ってくる知恵がなく、顔をかくして眼《め》だけを出す工夫がつかなかった。

　修二は顔を斜《しゃ》に向けていた。視界には彼女が十分入っていた。雑誌にうつむいている顔がときどき上った。身体《からだ》のむきをちょっと変えるときなどである。

　それを見ているうちに、修二にも線がつかめた。人が違っているように思えた顔が次第に画帖のイメージに近づいてきた。二重瞼らしい。細部はまだ分らないが、光線の具合で眼のあたりがくぼみ、鼻梁《びりょう》が浮き出ている。うしろの窓に灯が走っていた。

　腕時計は六時二十分。バアに出勤する女にしては遅すぎた。違う場所かも分らなかった。昨日はこの時間に豪徳寺駅から乗るのを見かけなかった。その前日は記憶のいい花屋の女店員が見かけている。毎日通っているが昨日は見落としたのか、それとも隔日なのか、決ってないのか、何も分らなかった。

　修二は長い間捜し求めていた女が五メートルくらいのところに坐っているかと思うと、何ともいえない気持になった。嘘《うそ》のような気さえしてきた。探していた絵にやっと出遇った感じだった。

　わりときゃしゃな身体の線であった。レインコートが身にしまっていた。しかし、勤め人というよりも生活の匂《にお》いが姿にこもっていた。

――この女はまだ玉野文雄との関係が絶えないでいるのだろうか。前のアパートには玉野がときどき訪ねて来ていた。玉野には妻子があるという。この関係は長く続いているらしい。それが長くなると、女も人妻のような生活感になるのだろうか。

玉野文雄が現在どのような状態か分らないが、決していいほうでないことは想像できた。何をやっているのか。

義兄は玉野と間違えられて殺されている。この想像は、いま、あそこで雑誌を読んでいる女が黒リボンの花を姉の家に届けたことで確実となった。女がその事実を知っているからだった。

そうすると、玉野は萩村綾子というあの女の家にひそんでいるかもしれなかった。狙《ねら》われていると知ったら身をかくすのが当り前だ。豪徳寺界隈《かいわい》の地理は分りにくい。修二には目立たないアパートや、しもたやの間借が浮んだ。

そういえば、前のアパートも郊外に近い。道順も単純ではなかった。

しかし、と、ここでも修二はまた考えた。あの場所でさえも玉野を狙う相手には分った。玉野が女のもとに通うのを尾行して見届けたのであろう。それから入念な調査がなされた。玉野がアパートに行く日、通る道、H形の小路のどっちから入るのか。背の高さ、書類鞄《かばん》を提げていること、コートの色。義兄のコートの赤茶色を橙《だいだい》色の街灯が変色させた。――

殺人犯人は玉野文雄を熟知していた人間ではない。誰かに頼まれた男か。殺し屋というのは突飛のようだ。何かの組織があって、その中の男だろうか。……

乗客は起ち上った。向うの女が立ってちょっとこっちを見たので、修二は顔をうしろの窓に向けた。新宿のネオンが輝いていた。

修二は彼女のうしろに近い客にまじって電車を降りた。

女は改札口を通過して、うしろには全く気がついてないようだった。

修二はふと思った。この女は、こうして平気で歩いていていいのだろうか。玉野を狙う相手も当然にこの女のことを知っている。女を手繰《たぐ》ってゆけば玉野の隠れ場所が分るはずである。現に、自分がこうして彼女のうしろを尾行しているではないか。どこで誰が彼女だと気がつかないと云えよう。女は少々大胆だと思った。

しかし、彼女にも生活がかかっている。働きに出なければならない。やむを得ないことだろうが、修二には彼女のその細い身体に危険がむらがっているような気がした。彼のほうが思わず自分の前後を歩いている男に眼を配ったくらいだった。

このとき、通路を向うから歩いてくる人の中から彼に声をかける者がいた。

「よう、山辺じゃないか」

絵描仲間だった。

「やあ」

悪いところで呼び止められた。酒の好きな男である。

「どこに行くんだ、眼の色を変えて?」

「いや、ちょっと急用で」

修二は眼を女の後姿から放さなかったが、その姿は彼の視界からずんずん遠ざかって行った。

「しばらく遇わなかったな。ちょっと、そこいらで一杯やりたい」

「せっかくだが、今はちょっとまずい。失敬する」

「おいおい、そうツレないことを云うなよ」

修二は腕を取られた。女が通路を右に曲った。走って行けば見失うことはない。

「ほんとに悪いけど、この次にしてくれ」

手を無理に放した。相手の男は憤《いきどお》った顔をした。

修二は走った。角にきて右を見たが、その姿はもう人ごみの中には見えなかった。

修二は、翌日から二日つづけて同じ時刻、豪徳寺駅に立った。彼女の顔は頭の中に入っていた。ただ、真正面からじっと見たのではなかったから細部は分らなかった。先夜の電車の中では向うは雑誌に俯《うつむ》向いていたし、こちらも気づかれないように遠慮しながらうかがっていた。それに、ベージュのレインコートという目印があったが、天気になったのでそれが消えた。

しかし、彼女がどのような服装をしていても顔は分っていると思った。そのつもりで二時間は立ったが、発見はできなかった。その次も同じ結果である。こうなると修二は、自分を引止めた仲間が恨めしくなった。あの男さえ居なかったら、こういうことにはならなかったのだ。

彼女は気がついたのだろうかと、修二は考えた。だが、そうした素振りはあのときには見えなかった。それは無いはずである。

そうすると、彼女が定期券を使って出て行くのは毎日ではないのか。豪徳寺の駅では入念に見張りをつづけていたから、見落としたということは考えられなかった。先方がこちらに気がついて警戒したなら別だが、そうでない限り気儘《きまま》な出勤のように思えた。

彼女と電車で乗り合わせてから三日後の昼、新聞社の辻から電話がかかってきた。

「おまえさんから頼まれた光和銀行の退職支店長のリストだがな、今日、各支局から送ってもらって、大体出揃《でそろ》うはずだから、今夜九時にこの前教えたポイントに来てくれ」

「どうもありがとう。九時ですね？」

「うむ。おれは酔っ払ってるかもしれん。紙に書いておくから、それを渡すよ」

「必ず伺います」

ずぼらのようだが、辻は案外、几帳面《きちようめん》に約束を実行してくれた。

「ポイント」は銀座裏でも新橋に近いところにあった。四階くらいのビルだが、表にバアの看板が目白押しにならんでいた。バアばかりのビルである。

一階は商店だけで、間の狭い通路を入るとエレベーターになっている。ボタンを押す前にドアが開いて、なかから降りた客がホステスに送られて出てきた。修二は「ポイント」のある三階のボタンを押した。

出たところがその前だった。

「R新聞社の辻さんは来ていますか?」

「はい、お見えになっています」

と、ボーイが奥に案内した。

店の入口からして煙草の煙で濁っている。右手がカウンターで、客席は左側だった。修二が想像していたよりは高級だった。テーブルも多かったが、ほとんど客で塞《ふさ》がっていた。ボーイに従って修二が行くと、客席は彼に一瞥《いちべつ》を向ける者もあり、知らぬ顔をしているのもいた。

「やあ、来たな」

と、辻は左右に女の子を置いて上機嫌《じょうきげん》だった。

「どうも」

女の子が席をあけた。

「まあ、絵描さんなのね」

と、その一人が修二の風采《ふうさい》をみて云った。

「将来、大画伯になる人だ。おまえたち、今のうちに似顔を描いてもらったら財産になるぞ」

辻が云った。

ホステス二人は半分本気にし、ぜひ、描いてほしい、と云った。辻が画壇で幅を利かしているのを知っているのだろう、彼の言葉を信用していた。辻は笑い、当分、おれの呑み代はタダにしろ、と云った。

「おまえさん、何を呑む？」

「さあ。水割のウイスキーでも」

辻が立ち上った。

「おトイレ？」

「ああ」

辻は席をはなれた。例の資料は戻ってきてから渡すのだろうと思って修二は待った。女の子には馴染《なじ》みはなし、退屈して眼をほかの客席に配ったとき、修二は思わず声が出そうになった。

うす暗い隅の目立たないテーブルにずんぐりした中年男がしょんぼりとグラスを手に持っていた。坐っていても背の低いことが分る。手持無沙汰でいる横の女のほうがずっと高い。ガニ股《また》の西東刑事だった。

あの刑事がこんなところに来ているとは意外だった。伴《つ》れもいない、たったひとりだった。むろん、刑事のほうではこっちに気がつかない。修二はあわてて顔を戻したが、気になることだった。

あいつ、自分の愉《たの》しみでここに来ているのか、それとも捜査の関係で誰かを張込んでいるのか。

辻が戻ってきた。

「おい、これだ」

と、彼は尻《しり》を据《す》えるなりポケットから封筒をとり出して、修二に与えた。

「あ、どうも」

思わず、その場で披《ひら》いて見ようとすると、

「おい、ラブレターは人の居ないところで読むものだ」

と辻が云った。

早くここを出て中を読んでみたかったが、まさか現金に左様ならと起《た》ち上るわけにもいかなかった。辻は酒が好きなので相手を容易に放したがらないほうだ。それに、ほかに辻の相手をしている者が居ないので、修二も適当な時間までは仕方がないと思った。

だが、修二をもう少しこのバアに居てもいいという気持にさせたのは、隅のテーブルに居る背の低い刑事の存在だ。あの刑事がどういう目的でここに来ているのか、それも知りたかった。大体、ここはあの刑事あたりがくるようなバアではなかった。私用でないとすると、彼はその職業で来ているわけだが、それは義兄の殺された事件に関係があるのか、それとも全く別なことなのだろうか。

義兄の殺された事件はすでに捜査本部が解散されている。その捜査に従っていた西東刑事もその任務から離れているはずである。刑事は忙しい。事件は次々と起ってくる。そういつまでも同じことばかりやってはいられまい。

しかし、修二は、あの刑事が姉の家の近所を丹念にたずねて歩いたのを見ているので、捜査本部縮小後もやはりこつこつと調べて回っているのではないかと思っている。捜査の縮小は、捜査の完全放棄ではない。二人か三人くらい専従的に捜査を継続させる場合がある。これを警察では、任意捜査と云っているが、西東刑事の場合もそれに当るのではなかろうか。

修二は、うしろの隅に居る刑事が気になってならなかった。

修二は、もう少しここに居て刑事の様子を逆に探ってみたかった。

「何だか落ちつかないようだな」と、辻が修二に眼を注いだ。「これからどこか約束でもあるのか？」と訊いた。

「ええ。三十分ぐらいあとで人と遇う用事があるんです」

修二はわざと腕時計を見た。三十分後と答えたのは、その間、西東刑事の様子を見たかったのだ。用事が無いと云えば、辻にいつまでも引止められるおそれがある。

「そんなのは明日にしろよ」

と、果して辻は修二を引止めにかかった。どうせ大した用事ではないだろうというのだ。

「そういうわけにはいきません」

修二は苦笑して云った。

「おれに骨を折らしておいて、それで左様ならはひどいよ」

「じゃ、もう少しここに居ます」

「そんなことを云わずに、まあ、ゆっくり呑め」

このとき、辻の眼がふいと横を見上げた。

「おや、あれは新しい女《こ》だな？」

彼が訊いたのは、テーブルの傍《そば》をいま通り過ぎた女だった。着物だったが、辻は首をクッションの背にねじ倒して、その背中を追っていた。

「ええ。辻さん、まだ彼女をご存じなかったの？」

横についている女の子が云った。

「初めてだ」

辻は、その青っぽい着物の行方をまだ眼で追っていた。女はずっと離れたテーブルに歩いている。

「じゃ、ずいぶん、ここにご無沙汰なのね？」

「どれくらい前からきているひとかい？」

「もう、そろそろ一カ月ぐらいになるわ」

辻は、その女の顔が見えるまでまだ見ていた。修二もつられて視線を合せたが、青い着物の女はテーブルの端に近づくと、軽くお辞儀をして客の傍に坐った。はじめて顔が見えたが、かなりの距離だった。

「あのテーブルにはママが居るな」

辻は相手の顔を見て安心したように、自分の顔ももとに戻した。

「そう。ママ、新人をお客さんに紹介してるのよ」

「ここのママは新人を売りこむのがうまい。しかし、ちょっと、いけるじゃないか」

この店の子はみんな美人だと、そこにいる女たちは自分の顔を辻のほうに突き出して騒ぎ立てた。

「何という子、あれ？」

「ユリちゃん。どうぞよろしく。……辻さん、眼が早い」

「高い酒ばかり呑みに来てるんじゃない。ママに、こっちのほうにも紹介しろと云ってくれ。どうせ、あのテーブルのは金払いのいい客ばかりだろうけど……」

「辻さん、ヒガんでるわ」

女が通りかかったボーイに耳打ちすると、ボーイは向うのテーブルにいるママに腰をかがめてささやいていた。

その言づけが届いたか、やがて肥ったママがにこやかに辻たちのテーブルにきた。そのうしろに青い着物の女が従っていた。テーブルに居た女たち二人がすぐ席を起った。

「やあ、来た来た」

と、辻が喜んだ。

「何が来たの？」

と、ママは細い眼を彼に向けた。

「辻さん、ヒガんでいたのよ。なぜ、このテーブルに新人を紹介しないかと云って」

前の女が口を尖《とが》らして笑った。

「だって、辻さんはここのところお見えにならなかったんですもの。早くいらしたら、もっと早くお引合せしたわ」

ママは、その女に辻の傍に坐るよう指先で背中を押した。

「失礼します」

女は修二に軽く頭を下げて俯向きかげんに坐った。

「こちら、辻さんといってR新聞社のうるさい人……」

ママは、修二が初めての客なのでお辞儀してから、

「ユリちゃんといいます」

と、両方に披露《ひろう》した。

「名前は、さっき、この席で噂《うわさ》にのぼった」

「まあ、もう?」

「ご免なさい。辻さんがとても興味を持ってお訊きになるものだから」

さっきの女が釈明した。

「新人に興味を持つのがおれのくせでね。……何か呑《の》みますか?」

と、辻が訊いたが、女の返事をママが引取った。

「ジンフィズでもご馳走《ちそう》になったら?」

ユリちゃんというのはユリ子というのか、ユリ江というのか、よく分らないが、その顔まではっきりと見せないままに終った。ママがジンフィズがどうかと訊いた途端、俯向いてい

た彼女がさっと席を起って、急いで向うに行ったからである。その伏せた横顔が修二にも瞬間に見て取れただけだった。彼女はどのテーブルにも寄らないで、そのままカウンターのほうへ足早に向って右に折れた。

「おどろいたね」と、辻が眼をまるくしてママを見た。「どうしたんだ？」

「さあ。お手洗いにでも行ったのでしょう」

ママは、その席を空《あ》けたままゆったりと答えた。

「それにしても、足もとから風が舞上るみたいだったぜ」

「失礼しました。まだ馴《な》れないんです」

「馴れないって、君、そろそろ一カ月ぐらいになるんだろう？」

「もとから、こういう店には居なかったんです」

「それにしても、坐るや否《いな》やだろう。ちょっと変っている」

少しばかり座が白んだ。ママが辻と修二とを等分に見てグラスを上げた。辻はほかの話に切りかえてだべっていた。

修二は、それとなく隅のテーブルを見た。西東刑事はまだぽつんと残って、水割か何かを前に置いていた。一杯の水割でゆっくりと時間をかせいでいるらしい。傍には女がひとりも居なかった。いよいよ誰かを待っていると分った。

「あのユリちゃんというのはユリ子というのかい？」

辻がママに訊いていた。

「そうなんです。辻さん、よろしくね」

「こんな店が初めてだと云っていたな。前は何をしていた?」

「存じませんわ。直接訊いてごらんになったら?」

「なるほど、すぐに坐ってすぐに消えるというのはどうみても素人《しろうと》だ。しかし、この辺に坐っている擦《す》れっ枯らしよりはいい」

女たちが口々に抗議した。辻が笑って、

「しかし、遅いね」

「そうね」

と、ママもカウンターのほうを見たが、濁った煙の中にもその青い着物は見えなかった。

「あの子はどこから通ってるのかね?」

「さあ、どこだと云ってたかしら?」

と、ママがそこに居る女たちに訊いた。

「世田谷のほうだと云ってたけど」

「世田谷か。あれで結婚してるんだろう?」

「辻さん、ずいぶん興味をもつわね」

「ああいう年ごろだと、結婚に破れてこういうところに出たという可能性が強いからな。あれで二十五かな、六かな?」

「戻ったら、ご本人に訊いてごらんなさい」

「その年ごろで離婚し、ひとりでやってゆくとなると、ほかに職業は無い。新聞広告でも女の求人といったら、たいてい、お手伝いさんか、こういう場所ときまっている。よほど特殊な技術がない限り、中途半端《はんぱ》がいちばん困る……」

辻がそこまで云ったとき、修二ははっとした。世田谷と聞いたときには何とも思わなかったが、いま、それがふいと心に戻ってきたのだ。顔が俯向いていたせいもあるが、ひとつは和服という姿の変ったことが眼の判断を狂わせていた。そういえば似ている。三日前、電車の中で見たベージュのレインコートの女だ。

あのときも、修二は先方に気づかれないために正面から女の顔を凝視しなかった。女は雑誌に俯向いていたし、どうかしたはずみに、チラチラと横顔を見せる程度だった。その横顔も、こっちの遠慮で距離があった。しかし、似ている。

豪徳寺駅から定期券で夕方出ていく女。バアにつとめる女。新宿駅の構内で見失ったが、地下鉄で銀座という線がある。この店には一カ月前からきた。その前は経験がない。——

これだけのことが修二の頭にいっぺんに渦巻《うずま》くのと、彼が椅子《いす》から立ったのと同時だった。

カウンターに向って歩くとき、眼の隅に西東刑事の顔が入った。

「ユリちゃんはどこにいる?」

レジの女にきいた。

「はあ?」

女はびっくりして見ている。修二の顔つきが普通でなかった。

「いや、ユリちゃんという子、ちょっと話したいことがあるんです」

自分で気がついて眼を微笑《わら》わせた。

「ユリちゃんなら、たった今、帰りました」

「なに、帰った？」

「ええ、何だか今夜は気分が悪くなったとか云って……」

遁《に》げた――と思ったのが、このときの修二の直感だった。

――向うは、こっちを知っている。

カウンターの前から元のテーブルに戻りかけた。換気装置が不十分なせいか、煙草《たばこ》の煙が霞《かすみ》のように棚引《たなび》いている。客が彼を見上げていた。長い髪なので絵描とすぐ分るのだ。

あの女は自分が調べていることを知っている。もしかすると、電車の中での凝視に気がついていたのかもしれぬ。

隅のテーブルに居る刑事がこちらを向いた。二人の眼は合った。思わず修二が手をあげたのは向うでも笑顔をつくったからだった。この前、姉の家の界隈を歩いたときに見せたと同じ人のいい笑顔である。

修二は、はっとなった。

西東刑事は萩村綾子を監視にきているのではないか。この前、桜総行のあった古いビルに行ったときも、刑事がその前にたずねてきたとあの女事務員が話していた。東陽生命の本社でも、桜総行の玉野のことを聞きに刑事がきたと云っていた。あのとき、さすがは警察で、こちらの知らない間に捜査が進んでいると感心したものだ。だから西東刑事が萩村綾子をこの店で見張っているのは不思議ではない。刑事は不似合いなバアにダテに坐っているのではなかった。また、ここに居る客を見張っているのでもなく、あとから入ってくる誰かを待っているのでもなかった。目的はいま出て行った女にある。

修二は落ちつかなくなった。西東刑事はいつからここに来ているのか。——

修二は、そのまま辻のテーブルに戻った。店の人に女のことも、刑事のことも聞きたいが、辻がそこに居たのでは何も話ができない。相手が悪かった。

「どうしたんだい？」

と、辻はだいぶ酔っていた。

「いや、ちょっと」

修二はグラスを何となくとり上げた。

「変だぞ」

「辻さん」と、修二はグラスをすぐに置いた。「約束の時間がそろそろ迫ったんです。済みませんが……」

「その電話をかけに行ったのか？」

「いや、電話じゃないんですが」

辻はママを傍に引きつけていた。修二は、ママがこのテーブルを離れたら、ほんのわずかでも彼女のことを聞いてみたかった。

その辻は、ママと話のつづきをはじめたので、彼はその隙《すき》を利用した。

「ねえ、君」と、傍の女にこっそり訊《き》いた。

「あすこの隅にひとりで坐っているお客さんだが、ここには始終来ている人？」

女はすぐには刑事のほうを見なかった。心得たもので、わき見をするようなふりをして刑事を素早く視線に入れた。

「そうね。昨夜もお見えになったようね」

低い声で答えた。

「昨夜がはじめて？　その前は来てないのかね？」

「ええ」

「昨夜もひとりで？」

「そう」

「何をする人かな？」わざと訊いてみた。

「さあ。よく分りませんわ。黙って、ああして坐ってらっしゃるんですもの。女の子だって話のしようがありませんわ。昨夜も、二時間くらい、あすこに遅くまでいらしたわ」

昨夜から来ているとすると、刑事が萩村綾子の所在をつきとめたのは、二、三日前ということになるのだろう。

それは、どのような方法で分ったのか。まさか、自分のように記憶のいい花屋の女店員の口からではあるまいから、着実な捜査の道順が刑事をここに来させたものと思われる。すると、警察でも、玉野が光和銀行をやめた事情に目星をつけているのだろうか。修二は、辻からもらった資料をポケットの上から思わずおさえた。

「じゃ」

　修二は辻に頭を下げて立った。

「これで、失礼します」

「おまえさんも何だか落ちつかないやつだな」と辻が顔を向けた。

「この次はゆっくりお相手しますよ」

「辻さん。こちら、ご用が済んだら、またここにお戻りになるかも分りませんわ」と、ママがとりなすように云《い》った。

「それまでおれがここに居るものか」

「辻さんも落ちつかないほうね」

「おれだって予定がある」

「あら、浮気」

　そうだ、一度ここを出て、辻が帰ったころを見計らい、引返してもいいと、修二は思った。そのとき、ママにあの女のことをゆっくりと聞いてみよう。ほかの女の子は知らなくとも、従業員のことだ、ユリ子という女の本名も住所も、勤めに出た事情もママだけは心得ているはずである。

　ようやく辻の席から脱け、ふいとそこに知った人を見つけたようにつくねんと坐って居る刑事の傍に行った。

　相手が迷惑そうなふうだったら遠慮するつもりでいた。が、西東刑事は短かい首をあげて身体をずらした。憎めない笑顔だった。

「珍しいとこでお遇《あ》いしましたね」

　と、刑事のほうから云った。

「全く。ここでお遇いしようとは思いませんでしたな」

「ここにはよくいらっしゃるんですか？」

「いや、初めてなんです。向うに坐っている人に遇いにきたんです。新聞社の人ですが。あなたは？」

「いや、わたしはただ何となく入ってきただけで」と、刑事は口を濁した。

「ぼくがここに居てお邪魔じゃないんですか？」

「いや、べつに……」

　傍にホステスひとり居ないのだから、あの事件のことを少しでも話をするはずだが、それは無かった。

　警察の仕事は、必要とする以外は他人に何も云わない。いっしょに路地を歩いたときは事件に饒舌《じょうぜつ》だった彼が、いま人が変ったようにそれに興味を見せないのは、絵描《えかき》に求めるものが何も無かったからであろう。そのうちまた必要が起れば、にこにこして彼の前に現われるかも分らなかった。

一体、刑事はここで何をしているのか。ユリ子と名乗る彼女はすでに帰ってしまっている。もっとも、刑事は彼女が帰ったかどうかは知らないが、もうだいぶ店の中には戻ってこないから刑事はそわそわしなければならないはずだった。少なくとも、それとなく様子を見にカウンターのほうに行くか、ほかの女の子にたずねるかするはずだった。

ところが、西東刑事はつくねんと椅子に落ちついている。まるでそんな女のことは知らないといった態度だった。

「このごろ、お忙しいですか?」

修二は訊いた。

「ええ、まあ」

彼は決して無愛想な表情ではないが、言葉は至って少なかった。

「なんでしょうな、事件が次々と起って、お休みになる間も無いでしょうね?」

「ええ、いろいろとね」

「といって、前からひっかかっている事件もそのまま棄《す》てるわけにはいかないでしょうね?」

修二は探りを入れた。

「それはそうですな。いや、それは出来る限りやらなければいけません」

刑事は答えたが、言葉に似合わず語気は甚《はなは》だ揚がらなかった。

「それはたいへんですね。何もかも一緒になると眼が回るようなことになるでしょう?」

「ええ、人手不足ですからね」

「そうした場合、どうしても一人の刑事さんに皺寄《しわよ》せがくるわけでしょうね?」

「そうですな」

「よく聞く話ですが、一週間も十日も家に帰らない刑事さんがあるということですが、今でもそうなんですか?」

「なかには、そういう人もありましょうな」

何を聞いても西東刑事は控えめな返事しかしなかった。が、ときどき、その眼はほかのテーブルに向けられた。それも特に決った一点ではなく、うろうろとした視線だった。

修二はいつまでも不得要領な刑事の傍に居るわけにもいかなかった。うしろのテーブルでは新聞社の辻の声が高く聞えていた。さっき、人に会う約束で中座すると云った手前、西東刑事の席にいつまでも坐っているわけにもいかなかった。

修二が椅子から起つと、

「そうですか。どうも……」

と、猪首《いくび》の刑事は愛嬌《あいきよう》のある眼を向けた。

やはり、刑事がここに来ている目的は、ユリ子と名乗っている萩村綾子にあると思われる。よそのテーブルを見まわしていたのも、いつの間にか姿を消した彼女を捜しているのかも分らなかった。もし、そうだとすれば、西東刑事は自分と同じ線で執拗《しつよう》にあの事件を追跡していることになる。修二は、かねがね警察の捜査はいいかげんなものだと思っていたが、あの刑事をここに発見して、その考えを改めた。

修二はレジに行って勘定を頼んだ。資料をもらっているので、その礼心として辻のぶんまで支払うつもりだった。それを遠くで見ていたらしく、さっきの肥ったママが急いでうしろからきた。

「あら、いいんですよ。ここの勘定は辻さんがいつもなさいますから」

「しかし……」

「辻さんがそうおっしゃったのです。あの方にお任せなさいよ」

逆らってもいけないので、修二は云う通りになった。彼は、ママさん、ちょっと、と云って片隅に呼んだ。

「さっき、ぼくらのテーブルにきたユリ子さんという子ですがね。あの子は世田谷の方から通ってきてると云われましたが、世田谷はどの辺です？」

「さあ……」

「いや、ちょっと、ぼくの知っている人じゃないかと思ったんです。それで訊いてるんですが、本名は何というんでしょう？」

「そんなこと、あまり聞いてないんです。住所もはっきり分りませんわ」

「しかし、ここで雇っている以上、そういうことも一応は聞いてあるんじゃないですか？」

「いいえ。聞いているのもあれば聞かないのもあるんです。あの子はお店に来たりこなかったりするので、わたしのほうもあまり当てにはしていませんの」

「じゃ、毎晩勤めているわけじゃないんですか？」

「ええ。なんだか事情がありそうですわ」

修二は豪徳寺の駅で彼女に連日遇わなかったはずだと思った。

「ユリ子さんの友だちという人もここに居ないんですか？」

「まだ来て間もなくですからね、その間に休むんですから……あのひと、今夜も途中で帰ってるでしょ。そういう人はあんまりウチでも当てにはできませんの」

修二はバアを出ると、すぐにポケットの資料をとり出した。一刻も早く中を見たかった。派手な店構えの菓子屋があって、明るい灯が歩道を照らしていた。修二は封筒を開けた。便《びん》箋《せん》一枚に五、六行、人の名前があり、数行の註《ちゅう》が書かれてあった。

光和銀行支店長の退職者の表だった。親切なことに五年前からのものだった。但書《ただしがき》には一応自発的な退職者も含めてあると書いてあったが、修二が知りたい名前はいっぺんに知れた。

高森孝次郎という熱海支店長は二年半前に退職している。

（形式的には依願退社となっているが、事実は何かの事情があるらしい。その後半年して死亡。これについて自殺したという説もあれば事故死という説もある）

註にはそう書いてあった。修二は、これだと思った。そのほかの退職支店長には、特にこうした註が入っていない。

光和銀行は中部地方が営業の勢力範囲で、現にリストに載っている退職支店長もその区域の者ばかりだった。中でも熱海支店長といえば相当重要な地位に違いない。その支店長が何かの事情で退職した。しかも、半年後には自殺か事故死か分らない死亡を遂げている。いずれにしても普通の死に方ではないようであった。

修二は思った。玉野文雄が光和銀行を辞めたのは二年前である。これまで考えたように、彼が考査課長として支店のミスを発見し、その功績によって桜総行の創立を頭取から援助してもらったとすれば、該当の支店はこの熱海であろう。熱海は地方銀行にとって最も活潑《かっぱつ》な営業地だ。その支店にミスがあったとすれば、そしてそのために銀行が損害を受けたか、あるいは受けようとしたとすれば、それは少ない金額ではあるまい。もし、玉野がそれを摘発したとすれば、銀行に対する功績は決して少なくはない。頭取が玉野を一本立ちにして桜総行を起させたくらいの報酬は当り前かもしれなかった。

しかも、支店長は退職後半年でふしぎな死に方をしている。順序からすると、高森という支店長の退職が二年半前、その半年後には怪死、さらに時を同じくして玉野考査課長の退職と独立——そういうことになる。この因果関係には必然性がありそうだった。

修二は、紙をポケットに入れて歩き出した。胸が高鳴ってくる。

支店長の怪死と義兄の殺害。——正確には玉野が殺害されるところだったのだ。

修二の足の運びがひとりでに速くなった。何を見ても眼《め》に入らない状態でやたらと歩いた。頭の中は、高森熱海元支店長の怪死と玉野の殺害未遂が強い一本の線となって描かれていた。

あの加藤という東京支店の秘書室員が、玉野文雄のことを訊いたとき、返事に警戒的だったのもこれで分るような気がした。

さすがに新聞社で、いいことを報《し》らせてくれたと思い、修二は辻に感謝した。彼が社会部長に頼んで各支局を動かし、調査をさせたのである。もっとも、こちらの意図がはっきりしないから、支局のほうでも当面これだけのことしか答えてこなかったのだろう。

ここに一つの道がある。高森支店長の退職事情や、その死の内容などは光和銀行のどこに行っても絶対に教えてはくれまい。それを知る方法と云えば新聞社の熱海支局に行くことだった。ここだともっと分る。完全には分らなくとも、そこでの話からまた手づるが得られそうだった。

その上で光和銀行の熱海支店に当ってみることだった。これは正面からはむずかしいかもしれないが、情報次第では、何かの方法がつくかも分らなかった。今まで玉野の女と思われる萩村綾子ばかりを追っていたのが、われながら迂遠《うえん》な方法であった。もっと直接的な方法がここにあった。

修二は赤電話に歩いた。ポケットからバアのマッチを出しダイヤルを回すとボーイらしい声が出た。辻はまだ店に残っていた。

「なんだい、どうしたんだい？」

辻の酔った声が怒鳴った。

「済みません。実は、さっきいただいた資料のことで少し調べてみたいんです。それで熱海の支局長さんに会いたいんですが、ちょっとぼくのことを電話ででも先方に云ってくれませんか。明日、向うに行きたいんです」

「何をやらかそうというんだね。絵描のくせに妙なことに興味を持つなよ。絵描は絵を描いていればいいんだ」

「この調べが済んだらそうします。とにかく今の件をお願いしたいんです」

「しようのないやつだ。じゃ、これから社会部長の自宅に電話して頼んでみてやる。おまえさんが明日向うに行くなら、それに間に合うようにな」

「どうぞよろしくお願いします」

酔った辻の声が不安だったが、一応信頼した。

「あ、それから、辻さん」

「何だ？」

「さっき、ぼくがそこを離れて近くのテーブルで話していた人をおぼえていますか？」

「うむ。なんだかぼそぼそとおまえさんと話合っていた客だな？」

「そうなんです。その人、まだ居ますか？」

「待てよ」

辻はうしろをふり返って店内を見ていたようだが、

「姿が見えんな。もう帰ったらしいぞ」

自分が出てからすぐにあの店を出たようである。刑事はユリ子が途中で帰ったのに気がついてあわてたのか、それとも自分が居るので店を出るのを我慢していたのだろうか。修二は思わずその辺を見回して、ガニ股の姿がないかどうかをたしかめた。

翌日の昼ちかく、修二は熱海のホームに降りた。藤沢あたりから曇ってきたが、ここでは霧雨《きりさめ》が降っていた。

団体の客が何組もあって、出口に降りる地下道は人でいっぱいだった。彼は外へ出てタクシーを探した。あいにくと改札口を出るのが遅かったので空車が一台も見当らなかった。そのへんはホテルや旅館の番頭たちが名前を染め抜いた旗をかざしてきょろきょろしていたが、修二のほうには見向きもしなかった。身装《みなり》からして貧乏な絵描と踏んだらしかった。それに、大体、ひとり客は歓迎されない。

タクシーが戻ってくるまで待つつもりでいると、ふと彼の前にいま大型の車に乗りこもうとしている二人伴《づ》れが映った。おや、と思ったのは、その一人が光和銀行の加藤だったことだ。その加藤が四十ぐらいの男を先に車に乗りこませ、あとから自分がつづいた。

修二は、そこに立っている番頭の列の陰に隠れた。車が出るまで油断はできなかった。中に入っている加藤が窓越しに彼を発見するかも分らないのだ。しかし、車は無事に霧雨の中を走り去った。のぞくと、うしろ窓に加藤ともう一人の男とがならんで坐《すわ》り、加藤が顔をよせて話しかけている姿が映った。

修二は、まだ光和銀行の花房頭取を実際に見たことはなかった。だが、今の男の年配といい、服装といい、また加藤が鄭重《ていちょう》に扱ったところといい、あれが頭取だろうと考えた。加藤の仕事は東京支店の秘書だから、本店から上京してくる頭取の世話役に違いない。

修二は、いまチラリと見た中年の紳士が、実は自分の絵を買ってくれる最大の顧客なので親しさを持っていなければならないのだが、その意識が全く無いのに気がついた。もし利口な絵描なら、その場についと出て挨拶《あいさつ》の一つぐらいはするところだ。それが処世術というものである。しかし、そこまでは出来なくとも、少なくともパトロン的な人物だから、もっと敬愛の情を抱いていいのである。が、今の場合、そういう感情は無かった。光和銀行と自分との間には今回の事件が挟《はさ》まっていた。これが頭取に対して絵描の感謝を妨げていた。それだけでなく、何となく「相手側」という感じであった。

　熱海にも光和銀行の支店があるので、頭取がそこに行くのに不思議はなかった。しかし、時が時だったので修二は、これから死んだ支店長のことを調べに行くのと、頭取の支店回りとが何だか無関係でない感じになった。しかし、むろん、これは偶然の暗合で、花房頭取も加藤も絵描がそのことで新聞社の支局に調べに行くなどとは知るはずもなかった。

　空車のタクシーが戻ってきた。Ｒ新聞社の支局は繁華街の裏で、案外みすぼらしい建物であった。看板だけは仰々しかった。

　表のドアを開けるとすぐに事務室で、雑然とした光景だった。とりちらかした机の前には人が三人、両方から対《むか》い合い、ワイシャツ一枚で鉛筆を動かしていた。ひとりは電話を聞いている。三人とも、しばらくは、修二のほうに見向きもしなかった。

　修二は、その雑然とした支局の中を見渡して、支局長に会いたいと、近くにいる若い男に云った。そのとき奥のほうから、四十年配の痩《や》せた男が湯呑《ゆの》みを片手に中央の席に戻ってこちらのほうをのぞいた。取次の男が云うまでもなく向うのほうから湯呑みを片手に修二のほうに歩いてきた。

「ぼく、黒田といって支局長をしています。あなたが山辺さんですね?」

頬《ほお》の凋《しぼ》んだ痩せた男だった。

「山辺です。本社の辻さんにご面倒をお願いしておきましたが……」

修二は頭を下げた。

「辻さんの依頼だと云って社会部長から電話をもらいましたよ。まあ、どうぞ、こちらへ」

支局長は絵描を中に入れて片隅《かたすみ》に通した。狭いところで、紙片《かみきれ》と新聞紙の散乱した隅に椅子とテーブルが置かれてある。

「失礼」

と云って支局長はポケットから小瓶《こびん》を出し、丸薬《がんやく》を口に含み、持っていた湯呑みの水を呑んだ。咽喉仏《のどぼとけ》が二、三度動いた。

「……ぼくは胃が悪いもんでしてね、いつもこういう薬の厄介《やっかい》になっているんですよ」

と、支局長は瓶をポケットに収めた。道理でひどく痩せていると思った。

「この前は光和銀行のことでお世話になりました」

修二は低い声で礼を述べた。そこに支局員が居るので、なるべく話の内容を彼らに聞かせたくなかった。

「どういたしまして。お役に立ちましたか?」

支局長は平気で大きな声を出した。

「はあ、お蔭《かげ》さまで。……そのことについて、ちょっと伺いにあがったんですが」

「どういうことだか知りませんが、あなたがお見えになったら出来るだけ便宜を図るようにと、社会部長から云われていますのでね、お役に立つかどうか分りませんが」

さすがに辻で、頼んだことはきちんとしてくれている。酔ってはいても、その点は確実な男だった。

「実は、光和銀行の熱海支店長で以前退職した高森孝次郎さんという人ですが……」

「ははあ。なんだか知りませんが、本社のほうから、光和銀行を退職した支店長のことを知らせてくれと云ってきたので、とりあえず高森さんのことを書いて送っておきましたが、それが何か……？」

「はあ、ありがとうございました。それによると、高森さんは、なんだか退職後に急に亡《な》くなられたとありますが、それがどういう事情なのか教えてもらいたいんです」

修二はそこで一応言葉を切って、

「その人のことでは、ちょっと或《あ》る関係で調査してみたいと思っているんです。詳しいことをお話し申し上げられないのは残念だし、また教えていただくのにこちらの理由を申し上げないのは大へん失礼とは思われますが」

と詫《わ》びた。

「そんなことは一向にかまいませんがね。……そうですな、実は、ぼくは去年の春にこの支局へやってきた者でしてね。それ以前の土地の事情のことは全然分らんのですよ」

と支局長は云った。

「あれは、ここに居る川上という支局員から聞いたことなんです。川上はこの近くから通っている土地の人間ですから、あの程度のことは知っていたのです」

支局長はさっきの丸薬がまだ胃に落ちつかないらしく、急に湯呑みを取ると残りの水を飲み干した。

「その川上さんとおっしゃる方は？」

「はあ、いま、ちょっと仕事に出ているんです。まもなく帰るでしょう」

支局長は首をほかにねじ向けて、

「おい、川上はいつ帰るんだい？」

と訊いた。十二時に帰る予定ですと、髪の長い男が向うをむいたままぶっきらぼうに答えた。

「もうそろそろですな。やはり彼に直接おたずねになったほうがいいでしょうな」

「ありがとう。そうします」

「しかし、なんですよ、川上だって、その退職した支店長のことはそれほど詳しく知っているとは思えませんね。もし知っていれば、あの問合せがきたとき、彼はもう少しぼくらにも何か話すはずですがね。彼の云うところによると、その退職した支店長は、なんでも急な死方をしたという人の噂を聞いた程度らしいですよ」

「そうですか」

それでも川上という男に遇ってみなければ分らないと思って待っていると、外から二十七、八の男が勢よく入ってきた。支局長は彼が川上だと修二に教え、その川上をこっちに招いた。

支局長が修二の用件をあらまし云うと、川上は頭を掻《か》き、

「弱りましたね。ぼくもあれ以上深いことは知りませんよ」

と云って腰を下ろした。

「銀行のことはわれわれでもよく分りませんね」

と、川上は、その色の白い顔に柔和な笑《えみ》を浮べて修二に云った。

「何か問題でも起ると取材の方法もあるんですが、そうでない限り、銀行というやつは絶対外部には秘密主義でしてね」

「そうでしょう。それで、高森という支店長の退職は自発的でなく、何かの事情で退職させられたというのはどこからお聞きになったんですか?」

このとき支局長が、本社からの電話だとほかの者に云われて席を起《た》った。まもなく彼は大きな声で電話口で原稿を読みはじめていた。修二は、川上と二人きりになれたのを内心で喜んだが、川上も支局長が居ないほうが話しやすいに違いなかった。

「それはですね」と彼は云った。「光和銀行の近所の者が何となくそんな噂をしていたのを聞いたからです。銀行というのは、案外近所には事情が分るらしいですね。やはり行員が近くの喫茶店とか食堂とかに出入りして、そこでひそひそ話をするからでしょうね」

「その高森支店長が辞めさせられたという事情は？」

「具体的なことは何も分りませんが、なんでも不良貸付ということらしいです。それが本店に知れて退職せざるを得なかったという事情のようです」

やはり予測どおり不良貸付だった。もっとも、支店長のミスといえば、回収不能の貸付金か、裏利を取る浮貸《うきがし》ぐらいしかない。しかし、いわゆる焦《こ》げつきだけでは、そうやたらと支店長がクビになるはずはないと思った。それがよほど大きな金額か、それとも貸付について何か不正な手段でもあったかしたのかもしれぬ。たとえば、支店長が相手から不当な饗応《きようおう》を受けたりリベートをもらったりすれば、これは文句なしに馘首《かくしゆ》の対象になるだろう。高森支店長の場合はどうだったのだろうか。

「そんなことはいっさい分りません」と、若い川上は答えた。「ですが、これはやはり噂ですけど、相当大きな金が焦げつきになったらしいですね。その貸付先は全然分りませんけれど……」

分らないと云いながらも、川上はいくらかの心当りがあるようだった。ただ、めったにそれを口にできないから黙っているというようにも見えた。

「ちょっとおたずねしますがね」と、修二は云った。「その支店長のミスが本店に知れたというのは、自然に分ったのですか、それとも本店から誰かが調査にきて露顕したということですか？」

修二の頭には玉野考査課長の影がはなれていなかった。

「どうやらあとの場合のようですよ。本店から監査があって、それで分ったというようなことらしいです」

「なるほど」

これ以上その点を追及しても、川上にはいま返事ができないようだった。実際に詳しい事情は知らないらしいが、まだ多少は打明けてないところもあると修二には思えた。川上はやはりこの支局の中では話しづらいようだった。そこで修二は質問を変えた。

「高森支店長は退職してからどこに行ったのですか？」

「なんでも郷里のほうに引揚げたということですがね」

「郷里というのは？」

「よく分りませんが、甲州の身延《みのぶ》の近くの村だということです。家は弟が百姓をしているので、一家が戻っても食うには困らないということでした」

「それで、高森さんが亡くなられたのはやはりその郷里でですか？」

「いや、それが違うんです。なんでも東京に出たとき、急に死んだということですがね」

「東京に出たというのは、その郷里から何かの用事でちょっと出たという意味ですか、それとも東京に移転したということなんですか？」

「用事で出たときらしいです。遺族のほうは身延の村に居て、知らせを受けて東京に駆けつけたといいますから。それが、自殺だともいうし、事故死だともいうし、よく分らないんです」

その通りならまさしく怪死である。しかし、川上の話は、その点、あの報告以上には出なかった。詳しいことは分らないと云った。

「東京はどこで亡くなったんですか?」

「その辺の事情もぼくにはよく分りません。なにしろ、こういうことはみんな又聞《またぎ》きですからね」

川上は口をすべらした。

「あなたにそれを云ったのは誰ですか?」

と訊くと、川上が困った顔をした。

「いや、川上さん。あなたには決してご迷惑はかけません。ぼくとしては少し、その高森さんのことで訊きたいことがあるんです。あなたにそれを云った人を何とか紹介してくれませんか」

「その人もはっきりは知らないんですよ」

川上は修二を警戒した。彼は自分がしゃべりすぎたのを後悔しているようだった。

「やあ、分りましたか?」

と、そこに電話送稿を済ませた支局長が戻ってきた。

「いま、いろいろお話を伺ってるところですが、それについて川上さんに協力をお願いしてるんですよ」

修二が支局長に笑いかけて云った。

「おい、川上、なんとか便宜を図ってあげろよ」

と、支局長は胃病を持っている人間に似ず大声で部下に云った。

「はあ」

川上も仕方ないというように、

「ちょっと待って下さい。それでは、十分間ばかりで仕事を済ませますから、あと、ご一緒しますよ」

と腰をあげた。

「済みません」

そのかわり支局長がそこに坐って、

「絵をお描《か》きになってるんですか？」

と、修二に話しかけた。


若い支局員の川上が修二を案内したのは海岸通りの繁華街だった。その街角にかなり巨《おお》きな白い建物が建っていて、その上のほうに「光和銀行熱海支店」の文字が目立つように横にならんでいた。

「あれがそうですね」

修二は眼をやった。この辺は光和銀行の営業範囲だけに他の有名な市中銀行の支店より建物は立派であった。修二は、さっき熱海駅で花房頭取らしいのと加藤秘書室員に出遇っているので、こんな所に立っていると、ふいにその加藤に見つけられそうな気がした。

「ここですよ。ちょっと寄りましょう」

川上は修二をすぐ横の食堂に誘った。あまり立派な店ではなく、いわば大衆食堂だった。昼食時間なのに、客はほぼ半分の入りだった。川上は修二に訊いてライスカレーを二つ頼み、

「奥さんが居るなら、ちょっとここに呼んでくれないか」

と、注文を聞いた女の子に云った。

やがて肉の少ないライスカレーが運ばれてきたが、同時に五十くらいの和服の女が近づいてきた。

「やあ、今日は」

川上は彼女に如才《じよさい》なく云って、修二を東京の絵描さんだと紹介した。

「奥さん、ちょっと訊きたいことがあるんだけどな……」

彼はそう云いながらあたりを見回した。そこには遊覧客と分るような人間しかいなかった。

「変なことを訊くようだけどな、この前チラリと奥さんから聞いた話さ。どうも訊きにくいことだけど、差支《さしつか》えのない限り話してもらえませんかね」

と、川上はもじもじして云った。

「川上さん、いやだよ、あんまり新聞ダネになるようなことは」

その五十年配の痩せた女主人は反歯《そつぱ》を出して笑った。

「いや、新聞ダネじゃない。ちょっとこちらがお訊きしたいというのでね。悪いけれど、お

願いしますよ」

「何のことだね、川上さん、いやに云いにくそうじゃないの？」

「云いにくい。云いにくいが……」

「済みません。ぼくが川上さんにお願いしたんです」

と、修二が食堂のおかみに頭を下げた。

「はあ」

と、おかみは訳の分らないまま二人を見くらべた。

「いや、実はね」と、川上が思い切って云った。「そこの光和銀行の高森元支店長さ。あの人、なんでも金をどこかに貸しすぎて、それが取れなくなり銀行を辞めさせられたということだけど、奥さんは、その貸付先を知りませんかね？」

「あら、いやだ、川上さん。そんなこと、もう人にしゃべったの？」

女主人は睨《にら》むように川上を見た。

「いや、しゃべったわけじゃないが、偶然同じ話がこちらの耳に入ったのさ」

と、川上は如才なく修二を見た。

「ふうん。それで？」

女主人もチラリと絵描の顔に眼を走らせた。

「そのことで、この方が少し聞きたいと云われるんだけど、奥さんは、あの銀行の人たちがここに来て話していることをいろいろ聞いているはずでしょう？」

「そんなに詳しくは聞きませんよ。それに、高森さんの辞めたのはずっと前じゃないの。古い話だわ」

「その古い話で結構なんだけど。やっぱり大口に貸した金が取れなくなって、その落度から辞めざるを得なくなったのかね?」

「何だか、そんなことのようだったね」

と、おかみは前にも川上にしゃべっているだけに否定できないようだった。

「その貸付先は?」

「よく知らないけれど」

と、女主人は修二のほうにチラチラと警戒的な視線を送りながら、

「なんでも、この辺のホテルとかいうところに融資したという話だけど」

「ホテル?　なるほど、熱海じゃマンモスホテルの競争だからな。どこのホテルだろう?」

「知らないね」

知らないとは云いながら、おかみは知っているようだった。しかし、修二は口が出せなかった。

「それは本店から誰かが検査にきて分ったという話だが、そうだったね、奥さん?」

「まあね」

おかみは不承ぶしょうに云った。

「で、銀行を辞めた高森さんが半年後に急に死んだということだったけど、あれは東京のど

の辺？」

「世田谷という噂《うわさ》だね」

「世田谷？」

修二はどきんとした。偶然かもしれないが、萩村綾子の居るのが世田谷の豪徳寺近くではないか。玉野文雄も同じ場所に居ると考えられる。もっとも、世田谷は広いが、高森元支店長の急死の場所と玉野の現在地とを結びつけてみないわけにはゆかなかった。

「それは、世田谷のどのあたりですか？」

と、修二が訊《き》いたとき、表から若い男が入ってきた。

「おばさん。親子丼《どんぶり》二つとカレーライス三つ、至急に頼むよ」

「はい、はい」

おばさんは急いで起ち上った。光和銀行の支店員だなと修二が思ったとき、向うでも彼の長い髪の風采《ふうさい》をじろりと見た。

「今のが光和銀行の人ですね？」

と、修二は、親子丼とライスカレーを注文した男が出てから、おかみに訊いた。

「ええ、そうです。ちょうど昼どきですから」

おかみは注文の品を調理場に通してうなずいた。

修二は少し気になった。自分の風采は見るからに絵《え》描《かき》然としている。この長い髪が何より人目につくのだ。もし、いま、頭取と加藤秘書とがその支店に来ていれば、どんなはずみから今の男の報告が話にのぼらないとも限らなかった。だが、まあ、それは安心していいだろう。まさか昼飯の注文の使いにくるような男が頭取の話に加わるはずはないと思った。

「その東京で急に亡くなったという高森支店長のことですがね」修二は中断された質問をつづけた。「世田谷に何しに行ったのでしょう」

「さあ、よく分りませんけれど、なんでも、知合いの家に訪ねて行かれたときに亡くなったということです」

「知合いの家に？」

修二の頭には、またしても玉野文雄のことが走った。しかし、玉野が世田谷に移転したのは義兄が間違えて殺された事件以後、と思っていた。しかし、以前から玉野は世田谷に住んでいたのだろうか。

彼は世田谷という場所がここにかなり重要な意味をもっていると思った。玉野の家ではなくとも、玉野と高森支店長との人間関係のなかで自分の知らない第三者が世田谷に居住していることはあり得ることである。この食堂の女主人がその場所をはっきり知っていないのは残念だが、これはもう少し質問を掘り下げたら、その手がかりぐらいは得られるかも分らないと思った。だが、性急は禁物だった。

そこで修二は質問を変えた。

「高森支店長はよくご存じでしたか？」

「ええ。この店にも気軽に昼飯などよくとりにおいでになりましたよ」

女主人は答えた。

「人柄《ひとがら》はどうなんです?」

「とてもいい方でしたわ。べつに威張ってるふうでもなく、わたしたちにも冗談など云《い》われたりして、明るい親しみ深い方でした。あんないい人が銀行を辞めなければならないというのはふしぎなくらいです。でも、銀行の仕事となると、いろいろ複雑な事情があるんでしょうね」

「そうですね。個人的にはいい人でも、仕事の中にいるときはまた別な人間になりますからね」

「高森さんもおっしゃってました。人間はいつどんなときに思わぬ運命に立たせられるか分らないって」

「思わぬ運命?」

「支店長となると、その責任から嫌《いや》な用事もしなければならないでしょうし、心にも無いこともしなければいけないでしょうね」

この女主人は、高森支店長が過剰融資をせざるを得なかった愚痴を暗に云っているようにも思えた。

もし、そういう取引があったら、場所はおそらく銀行ではあるまい。相談は内密に行われたであろうし、また環境的にも愉《たの》しい場所が択《えら》ばれたであろう。この熱海は歓楽境に事を欠かなかった。

「高森さんは酒は好きなほうでしたか？」

と、修二は遠回しに探りを入れた。

「それほど好きでもなかったようですが、仕事の上でつき合い程度には呑んでおられたようです」

「遊びのほうはどうでしたか？」

「そういう噂もあんまり聞きませんね。なんといっても町は狭いですから、土地の人が遊ぶとすぐに分るんです。ここで遊んでいる人はみんなよその人間ばかりですよ。ですから、土地の人が遊ぶ場合はよそに行かれるようですよ」

「高森さんもよく出かけていたほうですか？」

「そりゃ全く無かったとは云えないでしょうね。でも、それは本店に行かれる用事があったり、仕事の関係でどうしてもよその土地で取引先と遇わなければならないことだってあったでしょうから。東京にもたびたび行っておられたようですよ」

「東京にね」

修二は、またしても世田谷のことが頭に浮んだ。

「東京の支店のほうには、よく連絡に行っておられたようです。でも、わたしは何となく高森さんの口から洩《も》れるのを聞いていただけで、詳しいことは何も分りませんよ」と、女主人は警戒した。

熱海の支店長が東京支店に行くのはふしぎではない。東京は、近県の地方銀行の融資先で、事実上本店的な性格も持っている。だが、高森が急死したという世田谷と東京支店の関連には修二も想像がつきかねた。

「東京支店といえば、いま、この熱海支店に頭取さんが見えているようですが、頭取さんはときどきやってくるんですか？」

修二は、熱海の駅で見た光景を思わず云った。

「え、頭取さんが今日きてらっしゃるんですか？」

と、おかみは初めて聞いたという顔をした。

「いや、間違ってるかも分りませんがね」

「でも、おかしいですわね。頭取さんが見えたなら、さっきの人もそんな話をするはずですが……」

こう云ったときに表から、背の高い、頭をきれいに撫《な》でつけた男が入ってきた。

「おばさん、さっき注文したライスカレーと丼はまだかね？」

と、その男は女主人に訊いた。ついでに眼を修二にチラリと走らせた。

「はい。ただいま」

と、おかみは奥の調理場の前に行き、催促した。その男は苛立《いらだ》たしそうに煙草《たばこ》をとり出した。

「もうあと二、三分です。すぐにお届けいたします」

と、おかみが男に云った。もちろん、銀行員だ。

「そう。早く頼むよ」

「分りました。……そうそう、今日、あなたのところに頭取さんが見えているんですか?」

と、おかみは銀行員に訊いた。

修二はひやりとした。よけいなことを訊いてくれたと思った。頭取がきていることを知っているのは今のところ自分だけである。もし、相手にそれをどこから聞いたかと反問されたら、おかみの答えはこっちのことにふれるだろう。

「いいや、頭取は来てないよ……」男はけげんな顔で女主人を見つめた。「おかみさん、どうしてそんなことを訊くのかね?」

修二は顔を伏せて固唾《かたず》を呑んだ。

「いいえ、こうして出前を急がれるもんだから、もしかすると頭取さんでも見えたのじゃないかと思って」

さすがにおかみは老練だった。

「そんなことはないよ。……それじゃ、早く頼むよ」

と、銀行員はもう一度修二を一瞥《いちべつ》して出て行った。その眼の走らせ方が修二にはイヤな印象を与えた。なんだか出前の催促にかこつけて、さっき注文を頼みにきた男の話から、彼をたしかめにきたような気がした。しかし、これは思いすごしだろう。

頭取はここの支店に来ていないという。それなら、駅で見たのは見誤りだったのだろうか。いや、そんなことはない。たしかに一人は秘書の加藤だったのだ。加藤があれほど丁寧な扱いで車に乗せていたのだから、その年齢といい、加藤の職分といい、花房頭取以外には考えられなかった。下っ端《ぱ》の支店員が知らないというのは、銀行の用事ではあっても業務視察というものではなく、何か特殊用件で熱海にきたのかも分らない。

修二は、もっといろいろなことをこの女主人に訊きたかった。だが、いま、支店の連中が何だか自分をたしかめにきたような気がしたので、うかつなことが訊けなくなった。この場合、髪の長い風采は損である。一見して絵描と分るのだ。彼は加藤の耳に入るのを怖《おそ》れた。

それに、先ほどから新聞社の支局員が横で退屈そうにしていた。だが、おかみにいろいろな質問をすれば、この男も取材意欲を起すかもしれない。現に、あくびを嚙《か》み殺したようにしてその辺の週刊誌などを見ているが、案外、こっちの問答に聞き耳を立てているかも分らなかった。また、おかみ自体もそれほど詳しいことは知っていないであろう。

そこで修二は、ふと気がついて訊いてみた。

「高森さんの遺族宅は分りませんか？　さっき身延の近くと聞きましたが」

「さあ、詳しいことは知っていませんが……」

おかみはぼんやりと答えた。

「高森さんが退職されたときに、挨拶状か何か来ていませんか？」

「そう、そう」と、おかみは思い出したように、「そういえば、何かハガキをもらったようなおぼえがあります」

「いま、それが分りませんか？」

「待って下さい」

おかみが奥に入ったとき、光和銀行への出前が勢よく出て行った。

「ずいぶん支店長のことに興味があるようですな」

と、はじめて川上支局員が雑誌を棄《す》てて云った。

「いや、支店長個人のことではないんですがね。ちょっと、ぼくの身辺に起った或る出来事と関連があると思われますのでね」

修二はさりげなく答えた。

「世の中にはいろいろなところにひっかかりが出来るものですね」

川上は、そんなことを云い、

「そのハガキがあるといいですがね。なんだったら、ぼくが銀行の人にそっと訊いてあげてもいいですよ」

と云ってくれた。

「ありがとう。もしハガキが見つからなかったら、そうお願いしましょう」

しかし、それはあまり好ましくなかった。この際、なるべく支店直接には接触しないほうがいいのである。また、さっき来た二人の銀行員も自分のほかに新聞社の者が居るのを気づいているかもしれない。土地の支局員の川上も顔が知られているはずだった。

やがておかみさんが片手にハガキを持って現われたときは、修二はほっとした。

「ありました。ずい分前だったのでどうかと思ったけれど、古い郵便物のいちばん下に残っていましたよ」

おかみは煤《すす》けたハガキを差出した。

「どうもありがとう」

修二は早速裏を返した。文句は簡単に世話になった礼を述べてあるにすぎない。かなりの達筆だった。住所は山梨県南巨摩《こま》郡南部町梅尾となっている。その見当もすぐついた。ハガキ自体がこう説明していた。

「身延山にお詣《まい》りの節はお立寄り下さい。駅はすぐ近くの内船《うつぶな》です」

修二は、その大衆食堂を出ると、今まで一緒について来てくれた支局員の川上に礼を述べて別れた。彼には東京に帰るように云っておいたが、実は、これから高森の遺族宅を訪ねるつもりである。熱海からだと電車で二時間とはかかるまい。東海道線の富士駅で身延線に乗り換えるのである。

駅にくると、下りの静岡行電車は二十分後にくることが分った。彼はホームに出て熱海市街を見下ろした。ここから眺《なが》めると、熱海はまことにホテルと旅館の都市だ。しばらくこないうちに目立つのはホテルの高層建築の出現だった。

修二は、死んだ高森支店長の融資先が或るホテルだったという食堂のおかみさんの話を思い出した。それが焦げついて責任を問われたというのだ。ミスを発見したのが玉野だったらしい。むろん、普通の過剰融資だけでは退職させられることはないだろうが、その中には支店長の不正があったのかもしれない。担保物件の評価を超過した融資にはたいてい貸付先と支店長の間に個人的な情実が伴う。融資した礼に支店長が金品をもらったとか、饗応をうけたとかいった類《たぐい》である。

あの食堂のおかみは、遂《つい》にそのホテルが何という名前なのか云わなかった。むろん、分っているに違いない。おかみもさすがにそこは要心していた。だが、それでも彼女はよくしゃべってくれたほうであった。

それにしても花房頭取はどこに行ったのだろうか。あのとき熱海に降りたことは確実なのだ。熱海の支店員も知らなかったのだから頭取の用件は高度な取引かもしれないし、こっそり休養にきたのかも分らぬ。だが、修二には後者の場合は考えられなかった。花房頭取はひどく仕事に熱心な男だとは常に芸苑《げいえん》画廊の千塚が云っていたことだった。それに、年齢もまだ若かった。もしお忍びで遊びにくるのだったら、秘書などは帯同しないだろうと思われた。

修二は、頭取がいま居る所は何だかその問題のホテルのような気がした。前からの因縁《いんねん》がありそうだった。

だが、すべてはこれから訪ねてゆく高森元支店長宅で解けそうな気がした。夫を喪《うしな》った妻は一切を話してくれるかも分らない。未亡人は亡夫の勤めていた銀行に決していい感情は持っていないはずだった。退職させられた上で奇怪《きっかい》な死方までしているのだ。

妻は夫が熱海支店長時代いっしょに暮していたから、直接には夫から全部の内容まで話されなかったとしても、その行動や仕事のことは断片的でも分っていたに違いない。そこに解明の手がかりがありそうだった。特に高森が世田谷のどこで急死したのか、その原因は何なのかも彼女の口から聞けると思った。

二十分後に彼は静岡行の電車に乗った。いま一時半だから向うに着くのが三時ぐらいになろう。話を聞く時間が一、二時間としても今夜中には東京に帰れると思った。熱海ではさしたる収穫は無かったが、高森未亡人を訪ねることができるのは期待しなかった幸運だった。あとは運よく相手が家に居ることを祈るだけである。

富士駅に着くと、身延線の発車は十分の待合せだった。ホームは意外に人が多かった。始発から通路に立つような始末だったが、それも途中の駅でずっと空《す》いた。だが、それも長く坐《すわ》っている間はなかった。内船駅にはあと十分足らずで着く。

修二は、それとなくあたりを見回した。べつに彼を窺《うかが》っている者はないようだった。身延詣りの五、六人が隅《すみ》のほうで大声に話合っていた。車窓には富士川が陽《ひ》をうけて光っていた。

内船駅に降りたのは五、六人だった。この辺の人が多いようである。背広姿の若い男が三人いるが、近ごろは地方も都会も服装の区別がつかない。

駅から南部町まではバスがあった。南部町は富士川の西岸にある。彼は乗客を一応見たが、さっき降りた三人の電車の男客は乗っていなかった。修二は、自分の尖《とが》っている神経に苦笑した。

富士川の長い橋を渡ると、まもなく南部町だった。これは東海道から身延詣りの道でもあり、駿河《するが》から甲府へ行く昔の街道《かいどう》でもある。町は寂《さび》れて、いかにも宿場町の名残りをその家並みのかたちにとどめた道路を挟んでの一筋町であった。

修二は、ハガキから写した字名《あざ》をたずねた。それはバスの停留所からもっと西の山間部に入らなければならないと分った。村道は狭く、傍《かたわ》らの崖下《がけした》には富士川の支流が流れていた。これは奥に行くにしたがって断崖《だんがい》を削る渓流《けいりゅう》となるようだった。

一キロ近くもその坂道を登ると、斜面にわずかな平地があった。そこに家や畑があった。どの家も段々にせり上った石垣《いしがき》の上に建ちならび、畑もやはり石垣の上に載っていた。通りかかった村の人に高森の家を訊くと、すぐに知れた。まん中あたりの石垣の端の家がそうだというのである。ここから見ると、かなり大きな藁《わら》屋根であった。

修二は自然石の石段を登って、その家に向った。家々の前を通るので、歩くにつれて髪の長い絵描の通行を中から見つめられた。

修二は、高森という標札のかかっている家の前に立った。横の裏手には牛の鳴き声がしていた。

二度ばかり声をかけると、暗い奥から四十二、三の女の顔がのぞいた。

「どちらさまですか?」

修二は、このひとが高森元支店長の未亡人だと思った。

「ぼくは東京からきた山辺という者ですが」

頬《ほお》のすぼんだ尖った顔で、化粧もしてなく、田舎ではどこでも見かける容貌《ようぼう》だった。修二は、高森元支店長の妻が、夫の死後、早くも田舎の土に馴《な》れたのかと思った。この家は高森の生家で、その弟が農業を継いでいると聞いていた。

「失礼ですが、あなたが光和銀行に勤められていた高森さんの奥さんでしょうか？」

修二が訊くと、女は首を振った。

「いいえ、わたしは高森の弟の嫁でございます」

「ああ、そうですか。それは失礼しました」

修二は頭を下げた。女が修二の立っている横にきたので庭先の立話となった。

「こちらに高森さんの奥さんがおいでになると聞いたものですから、ちょっとお目にかかりたくて伺ったんですが」

「義姉《あね》は、いま、家におりません」

弟嫁は答えた。

「どこかへお出かけですか。すぐお帰りのようでしたら、ここで待たせていただきたいんですが？」

「義姉はすぐには帰りませんけど」

「遠方にお出かけですか？」

「はあ……」

弟嫁は眼《め》を伏せた。

死んだ高森にいろいろな事情があって、遺《のこ》された妻も、それに絡《から》んで他人に会いたくない立場にあることも察しはつく。また、彼女が入りこんでいるため弟夫婦も微妙な事情の中にいるらしいことも分らないではなかったが、修二は手づるを求めてここまで来たことだし、弱気を出してはならないと思った。

「実は、どうしても奥さんにお目にかかっていろいろとお伺いしたいことがあるんです。お出かけ先が分れば、そちらのほうに出向いてもいいし、また、今夜遅くお帰りのようでしたら、どこか近所で宿をとって明朝出直してもいいんですが」

「はあ……」

弟嫁は、おそらく高森の妻と違わない年齢だろうが、その皺《しわ》の深い顔を迷惑そうにした。

「いま、主人がいませんので何とも申し上げかねますけれど」

「ご主人も遠方にお出かけですか？」

「はい、農協の用事で県庁に行っております」

「甲府ですか？」

「はい」

そう答えた彼女は、上眼づかいに修二をじろじろと見ていた。警戒している眼つきだった。

「高森さんの奥さんがおいでになってる所を教えていただけませんか」

修二は勇気を出した。

「……あなたは警察の方ですか？」

修二は、その一語でたちまちガニ股《また》の刑事が頭に浮んだが、まさかここまで西東刑事が来たわけではなかろうと思った。むしろ、警察の一語は、高森のふしぎな死に絡んでいるように取った。

「とんでもありません。ご覧のように、ぼくは絵描なんです。ただ、どうしても高森さんの亡《な》くなられた事情や、その前のことなど伺いたいんです。こう申しますと、さだめしふしぎな用事で来たように思われるかも分りませんが、実は、ぼく個人のことでぜひそれを伺いたい事情があるんです。それは高森さんの奥さんにお目にかかってから詳しく申し上げたいと思っているのですが……」

「はあ」

弟嫁は警戒をゆるめず、なおも修二を観察していたが、どういうものか恐怖に似た色が滲《にじ》んでいた。

「そうすると、あなたは普陀洛《ふだらく》教の関係の方でしょうか?」

と、臆病《おくびょう》そうに訊いた。

「フダラク教?」

修二は、何のことか分らなかった。

「そんなのは知りませんが、関係ありません。なぜですか?」

「いいえ。ただ、そっちの信者の方ではないかと思ったんです」

「違います」

ここで修二は、高森とフダラク教なるものとがかなり関連があるらしいと想像した。それも相当密接なものでなければならない。なぜなら、弟嫁は突然の訪問者に対して、まず警察の者かと訊き、次にフダラク教の信者かとたずねたのだ。

「先ほども申し上げたように、ぼくは単なる町の絵描にすぎないんです。ほかに何のつながりもありません。実は、高森さんのことは光和銀行に行って訊いてもいいんですが、向うでもはっきりと教えてくれないと思いまして、こちらに高森さんの奥さんがおられると聞き、突然ですが、伺ったわけです」

「光和銀行では義兄《あに》のことについて何もおっしゃらないでしょうね」

彼女は呟《つぶや》くように答えた。その云い方から、弟嫁も義兄のことは或《あ》る程度事情が分っていると思われた。

「奥さん。フダラク教とおっしゃったが、それは宗教団体ですか？」

修二は訊いた。

「はい、そうなんですけれど……」

弟嫁の答えはやはり曖昧《あいまい》であったが、一方では普陀洛教なるものに全く不案内な相手に意外なという表情も浮んでいた。

しかし、修二がその宗教団体の名を知っていなかったことが、かえって事態をよくした。高森の弟嫁の警戒が多少とも緩《ゆる》んで見えたからである。それまでやや敵意らしいものも持っていた彼女は、修二を普通の人間と見て安心したようだった。つまり、彼には背後関係も横の関係も何も無いと見極めたらしかった。

「ここでお待ちになっても義姉は戻ってこないと思います」

弟嫁は初めて柔かく答えた。

「では、東京ですか？」

「いいえ。義姉の行っている先は、この近くなんですが」

近くだが、その場所は答えにくいようだった。

「たいへんぶしつけなお願いですが、そのお出かけ先に伺ってもいいんです。いかがでしょう、ほんの五分か十分でもお目にかかれないでしょうか？」

「わたし一存では何とも申し上げられません」

弟嫁の云いかけた言葉は、思い返したようにまたもや口の中で消えた。

「ご迷惑はかけません。奥さんにお会いして断られるなら、それも仕方がないと思っています」

「はい。でも、主人が何と申しますか。家に居れば相談も出来るのですが……」

「それはよく分りますが。決してご迷惑はかけないんですがね」

修二は眼を遠くにやった。高い場所なので南部の村落の屋根の向うに富士川が霞《かす》んでいた。

「一体、高森さんはどこで亡くなられたんでしょうか？　東京の世田谷のほうだと聞いていましたが」

修二は質問を変えた。ひたむきに未亡人の在所《ありか》を押して訊くより、少し間《ま》をおいたほうがいいと思った。それに、高森元支店長の死んだ場所がこの際聞けるなら大きな収穫であった。あるいは、未亡人が答えないことも義妹なら云うかもしれないのである。

「わたしにもよく分りませんから」

弟嫁は、案の定、返事を曖昧にした。

「高森さんはその世田谷で病気でもなさって急にいけなくなったんですか?」

「はい、そんなことだと思います」

煮えきらなかった。

「もしかすると、それは豪徳寺の近所ではないんですか?」

修二はさりげなく訊いた。

「東京の地理は、わたしにはよく分りません」

豪徳寺という言葉には反応が無かった。実際に知らないようであった。

「お亡くなりになったのはお知合いの家ですか?」

それとも途上で死んだのかと訊きたかったが、さすがに露骨になるので遠慮した。

「知合いの家ではありません」

すると、高森が死んだのは外ではなかった。家の中だったのだ。

「ははあ。では、何かお仕事の訪問先ですか?」

「いいえ」

修二は分らなくなった。その彼の途方に暮れたような顔を弟嫁はじっと見ていたが、何も事情を知っていないらしい彼にようやく安心したらしかった。それとも少しは気の毒になったのか、その口が突然に開いた。

「そうではありません。義兄は旅館で死んだのです」

「旅館で？」

「はい。それが世田谷なんです。どの辺になるのか、わたしにはよく分りませんが」

「旅館の名前はお分りでしょうね？」

「はい。なんでも、青葉旅館という名前だそうですけれど」

義妹は遂に云った。ぽろりとこぼれたような言葉だった。

「青葉旅館……」

修二は頭の中に刻みこんだ。うっかりメモでもしたら、相手にまた要心されそうだった。せっかく口が開けたところである。

「そこに高森さんはお泊りだったんですか？」

「いいえ、泊ってたんじゃないんです。義兄はその旅館に立寄っただけです」

「とおっしゃると？」

「義兄は歩いているうちに気分が悪くなったんです。それで、途中で見かけたその旅館に憩《やす》ませてくれと云って飛びこんだのですわ。そして二時間後に息を引取りました」

「旅館では医者を呼んでくれたんでしょうね？」

「もちろん、呼びました。近所のお医者さんですが、病名は心臓麻痺《まひ》だったんです」

「心臓麻痺……」

路上で心臓麻痺の発作が起り、眼についた旅館に飛びこんだというのはべつにふしぎなことではない。いかにもありそうなことだった。

「高森さんは日ごろから心臓の病気をお持ちだったんですか？」

「いいえ、べつにそういう持病は無かったんですが……」

修二は、熱海支局員が高森元支店長は事故死を遂げたという噂があると云ったのを思い出した。歩いているうちに突然心臓麻痺の発作に襲われ、見知らぬ旅館で息を引取ったことが変死の風評の立つ原因となったのであろう。聞いてみれば病死には違いないのである。ただ、そうした異常事態が妙な臆測を起したらしい。

「それはお気の毒なことでした。いつ、お亡くなりになったんですか？」

「二年前の一月二十八日でした」

「高森さんの奥さんは、すぐにその旅館へ駆けつけられたんですか？」

「はい。義兄は旅館に憩んだとき、すぐに電報で家内を呼んで下さいと云って、旅館の女中さんにここの所を教えたそうです。ですけれど、もちろん、死目には遇《あ》えませんでしたわ」

「そうすると、そのときはあなたのご主人もご一緒だったでしょうね？」

「主人は電報がきたとき居なかったので、義姉よりは遅れてそこに行っています。それで、遺体は東京で焼いて、遺骨をこちらに持って帰り、葬式を済ませました」

「それじゃ、奥さんは高森さんの遺言も何もお聞きにはなれなかったわけですね？」

「はい」

「奥さんとしては、まるで夢のようだったでしょう？」

「はい。義姉は、それ以来ぼんやりしてしまい、近ごろではノイローゼといいますか、神経も少し普通ではなくなっています」

「ほう」

と、修二は弟嫁の顔を見つめた。高森の妻が近い所に行っているのに当分帰りそうにもないと云ったさっきの言葉と、ノイローゼという言葉とが結びついた。どこかに静養しているらしかった。

もし、高森の妻がノイローゼで静養しているなら、そこに押しかけるのは不都合になると思った。だが、このまま遠慮してひき退《さが》ったのでは、せっかくここまで来た甲斐《かい》がない。この義妹も高森の死場所をようやく教えてくれたことである。

さっき、彼女は普陀洛教という宗教団体らしい名前を云った。高森の妻は、そういう宗教に入ってノイローゼを癒《なお》しているのではないか。

「とんでもありません」

と、義妹は修二の質問をあたまから否定した。

「義姉は、ああいう宗教には絶対に入っていません」

義妹の調子が強かったので、修二の方がびっくりした。よほど弟嫁がその宗教に好感を持っていないらしい。

「普陀洛教というのは、ぼくはまったく知りませんが、どういう宗教ですか？」

彼は遠慮しながらたずねた。

「さあ、それはよそでお訊きになったほうがよくお分りになると思います。わたしなどではよく分りませんから」

　彼女は不愉快そうな顔で答えた。

「そうですか。で、高森さんの奥さんのことですが、どこにいらっしゃるかを教えていただけませんでしょうか？」

「あなたは義姉にお遇いになるつもりですか？」

　義妹の顔が硬くなったような気がしたので、修二はあわてて云った。

「もし、ご気分が悪ければ、黙ってひき退ります。ぼくとしてはほんの二、三お訊きすれば結構なんですから、また改めて伺うということも東京からでは厄介《やっかい》なんです。が、そうしてもかまいません」

「あなたがお知りになりたいということは、義兄《あに》と光和銀行の関係でしょうか？」

　義妹は探るように訊いた。

「多少、それに関連しないでもありませんが、まったく個人的なことなんです」

「分りました」

　義妹は、思い切ったように云った。

「義姉は、この近くの西山という所に行っています」

「はあ、西山ですね」

「そこに御岳《みたけ》教の道場があるんです。義姉はそこに籠《こも》ってノイローゼを癒しています」

「なるほど」

御岳教なら修二も聞いていないではない。その神社か道場でもあって行《ぎょう》をしているのではなかろうか。

「もうだいぶ前からそこに行ってらっしゃるんですか?」

「一週間ぐらいになります。滝壺《たきつぼ》で滝に打たれたりしているんです。ご近所に信者の方があって、誘われて行ったのです」

「分りました。それでよくなられるといいんですがね」

「たいへん静かな所ですから、義姉にはいいんじゃないかと思います」

「ここから遠いのですか?」

「バスが行っています。甲府に行く途中、この富士川が早川といって支流になり、山に入っているんですが、西山はその上流に当ります。近くには昔からの温泉場もあります」

修二は陽射《ひざ》しを見た。山陰に隠れた陽はこちら側の富士川のふちまで黒い影を匍《は》わせていた。対岸は明るく輝いていた。

「では、とにかく伺ってみます。お世話なさってる方に訊いて、もしお目にかかるのが悪いようでしたら、黙って帰りますから」

「そうして下さい。そして、義姉にはあんまり深刻なことはお訊きにならないように願います」

「………」

「それでなくともいろいろなことで神経が尖っていますから」

義妹の言葉は修二に重い意味として受取られた。

「どうも突然お邪魔してぶしつけなことをいろいろ伺い、申しわけありませんでした。どうもありがとう存じました」

修二は丁寧に義妹に礼を述べて、家の前をもとに引返した。

西山という所に温泉があるのは幸いだった。今夜遅くなっても不便はない。

世田谷の青葉旅館だな、これは忘れないうちに書きとめておかなければならない、と思って手帳を出すつもりで止りかけたが、ふと、うしろを見ると、石垣のある家の前に義妹が立って、じっとこちらを見送っていた。修二は、あわてて歩き出した。

だらだら路《みち》を下りて行くとき、向うの農家の陰にさっと黒いものが走りこんだような気がした。修二が、その前を通りかかって横を見ると、土塀《どべい》と牛小屋との間の狭い路地には誰も居なかった。たった今、眼に映った黒い人影は幻覚かもしれなかった。

西山までは二時間近くもかかった。南部町からバスに乗った修二は、しばらく富士川を窓に見ていたが、西山に向う早川橋まで来たときはすでに陽が沈み、川面《かわも》だけがほの白く取残されていた。それもわずかで、やがてあたりは真暗となった。早川沿いの路は山峡《やまかい》に向って入るので、よけいに夜が早いのである。

途中、いくつかの村を過ぎた。路は狭く、川も渓流の様相となる。片方はすぐ山であった。

バスには土地の人が多く、西山に降りたのは、修二と、老人二組の湯治客だけだった。寂しいバスは終点の奈良田に向って去った。

修二は、すぐにも高森の未亡人が籠っている場所に行ってみたかった。停留所の傍《そば》にある飲食店で訊《き》くと、おばさんが外まで出てきて、暗い山の上を指さした。

「御岳《みたけ》さんは、あの山の中ほどにありますが、お籠りの人には夜は会えませんよ。それに、外からおいでた方には馴れないから、夜の山路はたいへんです」

黒い山の中腹には、小さな灯《あかり》が心細げに洩《も》れていた。なるほど、高そうな所だった。

「だいぶ高いようですね？」

「はい。いま見えている灯が御師《おし》の家です。あの隣に信者の籠っている宿坊があります」

「そのお籠りの人の中に南部町からきた四十年配の婦人がいるはずです。あなたは知りませんか？」

「さあ」と、彼女は首をかしげた。「あすこに入られた人は、めったに山から下りて来ませんから分りません。なにしろ、毎日のように滝に打たれたりして、いろいろな行事がありますからね」

「病人を癒すそうですが、主《おも》にどんな病気の人がくるんですか？」

「それはいろいろです。医者にかかって癒らない人が最後の神頼みに見えます。それに、精神をやんでいる人もわりと多いです。ああいう山の中での修行ですから、効き目があるらしいですね」

高森元支店長の義妹が云ったことに嘘《うそ》はなかった。彼の妻はやはりここに来ているらしい。

修二は、今夜の面会を諦《あきら》めた。ここに一晩泊って、明朝早くあの山に登ることにした。

西山温泉には九軒しか宿がなかった。旅館もこのような隠れ里に似つかわしく、ほとんどが湯治客相手の自炊宿だった。修二が入ったのは三階建の信玄旅館という名で、これはこの温泉が信玄の隠し湯の一つという伝説から来ているらしかった。

部屋の外に川の音が聞えていた。早川もここまでくると幅がずっと狭まっている。

修二は、食膳《しょくぜん》に出されたヤマメや山菜を喜んだ。ヤマメはまだ小さかった。

女中に御岳さんのことをちょっと聞いたが、大体、飲食店で聞いたのと同じで、やはり南部町から来ている婦人のことは知らないと女中は云った。

「そのお籠りの人を世話するのは何人ぐらい居るんですか?」

「そうですね、御師といって、まあ、神様を拝んだり信者の指導をしたりする人と、その奥さんと、ほかに、住みついている信者の年より夫婦が一組居ると聞いています。その人が食事の世話などをするようですね」

「御師というのは幾歳《いくつ》ぐらいの人ですか?」

「五十近い人です。その人が滝に打たれたりお祈りをしたりする指導をしているのです」

「病気を癒したい人が多いということですが、効き目はあるんですか?」

「さあ、どうでしょうか。効くという人もあるし、効かないという人もあります」

女中は笑った。

修二は、ここで高森の弟嫁が口にした普陀洛教の名前を思い出した。ついでに、それを女中に訊いてみた。

「それは神奈川県の真鶴《まなづる》に本部がある新興宗教じゃないですか」

「真鶴。――熱海の近くですね？」

「そうです。前にはずいぶん有名だったので聞いたことがあります」

女中のほうが詳しかった。

「それはどういう宗教ですか？」

「なんでも、観音様を信仰する仏教の一つだそうですが、詳しいことは分りません。でも、その宗教が出来たときは見る見るうちに信者がひろがって、だいぶ盛んなようでした」

「それは今からどれくらい前？」

「そうですね、終戦後まもないときだったと思います。一時はたいへんな勢だったようです。でも、その初代の教祖が亡くなってからはあんまり噂《うわさ》を聞きません」

「初代の教祖は何という名前ですか？」

「為賀宗章《ためがそうしょう》さんと聞いています」

「二代目、つまり、今の教祖は、その人の子ですか？」

「さあ、わたしは詳しいことを知りません」

女中は本当に知らないのか、それともうっかり話して差障《さしさわ》りがあっては困ると思ったか、口を閉じた。

高森の弟嫁は、訪ねて行った最初に、警察の者か普陀洛教の信者かと訊いた。高森と普陀洛教とは何か関係があったようである。いや、光和銀行熱海支店長と普陀洛教の関係だったかもしれない。

しかし、そうとも云《い》いきれなかった。なぜなら、彼が訪ねて行ったとき、高森の弟嫁は信者かと訊いた。してみれば、高森は教団そのものとの関係ではなく、やはり宗教と関連をもっていたとも考えられる。つまり、高森は普陀洛教の信者だったかもしれぬ。銀行業務とは無関係だったかもしれないのである。

修二は、寝る前にもう一度風呂《ふろ》に降りた。時間が遅いので入っている人は少なかった。湯はぬるいので沸《わ》かし湯となっていた。ここは胃腸病に特効があるという。そのせいか、ここに着いてすぐに入ったときも痩《や》せている人が多かった。

いま入っているのは五十年配の男三人で、言葉からすると東京から来たようである。昔話をしていて、西山温泉も昔のほうが情緒《じょうちょ》があったと云っていた。

「あのころは岩風呂で、湯壺に蛇《へび》が泳いでいたこともあったっけな」

と、一人が云っていた。

「それに男女混浴で、それが愉《たの》しみで来たものだが、今じゃ眼の愉しみがなくなった。だんだん山奥の温泉場も味気なくなったな」

そんなことを云い合っていた。

男たちは修二にも話しかけた。長い髪をしているので絵描《えかき》と分ったか、この辺に絵を描きに来たのかと訊いた。連中は、半分は釣《つ》りに来たのだと云った。

そのとき、一人の若い男が入ってきた。二十四、五ぐらいの体格のいい男だが、遠慮しているのか、湯壺の隅《すみ》のほうに寄って、顔も向うにむけていた。客の中には人見知りをする人間もいるので、修二は別に気にもしなかったが、どういうわけか、その男は身体《からだ》を沈めただけで、さっさと上った。そのうしろ肩は盛上っているように見事だった。何か力仕事をする人らしかった。

その晩はぐっすりと睡《ねむ》った。

眼が醒《さ》めて障子を開けると、陽が山の稜線《りようせん》にだけ当っていた。川の上には、霧とも湯煙ともつかない白い靄《もや》が昇っていた。時計を見ると、すでに九時近かった。山の中なので夜も早いかわり朝も遅いのである。

朝飯を運んだ女中が、

「今から御岳さんにお登りですか?」

と、笑いながら訊いた。

「そうするつもりだが、その宿坊のある所までどのくらいかかるでしょう?」

「歩いて四十分ぐらいはたっぷりとかかります。女の足ですけれど。山路が急なので、途中で何度も休まないと息が切れます」

話を聞いただけでもかなりな難所だと分った。

「そりゃそうと、昨夜、寝る前に風呂に入ったが、そのとき、二十四、五ぐらいのお客さんが飛びこんで来たんだけど。あれもここにずっと泊ってる人?」

修二は、ふと思い出して訊いた。何となくその男が気にかからないではない。思い出してみると、向うでは顔をこちらに見せないようにしていた。遠慮してそうしていたのかとも思えるが、一方では、様子を見ていたような気もしないではなかった。

「二十四、五ぐらいの男の方ですか?」

女中は首をかしげて、

「ウチには、そんな若いお客さんはお泊りになってないんですが」

と、いぶかしそうにした。

「番頭さんなんかはどう?　ぼくが入ったのは十時すぎだが」

「そんなに早くは入りません。わたしたちが入るのは十一時すぎで、どうかすると十二時近くになるんです」

女中は、そう云ったあと、

「けれど、近所の方がときどき入りにみえますから、もしかすると、そういう人かも分りませんね。馴れているので横手から平気で入ってこられます」

と付け加えた。

「じゃ、そうかもしれないいな」

修二は云ったが、その男のことを別に気にすることもないと思い直した。もう一度盛上った肩が眼に浮んだ。百姓をしている人なら、あの体格もふしぎではあるまい。

山の登り口はバス停留所の先にあった。あがるときからすでに急勾配《こうばい》で、路は途中までぐるぐる回っているが、それから先は宿の女中の云ったように急坂となった。ところどころ、自然石が石段みたいにつくられている。路は二人ならんで歩くのがやっとくらいの幅だった。両側は杉《すぎ》のまじった雑木林で、奥をのぞくと真暗でよく分らなかった。雑草も伸びている。これでは夜下りてもこれず、登ることもできないと思われた。

宿の女中が云った四十分は、まさに間違いなかった。修二もときどきは立停《たちどま》った。登ったあとを見つめると、木立の上に下の景色が展《ひろ》がっている。絵描の癖で、その風景も構図として区切って眺めた。

上に登ると、木立がまばらになってきた。明らかにそこが御岳の道場近くを示していた。路も少しなだらかとなり、やがて狭い広場となった。皮をつけたままの木で組んだ簡単な鳥居があった。鳥居には古びた注連《しめ》が張ってある。

その鳥居をくぐって十歩ばかり登ると、屋根が木の間に見えてきた。建物はやはり自然石の石垣の上に載っていた。そこには普通の石段があった。

修二がその石段を登り詰めて、小さな神社の屋根を見たとき、ふいに行手に三人の男が現われた。

「もしもし」

と、その一人が上から修二を呼んだ。

見上げると、ジャンパーに作業服のズボンをつけた男たちだった。登山の連中とも見えるし、この祈願所にいる男たちとも思えた。

修二が黙って足を停めると、

「何かここに用事ですか?」

と、最初に声をかけた男が云った。ハンチングを被《かぶ》り、黒いメガネをかけた、体格のいい男である。

修二は、三人を順々に見た。先方には初めから親密な態度はなかった。不法に入ってくる者を咎《とが》めるような様子で、股《また》を開いて立っていた。

「こちらに籠っている方に面会に来たのですが」

「どなたにです?」

と、間髪を容《い》れず、その男が質問した。声も鋭かった。

「高森さんの奥さんに会いに来たのです」

三人ともじろじろと見た。

「そんな人はここに居ませんよ」

と、やはり同じ男が云った。

「居ない?　そんなはずはないですがね。ぼくは高森さんの家族から聞いて来たんですが」

「どこで聞いたにしても、そういう人は居ませんよ。……あなたはどなたです?」

「ぼくは……」

修二はちょっと迷ったが、結局、山辺という者だと云った。

「お気の毒ですが、居ないものは仕方がありませんから、どうぞお引取り下さい」

男は少し丁寧な口調になった。

「あなたがたはここの方ですか？　やはりお籠りをなさってるのですか？」

「この御師の家の者です」

嘘だ、とは分っていた。第一、宿で聞いたのでは、御師夫婦二人と、籠っている信者を世話する年よりの夫婦一組だけだという話だった。

「それは何かの間違いでしょう」

と、男は修二の疑問を聞いてあざ笑った。

「ここまで来たらついでです。それでは、御師の方にお目にかかれませんか？」

「御師はいま行《ぎょう》の最中です。滝に打たれていますからね。今日は駄目《だめ》でしょう」

「待ってもいけませんか？」

「行に入られているんです。その間は外界の人には絶対に会われません」

「その行は何時ごろに済むんですか？　なんだったら待たせてもらいますが」

「何時間？」男は笑って、「行は一週間つづきますよ。今日でまだ二日目ですからな」

修二がここで強引に中に通ろうとすれば、三人に阻《はば》まれるに違いなかった。それだけの身構えが彼らの態度に出ていた。修二は、ポケットから小さなスケッチブックを出した。三人の男が気を呑《の》まれたように彼の動作を見ていた。

「済みませんが、そこをちょっとどいてくれませんか」

鉛筆を握って彼は云った。

「何をするんだね?」

「ご覧のように、ぼくは絵描です。ここの風景を描きたくなったんですよ。それで、スケッチしたいと思うんです。そこに立っておられると、ちょっと困るんですが……」

三人の男は顔を見合せた。


修二が東京に帰ったのは、その日の夕方だった。

彼は東京駅に着くとすぐに、電話帳を繰って青葉旅館の名を求めた。世田谷区の住所が出ていた。しかし、番地だけでは皆目見当がつかない。

その電話番号にダイヤルを回した。「こちらは青葉旅館でございます」と、女中らしい声が出た。

「これからあなたのほうに行きたいんだが、目標はどこですか?」

「車でいらっしゃるんですか?」

「いや、電車で行こうと思っています」

「それでしたら、梅ヶ丘の南口で降りていただいて……」と、女中は、その目標になるガソリンスタンドの在所《ありか》を教えた。

梅ヶ丘と聞いて、修二は胸がとどろいた。梅ヶ丘の次が豪徳寺である。萩村綾子の乗った駅が豪徳寺ではないか。青葉旅館は豪徳寺から近い距離にあった。あるいは豪徳寺と梅ヶ丘の中間にあるのかもしれない。

「では、あと一時間以内に行きます」

と、修二は電話を切った。

タクシーを停めた。番地を云って目標を教えたので、運転手は黙ってうなずいてアクセルを踏んだ。

西のほうに夕陽が残っていた。ビルが書割のようにシルエットになっている。修二は、今朝は西山の奥にある山にいた。今は東京の車の洪水《こうずい》の中に流されている。

あの山では三人の得体の知れない男に目的を阻まれたが、それがいま一方の口から開けようとしている。道はいくつもあるぞ、と思った。

それにしても、あの三人の正体が分らなかった。考えてみると、光和銀行熱海支店の行員に熱海の食堂で顔を見られたときから筋を曳《ひ》いているような気がする。南部町の高森元支店長の弟嫁を訪ねた帰りに誰かがのぞいていたような気がしたものだが、次にはそれが西山の温泉場で浴客となって現われた。あの男はなんだか、こっちの顔を見に来たような気がするのである。多分、高森の実家から出たあと、誰かが先方の家に行き、用事を聞いて西山まで追って来たのではあるまいか。山の三人の男が御師の家の者でないことははっきりしている。


――


修二は、車の中でパイプばかりふかしていた。

世田谷の番地付近は区画整理ができてなく、道が分りにくかった。タクシーの運転手は車を二、三度途中で停めて人に訊いた。

「世田谷の奥はタクシーの運転手泣かせですよ」

と、運転手は席に戻ってぼやいた。この辺の地理に馴れない者には、まるで迷路のようだと云った。

それでも目標のガソリンスタンドも見つかり、それから辿《たど》って青葉旅館も判《わか》った。それは小さな旅館で、普通の家を改装したような感じだったが、明らかに連れこみ宿であった。

修二はいかにも秘密の客がくるようにつくられた玄関に立った。

「先ほど電話した山辺という者ですが……」

十六、七くらいのませた女中が彼の顔を見て、

「承っておりますから、どうぞ」

と立ったまま云い、彼のうしろをのぞいていた。

廊下の両側にドアのついた小部屋がならんでいた。ある部屋の前にはもう二人ぶんのスリッパが揃《そろ》えてあった。

修二が通されたのは日本座敷で、四畳半くらいしかなかった。間を襖《ふすま》で閉め切ってあったが、その向うにはベッドがあるようだった。

修二が勘違いされたと分ったのは、その女中が茶を二人ぶん持って来てからだった。

「違うよ」

と、彼は手を振った。

「ご主人は居ないの？　少し聞きたいことがあって来たのです」

「ああ、そうですか」

女中はにこりともしないで引込んだ。

しばらくすると、背の高い、五十四、五ぐらいの女が入ってきた。

「いらっしゃいませ。何か？」

女主人は皺《しわ》の多い顔に白粉《おしろい》を厚く塗っていた。

「もう二年も前ですが、こちらに世話になったお客さんのことでお訊きしたいのです」

「はあ」

女主人の眼には警戒の色が現われた。こういう旅館なので前に来た客に面倒な事情が起って、そのことで話を聴きに来たと思ったようだった。ときどき、そんなことがあるらしかった。

「いや、ほかでもありませんが、男のお客さんが、心臓麻痺か何かで亡《な》くなられたことがあるでしょう。そのときの様子を伺わせていただきたいのです。ぼくは、その高森の友人なんですが」

「ああ、あのときの……」

女主人は、はじめてわけが分って表情も変った。

「どうも、その節はいろいろお世話になりました」

修二は頭を下げた。

「ほんとにお気の毒でしたわね。わたしたちもあんなことは初めての経験でした」

「なんですか、はじめ本人は、こちらに気分が悪いから休ませてくれと入ったそうですが？」

「そうなんです」

と、おかみも少し落ちついて坐《すわ》り直した。めったにない事なので記憶もしっかりとしているようだ。

「あれは昼の一時ごろでした。女中がわたしのところに、お客さんが気分が悪いからちょっと休ませてくれと云っていますが、どうしますか、と問いに来たので、わたしが玄関に出てみたんです。そうすると、真蒼《まつさお》な顔をされていたので、すぐ上にあげて、玄関から一ばん近い部屋にお通ししたんです。部屋に入ってしばらくすると、何か大きな叫び声が聞えたので、女中が行くと、お客さんは畳に仰向けになって眼《め》を吊《つ》り上げて、とても苦しそうな風でした。わたしたちは上衣《うわぎ》を脱《と》り、シャツをくつろげてすぐにお医者さんに電話しました」

「医者はどれくらいして来てくれましたか？」

「それでも三十分はかかりましたわ。その間、うちの女中が二人ばかりでその方の介抱をしましたけど、急なことだし、馴れていないので、みんなおろおろするばかりでした」

「本人の意識はしっかりしていましたか？」

「ええ、とても。……その方は、こんな迷惑をかけて済まない、すぐに奥さんを呼びたいから、ここに電報を打ってくれと云われて、山梨県の南部町の宛先《あてさき》をはっきり告げられました。それですぐにわたしが電話で電報を打ちました」

「当人は医者がくるまで、じっと横になっていましたか？」

「いいえ。その間に二、三度食べものを吐かれましたよ」

「そうですか」

嘔吐《おうと》は心臓麻痺につきものの症状だと修二も聞いていた。

「そのほか、本人は何か云いませんでしたか？」

「べつに……意識ははっきりしていたようですが、なにぶん、苦しいので、ものを云うのが辛《つら》そうでしたから」

「なるほど。で、どうしてこんな所を通っていたんでしょうな。どこかに行っての帰りでしょうか？」

これは修二にとって大事な質問だった。そのとき、高森は玉野文雄の家に行くか、戻るかの途中だったかもしれない。玉野の名前が高森の口から出たら手がかりになると思った。

「いいえ、それは何もおっしゃいませんでした。わたしのほうも何もおききしませんでしたから」

「ふむ。……本人の口から玉野という名前は出ませんでしたか？」

「玉野さん？　いいえ、そんな名前は聞いていません。ただ、早く奥さんを呼んでくれとおっしゃるばかりでした」

「それで、医者が来てからは、本人の様子はどうでした？」

修二がそう訊いたとき、三十くらいの女中が新しく茶を運んできた。

「お医者さんはちょっと診《み》た上で、これはもう駄目だと云っておられました。……ねえ、澄さん、そうだったね？」

女主人は、退《さが》りかけたその女中に話しかけた。女中は修二の顔を見て、盆を持ったまま、おかみのうしろに膝《ひざ》をついた。

「そうなんです。もう、これはいけませんな、とおっしゃいました」

「恰度《ちようど》、この人がそのお客さんの介抱をしたのです」

と、おかみが女中のことを紹介した。

「それはどうもお世話さまでした。故人はぼくの知合いの者ですが、ご面倒をかけました」

と、修二は女中に向って礼を述べた。

「いいえ。ほんとにお気の毒でございましたね。わたしのほうもああいうことは初めてです。なにしろ、急にとびこんで来られ、もういけないということでしたからね。救急車をよんで病院に運ぶことも出来ず、お医者さんは持合せの注射器で応急処置はしておられましたが……」

「どのくらい息がありましたか？」

「そうですねえ、二時間くらいでしょうか」

「で、高森さんの奥さんが報《し》らせを受けて山梨県から到着されたときは間に合わなかったそうですね？」

「そうなんです。奥さんは、その高森さんという方が亡くなられて二時間くらいして見えましたから。そのあと、弟さんという人が着かれました。奥さんはとても嘆いておられましたよ。ああいう病気はほんとに嫌《いや》ですね、見ず知らずのよその家で死ななければならないんですから。本人も心残りだったでしょうし、奥さんも死目に遇えなくて、ほんとにお気の毒ですわ」

その女中が話し出したので、女主人はほかに用があるのか、黙って出て行った。

修二は、それがかえって都合よく、高森の世話をしたというその女中に、もう一度初めから聞き直した。彼女の話は女主人とあまり変りなかった。

「よく思い出して下さい。高森が死ぬ前に、何か一言でも云い残しませんでしたか。たとえば、奥さんが間に合わないことを覚悟して、家内が来たらこういうことを云ってくれといったような遺言のようなことづけは？」

「そんなことはべつに云われませんでした。ご本人も奥さんには遇えると思われていたのでしょう」

「なるほどね」

高森も最期《さいご》まで生きる希望を持っていたのであろう。

「さっきもこっちの奥さんに訊いたんですが、玉野という名前は出ませんでしたか？」

「さあ、聞いていませんね。……そうそう、そうおっしゃれば、人の名前を口にしておられました。玉野さんという名ではありませんが」

女中は急に思い出したように云った。

「ほう。何という名です？」

「さあ、何といいましたかねえ……」記憶をよび起すように女中は顔を仰向けた。

「ありふれた普通の名前ではなかったですよ……」彼女は眼を閉じて呟《つぶや》くように云い、しきりと努力していたが、ぱっと眼を開けると、

「あ、思い出しました」

と、修二に、勢よく云った。

「……花房さんと云っておられました。たしか、そういう名でした」

「花房さん……」

光和銀行頭取の名だ。銀行を馘首《かくしゅ》された高森は、死の間際《まぎわ》に頭取に何か云いたいことがあったのか。

「花房さんという名を口にして、それからどう云いましたか?」

「それきりです。あとは口が利《き》けなくなられました」

高森があとの言葉を発し得なかったのは残念だった。彼が花房頭取の名を呼んだのは、彼を銀行から追った頭取がよほど心に残っていたのだろう。当時、玉野はこの辺と関係がなかったのだろうか。

「高森さんが死んでから奥さんがここに来て、後から来た弟さんと遺体を荼毘《だび》に付したわけですね?」修二は訊いた。

「はい、そうです」

「そのとき、高森さんが最後に云った花房という名前のことをあなたは奥さんに伝えました

か？」

「奥さんから亡くなられたご主人の様子を訊かれましたので、それは申しました」

「奥さんは何と云ってました？」

「ああ、そうですかと云って、べつに何もおっしゃいませんでしたよ」

「そうですか」

修二は、もう訊くことが無かった。とにかく高森がここで死んだというのを確認しただけでも一つの収穫だった。

「どうもいろいろありがとう」

と、修二は礼を云ったのち、

「駅はやはり梅ヶ丘が近いですか？」

「そうです。ここからお歩きになっても五分ぐらいです」

「それはどうも。ときに、豪徳寺の駅もここからあまり離れていませんか？」

「豪徳寺はちょっと遠いんです。ここは梅ヶ丘駅寄りなんです。でも、梅ヶ丘駅と豪徳寺駅との間の距離は僅《わず》かなんですよ。ですから、その中間に住んでいらっしゃる方はどっちの駅でも利用されます」

「そうすると、もう少し西のほうへ行けば、その二つの駅のどちらでもいい地帯になるんですね？」

「そうです」

修二は青葉旅館を出ると、とにかく西のほうに路を辿った。このあたりは土地が高くなっていて、路も坂が多かった。それに、昔ながらの道路だからうねうねと曲っている。日は昏《く》れて街灯が輝いていた。とにかく西のほうに行けばいい、豪徳寺と梅ヶ丘駅の中間に出ればいいと思いながら、彼は曲りくねった坂道を上った。路は狭く、ところどころ畑地がある。雑木林がほうぼうに黒く立っていた。

坂道の両側は石垣《いしがき》を築いている住宅が多かった。近ごろのことで、石垣がコンクリートの壁になって、下を車庫に造っているところもある。

修二は、玉野文雄と萩村綾子の住んで居るのがアパートだと見当をつけた。途中でときどき、この近所の人らしい者にアパートを訊いた。これは十軒以上もあった。その一軒一軒を夜になってたずね回るのは大変なことだと思った。身延の山近くから戻ってすぐだし、少しくたびれていた。立停ってパイプに火をつけた。そして煙を吐いたついでに傍《かたわ》らの高い石垣の上の門に眼を向けた。道路からその冠木《かぶき》門までには石段があった。彼の視線が門の看板に当ったとき、思わず手のパイプをとり落とすところだった。

「普陀洛教東京支部」

という文字が街灯の光をうけていた。

修二は、そこから看板の文字を凝視した。普陀洛《ふだらく》教というのは昨日聞いたばかりではないか。最初は高森の弟嫁がその名を口にし、次には昨夜泊った西山の旅館「信玄旅館」の女中からだった。それは真鶴に本部がある新興宗教の団体で、観音信仰が主体だということであった。普陀洛教という耳馴《みみな》れない言葉だったが、いま、その文字が眼の前に下がっている。修二は、高森の弟嫁が云った言葉を思い出した。あなたは普陀洛教関係の方ですか、と発した質問である。警察の人か、と訊いたすぐあとだった。

(そうか。高森はここに来ていたのか)

修二は合点がいった。この近所は梅ヶ丘駅に出るのがまだ近いのかもしれない。そうだとすれば、高森はあの日、この普陀洛教支部を訪ねてきたのだ。その途中で気分が悪くなり、青葉旅館に駆けこんだのだ。

(そうか。高森は普陀洛教の信者だったのか)

修二はそう思った。しかし、と彼は考えた。警察の人か、それとも普陀洛教関係者かと、二つならべて訊いたことは、この場合、正か反かという意味でなく、二者を否定的な同一線上にならべた云い方であった。弟嫁は、その問いを発したときひどく警戒的だったし、その眼には怖《おそ》れるような表情すら出ていた。修二がそうではないと否定し、また彼女がそれを見極めたとき、彼女の顔には初めて安心の色がひろがった。つまり、高森が死の直前、この普陀洛教東京支部に用事があって来たのは間違いないとしても、彼が信者かどうかは決定できないのだ。その用事も、高森がわざわざ山梨県南部町から出て来たことでも分るように特別だったのだ。

普陀洛教団本部の真鶴、光和銀行熱海支店、高森の死にかかわる大きな謎《なぞ》がこの二カ所に秘められている……。

彼は街灯が照らしている石段を見上げた。暗くてよく分らないが、門の向うに見える屋根の具合からして建物は相当大きいようだった。人影は無く、門扉《もんぴ》はかたく閉まっていた。

修二は石段をゆっくりと上った。ふいに門の潜《くぐ》り戸が開いて人が出てきたとしても、ここは宗教団体だし、普陀洛教のことで訊きに来たと云えば理由はつくと思った。怪しまれても弁解の理由は立つのである。石段は二十段ぐらいあった。下の道路を人が歩いているが、こっちを見上げてもいなかった。

門の前に出た。大きな欅《けやき》の看板の「普陀洛教東京支部」の墨字は、かなり風格のある字体だった。修二は耳を澄ました。中からはことりとも音がきこえなかった。白い塀の上に植込みの樹《き》が黒々と差出していた。

修二は街灯の光に腕時計をめくった。八時前だった。訪問の時刻としてはそれほど遅いとはいえない。思い切って横の潜り戸を押してみようと考えたが、まだ決心がつかなかった。理由がまだ出来ていないのである。元光和銀行熱海支店長高森孝次郎のことをここで聞き出すためには、質問の要領もある。それに、普陀洛教そのものにも十分な予備知識が無かった。

この準備不足が彼を門の前で逡巡《しゅんじゅん》させた。

下の道路には車の列がつづき、向うの勾配《こうばい》を下ってくる車のヘッドライトがときどきここまで照らした。修二は、こんな所にうろうろしている自分の姿を誰かに妙に見られはしないかと思ったが、さりとてすぐに立去る気持にもなれなかった。高森がこの教団に用があって山梨県の南部町から出て来たという彼の想像は、も早、確信に近いものになっていた。

修二は、なるべく今、この教団支部の中に入りたくなかった。これから普陀洛教の事情を探ろうとするなら、自分の姿を正面から見せないほうがいいのである。もし彼らの前に出るなら、相当の準備をしていなければならない。今は心の用意がまるで出来ていなかった。あらゆる点で不利だった。

だが、結局、修二は、その冠木門の横に付いた潜り戸を押した。普陀洛教東京支部の様子を見たいという誘惑に負けたのだ。一つには、門前に立っている姿を内部の者がどこで見ているか分らないという危惧《きぐ》があった。それだと、よけいに怪しまれる。暗いし、こっちは勝手が分らないから、見られている懸念《けねん》は十分にあった。

潜り戸を入ると、玉砂利の道になっていた。遠い玄関の灯が淡く足もとを照らしていた。横は茂った庭木で、建物はその奥に黒々と沈んでいた。やはり普通の家と違い、宗教的なたたずまいだった。

修二が、その玉砂利に靴音《くつおと》を立てたとき、横の闇《やみ》の中から、

「どなたですか？」

と、男の嗄《しわが》れた声が飛んできた。

立停ると、建物のほうでなく、その黒い木立の中から洋服を着た男が出てきた。向うは光を背にして立っているので、修二にはその人相の判別がつかなかった。

「今晩は」

と、彼はなるべく丁寧に頭を下げた。

「わたしは、こちらの宗教のことで教えていただきたいと思って伺った者ですが」

「どちらからお見えになりました？」

大体、六十ぐらいの年配の男だと見当がついた。眼が闇に馴れてくると、顔の輪郭がやや判ってきた。顴骨《かんこつ》の出た、愛嬌《あいきょう》のない顔だった。

「とおりがかりの者です。夜分に恐縮ですが、どのような宗教なのか、何かすぐ分るような刷りものでもありましたら、戴《いただ》けませんか」

「あなたは、ここのことをどなたかに聞いてこられたのですか？」

信者の紹介があるのかという意味に修二はとった。

「いま云ったように、通りがかりの者です。もっとも、こちらへはよくくるので、いつかはここにお伺いしたいと思っていましたが」

「普陀洛教のことを、これまでお聞きになったことはないのですか？」

「ありません」

男は黙った。髪のうすい、ずんぐりした身体《からだ》つきだった。その男の沈黙には不機嫌《ふきげん》げなものがあった。普陀洛教の名を知らないという返事が不満だったのかもしれない。それとも、こんな時刻に入りこんでくる男に警戒しているのかもしれなかった。あるいは、その両方かも分らなかった。

「あなたはどこかお身体が悪いのですか？」

相手は沈黙のあとに訊《き》いた。

「いいえ、べつに。……もっとも、それほど丈夫ではありませんが」

新興宗教の入信者は、病気を癒《なお》してもらいたさがほとんどの動機だと聞いていた。現世利益《げんせりやく》の魅力である。修二は無病息災でここの門をくぐったのは不自然だと気がついた。

「ここに初めて見える方は信者の紹介が必要ですが、まあ、あなたがこの前をよくお通りになって、わたくしどものことをお気にかけておられるのは、やはり仏縁があるのかも分りません。よろしゅうございます。いま、分りやすく書いたものを一部持って来ますからね。あなたは、そこでそのまま待っていて下さい」

「済みません」

「そこに居て下さいよ」

相手は、そこから動くな、という意味を強調した。

男が暗い奥に立去ったあと、修二は、もう少し建物に近づいて様子を見たかった。萩村綾子が豪徳寺駅から電車に乗って都心に出ていたこと、高森元支店長がここからそう遠くない青葉旅館に立寄って死んだことなどを思い合せた。高森は普陀洛教と関係があるのだ。この教団本部は真鶴というから光和銀行の熱海支店管内である。玉野が高森支店長の業務ミスを摘発して成績をあげたとすれば、熱海支店と普陀洛教との間に何かがあったのではあるまいか。——

修二は待っている間、建物に近づきたかったが、さっきの男がいつ帰ってくるか分らないので、うかつなことは出来なかった。建物の中は相変らずひっそりとしていた。聞えるのは下の道を通る車の音だけだった。

下駄《げた》の音が鳴って、さっきの男が戻ってきた。

「お待たせしました……」

その男は修二の前に立つと白い紙を出した。

「これに教団のことが大略書いてあります。お持帰り下さい」

「どうも」

修二はそのパンフレットのようなものをポケットに入れて相手を見た。

「失礼ですが、こちらの支部の責任者の方でいらっしゃいますか?」

「いいえ、責任者ではありませんが、役員のはしくれです」

「またこちらに伺うかも分りません。お名前を伺わせていただくとありがたいんですが」

「なに、べつにわたしでなくとも、ここにおいでになれば誰でもお目にかかりますよ」

「そうですか。どうも」

「しかし、この次はなるべく信者のご紹介できて下さいね」

「ぼくは、そういう信者の方を知らないのですが、どなたか適当な方を教えていただけませんか」

「そうですな……まあ、それは、もう少しお考えになった上がいいでしょう。なにしろ、この教団はまじめな方ばかりが信者さんになっていますのでね。ひやかし半分に見える方は困るのです。わたしどものお世話でなく、あなたのほうでうちの信者さんを探していただきたいのですよ」

この言葉を巧妙な警戒と修二はとった。それで、つい、思ってもみなかった言葉が口から出た。

「信者の方でね、一人だけ知ってる人がいたんですがね……」

「どなたですか？」

向うは釣《つ》りこまれたように訊いた。

「高森という人です。……残念ながら亡くなられました」

ぎょっとなった先方の様子が暗い中でもよく分った。

よけいなことを云《い》ったという修二の後悔は、石段を降りるときにはじまっていた。あんなことを云えば、先方に警戒されるに決っている。相手の言い草が神経に障《さわ》ったので、不用意に云ってしまった。しかし、反応はあった。げんに男はじっとうしろから石段を降りてゆくこっちの様子を眺《なが》めている。くぐり戸が閉まる音も聞えなかった。やがて賑《にぎ》やかな商店の通りに出た。

——想《おも》った通りだった。もし、あの教団が高森と関係が無かったら、今の男にあの反応は無いはずだった。役員のはしくれと云ったあの男は、高森の名を聞いて一瞬、返事が出来ないでいた。普通だったら、相手に不案内な高森のことを聞返すはずだし、信者の中に同姓の者が居たら、どこそこの高森さんをご存じだったんですね、と声が明るくなるはずだった。

修二は、高森が死の日にこの教団に来たことはこれで決定したと思った。この確認は一つの収穫だった。が、その半面、今後、うかつにはあの教団には行かれないなと思った。こうなると、いまの訪問は成功か不成功か分らなかった。

考えながら歩いていると、うしろから肩を叩《たた》かれた。背の低い猪首《いくび》の顔が振りむいた彼の前に笑っていた。

「やあ」

修二は思わず大きな声を出して立停った。

「よく似た方が前を歩いていらっしゃると思いましたよ。やっぱりあなたでしたな」

西東刑事は愛嬌のある笑顔で修二の横にならぶと、自分から先に歩き出した。

「ここのところ、想いがけない所でよくお目にかかりますな？」

刑事は「ポイント」で遇《あ》ったことを云っているのだった。

「そう……」

と云ったが、修二は、刑事の不意の出現にまだ気持が立直らなかった。

「この辺に仲間の方でもいらっしゃるんですか？」

西東刑事は訊いた。

普陀洛教支部から出て来るところを刑事に見られたかもしれないという懸念《けねん》が修二にあった。うしろから来たタクシーのクラクションにおどろかされたように修二は道の片方に避けた。その時間が返答を考えさせた。

「そうなんです。仲間の一人がこの先に住んでいましてね。そこへ寄って来たんです」

あの建物から出たところを刑事に見られていたら、これは虚偽の答弁だった。が、嘘《うそ》と分ってもかまわなかった。

「そうですか。お友だちが多くて結構ですね」

西東刑事はやはり同じ笑顔で云った。皮肉かどうか、修二のほうに判断がつかなかった。

「この前もバアで愉《たの》しそうにどなたかと話しておられましたな」

この刑事は自分の行く先々に出没していると修二は思った。

さっき教団の坊主《ぼうず》だか何だか分らない男に一言を浴びせたときと同じ心理が修二に起った。

「ところで、刑事さん。義兄の殺人事件ですがね。あれはまだそれきりですか？」

大事な捜査をうやむやにして、何をしているのだと、修二の口調は云った。唐突な質問は承知だった。

「いや、まったく申訳ありませんね」

西東刑事は別にとまどいもせず、愛嬌のある笑顔も変えなかった。

「決してあれはなおざりにしてるわけじゃありませんよ。警察としては未解決事件には捜査の努力をしていますよ。そのうち必ず犯人を挙げます。お義兄《にい》さんの一周忌までには、何とか目鼻をつけたいと思っています」

山辺修二が普陀洛教東京支部からもらってきたパンフレット。——

「《本教《ほんきよう》の信仰《しんこう》》普陀洛教《ふだらくきよう》は観音《かんのん》の信仰《しんじん》です。したがって本教《ほんきよう》の本体《ほんたい》は観音《かんのん》さまです。しかし、断《ことわ》っておきますが、普通《ふつう》、寺院《おてら》に見《み》られる観音《かんのん》さまが祀《まつ》ってあるのではありません。これはあとでその訳《わけ》を申《もう》します。

普通《ふつう》、観音《かんのん》さまというのは観世音菩薩《かんぜおんぼさつ》のことで、これには世《よ》の中《なか》に光《ひかり》を与《あた》える名《な》の持主《もちぬし》という意味《いみ》と、悩《なや》める衆生《しゅじょう》（世《よ》）の音声《おんじょう》を備《そな》えた人《ひと》という意味《いみ》とがあります。衆生《しゅじょう》の現実生活《このよのくらし》に遭遇《そうぐう》するあらゆる災難《さいなん》と苦難《くるしみ》が、ただ菩薩《ぼさつ》の名《な》を唱《とな》えるだけで即座《すぐ》に救《すく》われるというのは、古《ふる》くから観音経《かんのんきょう》などに見《み》られるところですが、観音《かんのん》は実《じつ》に救世《くぜ》の権化《ごんげ》であります。ところが、中世以後《ちゅうせいいご》、宗教《しゅうきょう》が堕落《だらく》してもとの意義《いぎ》が失《うしな》われ、観音《かんのん》の信仰《しんこう》のかたちも歪《ゆが》められてきました。それが現在《いま》も引《ひ》きつづいているのです。これをもとのかたちに戻《もど》し、真《ほんとう》の人類《じんるい》の幸福《しあわせ》を願《ねが》うのが、この普陀洛教《ふたらくきょう》の根本精神《こんぽんせいしん》です。

《普陀洛《ふたらく》とは》　フタラクと読《よ》みます。実際《じっさい》は補陀洛《ふたらく》と書《か》きますが、これでは読《よ》みづらいのと、本教《ほんきょう》では世《よ》にひろめたい意味《いみ》で、『補《ふ》』を『普』に改《あらた》めました。

さて、補陀洛《ふたらく》とは観音信仰《かんのんしんこう》の理想郷《ユートピア》です。華厳経探元記第十九《けごんきょうたんげんきだい》に『光明山《こうみょうさん》とは山《やま》の花《はな》にいつも光明《ひかり》が当《あた》って大悲光明《だいひこうみょう》を表《あら》わす。この山《やま》は南《みなみ》インドの南方《みなみ》に在《あ》って、天竺《てんじく》では補陀洛山《ふたらくさん》と名《な》づけている。ここの山中《さんちゅう》には小《ちい》さな白《しろ》い花《はな》がいっぱい咲《さ》き、花《はな》にはえも云《い》われぬ匂《にお》いがあり、その香気《こうき》は遥《はる》か遠《とお》くまで及《およ》んでいる』とあります。古《ふる》くインドや中国《ちゅうごく》では、そのユートピアを観音《かんのん》の霊地《れいち》として南海《みなみのうみ》に求《もと》めていたのです。したがって、このユートピアを訪《おとず》れようとする高僧《こうそう》は日本《にほん》でも古《ふる》くからあとを絶《た》ちませんが、補陀洛山《ふたらくさん》は現実《げんじつ》に在《あ》るものではなく、仏典《ぶってん》がその理想郷《りそうきょう》を象徴的《しょうちょうてき》に描《か》いたにすぎません。

しかし、昔《むかし》は実際《じっさい》にこの霊地《れいち》が在《あ》ったように考《かんが》えられました。日本《にほん》でも観音信仰《かんのんしんこう》によって補陀洛寺《ふたらくじ》がほうぼうに建《た》てられていますが、その有名《ゆうめい》なのは紀州熊野《きしゅうくまの》と栃木県《とちぎけん》の日光山《にっこうさん》であります。殊《こと》に紀州《きしゅう》の補陀洛寺《ふたらくじ》は、歴代《れきだい》の高僧《こうそう》が南海《なんかい》の補陀洛《ふたらく》を求《もと》めて船《ふね》を出《だ》し、死《し》を覚悟《かくご》で渡海《とかい》しています。昔《むかし》は、それほど観音信仰《かんのんしんこう》は純粋《じゅんすい》だったのです。

ところで、今《いま》も書《か》いたように、補陀洛山《ふたらくさん》とは象徴的《しょうちょうてき》な存在《そんざい》で、たとえば、山《やま》の上《うえ》にはもろもろの珍《めずら》しい木《き》が繁茂《しげり》し、山下《やました》の海《うみ》には美《うつく》しい魚《さかな》が泳《およ》ぎ、山上《やまのうえ》には宮殿楼閣《きゅうでんのごてん》があり、その奥《おく》には不空羂索観音《ふくうけんさくかんのん》が蓮華《れんげ》の獅子座《ししざ》の上《うえ》に立《た》っておられるという空想図《くうそうず》を仏典《ぶってん》がつくったのです。だが、これは分《わか》りやすいかたちにたとえただけで、本当《ほんとう》の観音信仰《かんのんしんこう》の理想郷《ユートピア》はこの世《よ》に在《あ》るのです。観音《かんのん》を信《しん》じ、その広大《こうだい》にして自在《じざい》な霊力《れいりき》を受《う》ければ、誰《だれ》でもこの世《よ》の補陀洛《ふたらく》、すなわち、ユートピアに住《す》むことが出来《でき》ます。そこで、われわれは古《ふる》い観音信仰《かんのんしんこう》と区別《くべつ》するため普陀洛教《ふたらくきょう》と名《な》づけたのであります。

《普陀洛教《ふたらくきょう》に入信《にゅうしん》すると、どうなるか》　病気《びょうき》が癒《なお》ります。近代医学《きんだいいがく》でも治癒《ちゆ》できない疾患《やまい》は沢山《たくさん》あります。これは人間《にんげん》が物質文明《ぶっしつぶんめい》だけに頼《たよ》りすぎるからです。精神《せいしん》の統一《とういつ》が忘《わす》れられているからです。普陀洛教《ふたらくきょう》を信心《しんじん》して難病《なんびょう》が癒《なお》ったという人《ひと》はたくさんあります。また、家《か》庭《てい》が見《み》ちがえるくらい明《あか》るくなったという人《ひと》は信者《しんじゃ》の全部《みんな》が云《い》っております。商人《しょうにん》は商売《しょうばい》が繁昌《はんじょう》し、勤《つと》め人《にん》は出世《しゅっせ》し、学生《がくせい》は学校《がっこう》の成績《せいせき》がよくなります。本教《ほんきょう》の信者《しんじゃ》は、だれからも敬《けい》愛《あい》される人格者《じんかくしゃ》となり、社会的《しゃかいてき》な地位《ちい》がすすみます。それというのが、観音信仰《かんのんしんこう》の真髄《なかみ》にふれて、その仏恩《ぶっおん》を受《う》けられるからです。

《本教《ほんきょう》の成《な》り立《た》ち》　普陀洛教団《ふたらくきょうだん》の教祖《きょうそ》、為賀宗章《ためがそうしょう》さまは、もと三重県《みえけん》の片田舎《かたいなか》で小学校《しょうがっこう》の教師《せんせい》をしておられましたが、三十二歳《さい》のときに現在《いま》の宗教《しゅうきょう》に疑問《うたがい》をおもちになって、さんざん苦《くる》しんで研究《けんきゅう》をなされた末《すえ》に、宗教《しゅうきょう》の根元《こんげん》は補陀洛信仰《ふたらくしんこう》にあることをお悟《さと》りになりました。

それからいろいろとご苦労《くろう》を重《かさ》ねられた末《すえ》に、今日《こんにち》の偉大《いだい》な普陀洛教団《ふたらくきょうだん》をおつくりになったのであります。初代教祖《しょだいきょうそ》さまが入寂《にゅうじゃく》されたあと、ご長男《ちょうなん》の為賀宗文《ためがそうぶん》さまが二代目《だいめ》教祖《きょうそ》となられ、ますます教団《きょうだん》を繁栄《はんえい》させておいでになります。

《本部《ほんぶ》と支部《しぶ》》　本部《ほんぶ》は神奈川県《かながわけん》の真鶴《まなづる》にあります。初代教祖《しょだいきょうそ》さまがこの地《ち》を教団《きょうだん》の本部《ほんぶ》にお求《もと》めになったのは、真鶴半島《まなづるはんとう》が紺碧《こんぺき》の相模灘《さがみなだ》に突《つ》き出《で》て、恰度《ちょうど》、昔《むかし》、高僧《こうそう》が熊野《くまの》から補陀《ふた》洛《らく》を求《もと》めて船出《ふなで》した地形《ちけい》と似《に》ているからであります。もとより観音信仰《かんのんしんこう》のユートピアは南海《なんかい》に実際《じっさい》に在《あ》るのではなく、この世《よ》、つまり人間《にんげん》の心《こころ》の中《なか》に在《あ》るのですが、人《ひと》は自分《じぶん》の心《こころ》がかたちには見《み》えません。やはり象徴的《しょうちょうてき》な何《なに》かを求《もと》めなければならないのです。それで本教《ほんきょう》も南《なん》海《かい》に面《めん》した真鶴半島《まなづるはんとう》を聖地《せいち》としたのです。ここを本部《ほんぶ》とし、支部《しぶ》は東京《とうきょう》をはじめ全国《ぜんこく》に八十六もあります。支部《しぶ》からは年《ねん》に春秋《しゅんじゅう》二回《かい》、信者《しんじゃ》の方《かた》が団体《だんたい》で本部《ほんぶ》に参詣《さんけい》にお見《み》えになります。

《組織《そしき》》　本部《ほんぶ》には教祖《きょうそ》さまがおられます。その下《した》に宗務総長《しゅうむそうちょう》一人《ひとり》、宗務主任《しゅうむしゅにん》三人《にん》を置《お》いて教団《きょうだん》の全体的《ぜんたいてき》な運営《うんえい》に当《あた》っております。これを補助《ほじょ》する役員《やくいん》はたくさんありますが、ここでは略《りゃく》します。前《まえ》にも書《か》いたように、本教《ほんきょう》には偶像《ぐうぞう》はありません。従《したが》って観音《かんのん》さまも祀《まつ》ってないのです。本体《ほんたい》は、いわばおのおのの人間《にんげん》の心《こころ》に在《あ》るので、それを象徴《しょうちょう》するのが教祖《きょうそ》さまです。これは日本《にほん》の神道《しんとう》にもあることで、たとえば、奈良県《ならけん》の大神神社《おおみわじんじゃ》は三輪山《みわやま》が神体《しんたい》となっていて本殿《ほんでん》は無《な》いのです。これが宗教《しゅうきょう》の本来《ほんらい》の姿《すがた》でしょう。偶像《ぐうぞう》をつくって、これを拝《おが》むところから宗教《しゅうきょう》の堕落《だらく》ははじまりました。本教《ほんきょう》では教祖《きょうそ》が信者《しんじゃ》のシンボルでもあり、また本部《ほんぶ》の在《あ》る真鶴《まなづる》の半島《はんとう》と海《うみ》とが従《じゅう》の本体《ほんたい》であるともいえます。

《教団《きょうだん》の事業《じぎょう》》　本教《ほんきょう》の精神《せいしん》がこの世《よ》のユートピアを築《きず》くところにある以上《いじょう》、教団《きょうだん》がそれにふさわしい現実《げんじつ》の理想郷《りそうきょう》を建設《けんせつ》しようというのは当然《とうぜん》のことです。ただ抽象的《ちゅうしょうてき》な教義《きょうぎ》ばかりを教《おし》えるのでは人間生活《にんげんせいかつ》には何《なん》の役《やく》にも立《た》ちません。本教《ほんきょう》は……」

　普陀洛教のパンフレットのつづきは教団の事業を述べている。

　すなわち、本教の精神がこの世のユートピアを築くところにある以上、教団がそれにふさわしい現実の理想郷を建設しなければならないとして、次のように云う。

「……本教《ほんきょう》は抽象的《ちゅうしょうてき》な教義《きょうぎ》ばかりを教《おし》えるのが人間生活《にんげんせいかつ》の何《なん》の役《やく》にも立《た》たないという建前《たてまえ》から、現実《げんじつ》に理想郷《りそうきょう》を出現《しゅつげん》させつつあります。

　すなわち、ある一定《いってい》の地域《ちいき》に本教《ほんきょう》の信者《しんじゃ》だけの町《まち》を建《た》てることです。そこには信者《しんじゃ》の家《いえ》が建《た》ちならび、豊《ゆた》かな精神的生活《せいしんてきせいかつ》を送《おく》るようにする。土地《とち》も家《いえ》ももちろん信者自身《しんじゃじしん》のものです。居住者《きょじゅうしゃ》は同《おな》じ信仰《しんこう》に結《むす》ばれているので、あらゆる点《てん》で共同一致《きょうどういっち》して平和《へいわ》な環境《かんきょう》をつくります。そこには一般《いっぱん》の社会《しゃかい》にありがちな紛争《ふんそう》は起《おこ》りません。喧嘩《けんか》も、口論《こうろん》もないのです。なぜなら、みんなが同《おな》じ精神《せいしん》でいるからです。町《まち》にはみんなの尊敬《そんけい》を集《あつ》めた人《ひと》が代表者《だいひょうしゃ》となり、みんなの意見《いけん》や希望《きぼう》を聞《き》いていろいろな設備《せつび》を建設《けんせつ》する。これは今《いま》まで哲学者《てつがくしゃ》や宗教家《しゅうきょうか》が空想《くうそう》していた理想郷《りそうきょう》ですが、わが教団《きょうだん》の手《て》によって初《はじ》めて建設《けんせつ》されるのです。普陀洛国《ふたらくこく》は遠《とお》い南海《なんかい》の孤島《ことう》にあるのではなく、実《じつ》にこの世《よ》に存在《そんざい》するのだと述《の》べてきましたが、この理想《りそう》の町《まち》をつくってこそ、それが初《はじ》めて実感《じっかん》として分《わか》っていただけると思《おも》います。町《まち》の信者《しんじゃ》は教団本部《きょうだんほんぶ》を聖堂《せいどう》として、朝夕感謝《あさゆうかんしゃ》の祈《いの》りを捧《ささ》げます。こういえば、ちょうど西洋《せいよう》の中世宗教都市《ちゅうせいしゅうきょうとし》を考《かんが》える人《ひと》があるかもしれませんが、教団《きょうだん》と信徒《しんと》は仏典《ぶってん》に則《そく》した祈《いの》りで結《むす》ばれているから、もっと崇高《すうこう》で理想《りそう》なかたちとなります。わが国《くに》にも〝新《あたら》しき村《むら》〟の例《れい》がありますが、本教《ほんきょう》の町《まち》は無《む》限《げん》に発展《はってん》するでしょう。

　そのためには、土地《とち》も家《いえ》も信者自身《しんじゃじしん》のものでなければなりません。それで、本教団《ほんきょうだん》では信《しん》徒《と》の相互扶助的《そうごふじょてき》な精神《せいしん》と本教《ほんきょう》の慈愛《じあい》によって極《きわ》めてたやすく土地《とち》と家《いえ》とが手《て》に入《はい》るしくみになっています。それでこそ普陀洛国《ふたらくこく》のような楽園《らくえん》が出現《しゅつげん》するのです。家庭《かてい》が平和《へいわ》ですから、人《ひと》びとは普陀洛国《ふたらくこく》にあるような瑞雲《ずいうん》をわが眼《め》で見《み》、珍《めずら》しい鳥《とり》の奏《かな》でる啼《な》き声《ごえ》をわが耳《みみ》で聴《き》くことになります。そこには病気《びょうき》も災難《さいなん》もありません。あるのは教義《きょうぎ》で結《むす》ばれた信念《しんねん》による平《へい》和《わ》です。これこそ世界平和《せかいへいわ》の第一歩《だいいっぽ》ということもできるでしょう。哲人《てつじん》や宗教家《しゅうきょうか》の空想《くうそう》がここに初《はじ》めて実《みの》るわけです。

　では、いかにしてその町《まち》を建設《けんせつ》し、各自《かくじ》が土地《とち》と家《いえ》とを持《も》つことができるか。この点《てん》はまず入信《にゅうしん》をしていただくことが第一歩《だいいっぽ》です。そうでないと一般《いっぱん》の人《ひと》には本教《ほんきょう》が土地《とち》や家《いえ》を持《も》つことを魅力《みりょく》にして入信《にゅうしん》をすすめるように誤解《ごかい》され、また、そんな心得《こころえ》で教団《きょうだん》に入《はい》る者《もの》があると困《こま》ります。要《よう》するに普陀洛教《ふたらくきょう》は信仰《しんこう》が第一《だいいち》。すべての現実的《げんじつてき》な建設《けんせつ》は、この信仰《しんこう》に副《そ》って行《おこな》われていることをご理解《りかい》いただきたいのです」

修二は読み終って溜息《ためいき》をついた。総ふりがなの活字は眼が疲れる。しかし、こうした大時代な文体《スタイル》はふしぎと密教的な神秘性と荘重さとを表現する。神社や寺の「おみくじ」の文体にも似た感じであった。だが、おかげで普陀洛教の内容がこれで分った。東京支部の男がこれを読めと云ったはずである。なるほど、これでは一口に説明が出来まい。

ここで修二が興味をもったのは、前文のくだくだしい教義の解説ではなく、その組織と事業のところであった。初代教祖為賀宗章は三重県の片田舎の小学校の教師だったという。これは分らなくはない。小学校教師が新興宗教の教祖になった例はこれまでもあるのだ。教壇で児童にしゃべっている間に体得した一種独特な雄弁術《エロキューション》と読心術とが深く人の気持をつかんだのであろう。今の教祖はその息子だというが、その下に宗務総長一人、宗務主任三人が置かれているという。かなり大きな教団だ。全国に支部があって、毎年春秋二回、各地から信者が真鶴の本部に本山詣《まい》りをするとある。これだけ読んでも相当な規模をもつ教団だと想像される。

もう一つ目新しいのは、この教団が普陀洛国のユートピアを現実の土地に求め、そこに宗教都市を建設しようという点である。これは新しい着想と云わねばならない。パンフレットには武者小路実篤の「新しき村」が引用されているが、この教団はルーズな共同体ではなく、宗教に統一された鞏固《きょうこ》な共同体制の町づくりらしい。もし、その通りだとすると、これまでの精神的な教道と違い、現実に即した教化事業である。

現在、庶民が最も望んでいるのは土地と家だ。教団は信者にこれを与えると謳《うた》っている。この点、病気を癒すと同じような現世利益であろう。意地悪く考えれば、病気は医学の進歩でほとんど治癒《ちゆ》される。昔の宗教信者の入信動機は病気を癒してもらうことが念願だったが、その大半は肺病だった。今日の肺結核は不治ではなくなっている。つまり、それだけ宗教の現世利益は狭《せば》められたといってよかろう。してみると、あとは家内安全とか商売の発展とかいったことになるが、これはほとんどの宗教がもっている利益で、格別な特徴ではない。土地と家を与えるというこの教団の事業は、現代の庶民には大した利益なのである。しかも、その町の居住者には喧嘩《けんか》、口論がなく、病気がなく、朝夕平和な生活が送られるという。それこそ現世の普陀洛国だといい、町の人びとは眼に瑞雲を見、耳に妙《たえ》なる音楽を聴くとある。

……

しかし、このパンフレットをよく見ると、現実のユートピアがどこにあるのかは明記されてなかった。この点、教団はもう少し具体的にＰＲしてもよさそうである。

しかし、これにも断っている通り、それは鞏固な信者の共同的な建設であるから、単なる好奇心で、あるいは土地と家を求める人の興味で見られたくないという考えかもしれない。云いかえると、教団は家と土地を餌《えさ》に信者を釣るという誤解を避けている。その辺の用意が「本教が土地や家を持つことを魅力にして入信をすすめるように誤解され」ることの戒めとなっているのである。そんな心得で教団に入る者があると困るから、その具体的なことを知るためには、まず教団に入り、信者としての資格を与えられるのを前提としているのだろう。

いわば、この教団には一種の秘密主義ともいえる臭《にお》いがある。

新興宗教は金が儲《もう》かるという噂《うわさ》である。どうやら、この普陀洛教教団も相当な金を持っているらしい。そうすると、家と土地とはこの教団が建設して、それを信者に安い価格で与えるしくみになっているのかもしれない。もし、そうだとすれば、教団が極めて用心深く「宗教都市」の全貌《ぜんぼう》を明かさないはずである。パンフレットは一般の者に配る宣伝用だから、不必要な混乱を避けたいらしい。事実、その欲心のために入信者が殺到しても困るに違いない。いくら金のある教団でも家と土地を与えるには限界があろう。

新興宗教と金。——

修二もここでようやく光和銀行と普陀洛教との具体的な関連が頭に浮んできた。

光和銀行は普陀洛教団の金を取扱っているのだ。銀行が預金の獲得に懸命になっているのは周知のことで、この教団の金に眼をつけぬはずはない。高森は光和銀行熱海支店長として真鶴の教団に業務上から接触していたのだ。光和銀行が普陀洛教団の有力な取引銀行だとすれば、熱海支店長は絶えず教団に出入りしていたに違いない。

では、玉野文雄に摘発された高森支店長の業務上の失策とは、普陀洛教団との取引関係にあったのではなかろうか。どうも、そんな気がする。もっとも、熱海支店の取引関係は、地元のホテル業者や、その他各方面に亘《わた》っているだろうから即断は出来ないけれど、弟嫁が普陀洛教にはひどく敵意を持っていた口ぶりから想像すると、その線が強い。

いや、きっとそうだろう。それでこそ高森が世田谷にある教団支部を訪ねて来ていたのだ、と修二は考える。

　もし高森が教団との取引関係で不正を犯し、それが発覚して銀行を馘首《かくしゅ》されたとなると、高森はその後も教団に前の因縁《いんねん》から或《あ》る種の交渉をつづけていたに違いない。銀行支店長の不正となれば、取引先との結託が通例だ。銀行を追出された高森が南部町から東京支部にわざわざ出向いていた理由も、その辺から想像される。

　では、なぜ、高森は真鶴の本部に向わなかったのか。そのような因縁だと、教団本部こそ交渉の相手でなければならない。

　修二は、それを二つの理由で考えてみた。

　一つは、彼の支店長時代の因縁の相手が本部から東京支部に来ていたという想像である。

　もう一つは、やはり玉野文雄に結びつけてのことだ。玉野が教団の東京支部に出むき、高森はそこにいる玉野を訪ねて行ったのではないか。玉野は銀行の考査課長として高森支店長の落度を発見した人物である。そうすると、玉野もまた光和銀行熱海支店と普陀洛教団との特殊関係を熟知していたわけだ。高森は何らかの話合いをつけに玉野に会いに行っていたのではないか。この場合の話合いとはいろいろな意味に考えられる。高森は玉野に対して恨みつらみを持っているはずだが、また一方では、教団をめぐる問題で両人の間には特殊な事情が存在していたのかもしれない。

　ここで修二はまた思い出す。

　昨日熱海に行ったとき、駅前で光和銀行東京支店の加藤秘書室員が上役らしい男と車に乗りこんでいるところを見た。その男を花房頭取だと思っているのだが、例の大衆食堂に催促にきた支店員は頭取が熱海に来たことを知ってない様であった。もし加藤と一緒にいた男が花房頭取だとすると、頭取が熱海に来た目的は業務上の用事ではなく、別な用件だったかもしれない。

しかし、たとえば、熱海で客を招待するとか、静養に来たとかいう場合でも、頭取は支店員を何かのかたちで使うはずである。そのほうが便利だし、支店に連絡しないのは不自然だ。そちらに頭取が行くからよろしく頼むと、前日にでも本店から熱海支店に連絡が行くのが普通だろう。支店員が知らなかったということは、そのようなことがなかったのだ。では、花房頭取はどのような目的で熱海に行ったのか。

修二は今にして、頭取が行った先は支店などではなく、真鶴の教団本部ではないかと思われてきた。新幹線は真鶴駅には停《とま》らないので、熱海から車で行くほかはないのである。

では、と、また修二は考える。

頭取は教団本部に行くのに、なぜ熱海支店に連絡をしないのか。教団が相当な金を持ち、光和銀行の有力な預金獲得先だったとすれば、そこに行く頭取は必ず熱海支店に連絡しなければならないはずだ。

——ふしぎなことである。

翌日、修二は新聞社に辻を訪ねて行った。二時すぎに電話をすると、いま社に出て来たばかりだと辻は云い、用事があるならこちらに来てくれと云った。

新聞社の待合室のようなロビーで修二は辻と会った。

「この前は熱海の支局のことでお世話になりました」

修二は辻に礼を述べた。

「どうだ、少しは役に立ったかね?」

辻は睡《ねむ》そうな眼つきで訊いた。昨夜も遅くまで飲んでいたというのである。

「はあ、お蔭《かげ》さまで」

「光和銀行のことを調べてどうするんだね?」

「いずれ、そのことは詳しく云いますよ」

「未《いま》だその時期にあらずかね」

「辻さん。今日は銀行のことではないんですが、ちょっと教えてもらいたいことがあるんです」

「何だね?」

「辻さんは普陀洛教というのを知っていますか?」

「普陀洛教。ああ、聞いたことがあるね」

辻は椅子《いす》の上で身体を動かし、煙草《たばこ》をとり出した。

「で、普陀洛教がどうしたというのかね?」

「いや、お恥ずかしながら、ぼくはその教団のことはまるきり知らなかったんです。なんでも、真鶴に本部のある相当大きな新興宗教らしいんですが、信者の数はどのぐらいあるんですかね？」

「さあ、数までは分らんがね。今から十年前はだいぶ派手に活動していたようだな。たしか、初代教祖は死んで、今は二代目のはずだが」

「そうです。辻さんはよく知っていますね」

「これでも新聞記者のはしくれだからね、そのくらいのことは知っている。おまえさんはまた何も知らない男だな。もっとも、絵描《えかき》というのは世間知らずのほうがいいのかもしれないが」

「いま、その教団は一時派手な活動をしていたと云いましたね。現在はそれほどでもないんですか？」

「ああ、このごろはあんまり噂を聞かない。やはり初代が死んだからだろうね」

「金はあるんですか？」

「それは持っているだろう。新興宗教は当るとなると、どえらく儲かるものらしい」

「その教団は何か事業をやっているんですか？」

「新興宗教団体だから、宣伝になるようなことはやってるに違いない。そうだ、美術品を相当持ってるよ」

「美術品ですか。ほかに何かやってないんですか？」

「そこまでは詳しく知らないな」

「普陀洛教のパンフレットを見ると、信者だけの理想郷を現実につくっているというんです。つまり、信者には土地と家を与えて同一地域に住まわせるらしいんです。そういう町づくりがどこかに出来てるんですか?」

「さあ、よく知らんな。おまえさんの今度の興味は普陀洛教かね?」

「そういうわけじゃないんですが、ちょっと詳しく知りたいんです」

「さあ、それは誰に訊いたら適当かな?」

辻は考えるようにしていたが、

「よろしい。心当りのやつがいるから、それに聞いてきてもいいよ。今は社会部のデスクをしてるがね」

そこに女の子が辻に新聞を運んできた。

「ありがとう」

と、辻は早速開いて、中の学芸欄に眼《め》を走らせた。自分の受持だから、政治記事や社会記事は見向きもせず、真先にそこに眼が走るらしい。そうした様子を見ると、辻もやはり新聞記者らしい。

それもほんの一、二分で、辻は新聞をたたんで修二に渡した。

「夕刊だ。待っている間にこれでも読んでいてくれ」

「もう夕刊が出たんですか?」

「早版だ」

辻はのっそりと起ち上り、ロビーを歩いて出た。

修二は新聞を手に取ったが、まだインクの匂《にお》いがしていた。一面から見出しを拾ったが、特に眼を惹《ひ》くようなニュースはなかった。社会面の交通事故だとか、何かの詐欺《さぎ》事件だとかいうのを読んだが、辻の姿は戻らなかった。仕方なしに隅《すみ》のほうにある記事を拾い読みするつもりで眼をやると、

「目黒川に投身自殺　ノイローゼの中年女性」

という見出しが映った。

「四月八日午前六時半ごろ、目黒区の目黒川に女の死体が浮いているのを牛乳配達の桜井秀一君(一八)が発見、所轄《しょかつ》署に届け出た。検視すると死体は死後約十時間を経過し、前夜の九時か十時ごろの溺死《できし》とみられ、外傷はなかった。所持品により山梨県南巨摩郡南部町梅尾の高森初江さん(四二)と判明したが、高森さんは強度のノイローゼにかかり、西山の宗教団体に入って静養していたが、脱け出して行方不明となっていた。遺書はないが、病気を苦にしての自殺とみられる」

修二は、あっと声をあげるところだった。新聞を握ったまま、思わず腰をあげた。

——高森元支店長の妻が身投げして死んだ。場所は目黒川だ。高森の妻は、いつ、山梨県西山から脱け出して東京に来ていたのか。

修二は、夕刊に載った高森の妻の投身記事に眼を密着したまま、椅子にうずくまるようにして背中をかがめていた。

頭に浮んだのは、山梨県西山の御岳《みたけ》教の道場である。山林の中につけられた急坂を登ったところに鳥居があった。三人の屈強な男が遮《さえぎ》って、高森の妻はここに居ないと云って睨《にら》んだ。かれらの言い方が高飛車なので、わざとスケッチブックを出して、眼の前で道場の遠景を写生したものだ。三人の男が呆気《あっけ》にとられて黙って見ていたのを思い出す。向うはスケッチまで止める権利はなかった。

いま、この記事を見て考えることだが、あのとき、つまり昨日の午前中には、高森の妻が山に居たかどうか疑問である。新聞記事には何日ごろから行方不明になっていたかは明記されていないが、もし、早くから彼女が脱出していれば、南部町の弟嫁がその連絡を受けているはずだから、あのとき自分にそのことを云ったはずだ。西山に行くことを止めなかったのは、弟嫁もまたあの時点では嫂《あによめ》の失踪《しっそう》を知らなかったのだ。

修二は、なぜ自分が面会に行った前後に彼女を山から出さねばならなかったかを考えてみた。それは誰の差し金か。道場に高森の妻が自発的に修行に入ったかどうか。

彼女がノイローゼになっていたことは或る程度事実であろう。しかし、それを口実に、誰かが、彼女を半ば強制的に西山へ連れて行き、一時監禁同様にしたことも想像されないではない。

修二は、熱海から南部町に行き、さらに西山に向った自分の行動を誰かに絶えず見られているような気がした。熱海を出るときからそんな感じはあったが、今にして思うと、弟嫁の家を出て道を下るときにチラリと眼を掠《かす》めた黒い影や、西山の温泉宿の湯壺《ゆつぼ》に飛びこんできた見知らぬ男など、「尾《つ》けられていた」という感じがするのである。そうだとしたら、相手の正体は分らないながらも、普陀洛教団に関係のある者のようにも思えてくる。あの山腹の道場の前に現われた三人の男も、まるでこちらが高森の妻に会いに登って行ったのを予期していたかのようであった。

今度は、その高森の妻が目黒川に入水《じゅすい》して自殺したという。どう考えてもこの新聞記事はまともに受取れない。およそ溺死ほど他殺か自殺かはっきりしないものはないのだ。橋の上から投げこんでも、岸から突き落としても暴行の跡は分らないのである。

辻が戻ってきた。

「何をそんなに熱心に読んでるんだい?」

と、彼は修二の前に立って、頭の上から云った。

「いや、ちょっと退屈だったもんですから」

修二は、新聞を自分の脇《わき》に置いた。

「待たせたね」

と、辻は、そんなコミ記事などに気づくはずもなく、

「どうもはっきりとは分らないんだよ」

と云いながら傍《そば》に腰を落とした。

「そうですか」

「社会部の次長に聞いたんだがね、おまえさんの云う町というのは光明郷のことらしいな」

「光明郷？」

「普陀洛教の信者ばかりの団地みたいな所が全国に何箇所かあるそうだ。光明というのは、普陀洛教の観音経の中に、そういう教義が書いてあるそうだよ。それから取ったらしいんだが、東京近郊だと小田急の沿線にある」

「小田急ですって？」

修二は、またしても小田急かと思った。梅ヶ丘、豪徳寺の両駅が瞬間に関連して頭の中を走った。

「多摩川を越すと相模大野《さがみおおの》という駅がある」

「ありますね」

修二は、広い原野を眼に浮べた。関東平野がまさに西に尽きようとする所、いわば最後の曠野《こうや》であった。

「その駅から北に行った所にある五千坪の土地が普陀洛教団の信者のものだそうだ。軒数は百二十戸ばかりで、三年ばかり前に出来たそうだよ。……もと、その土地は旧陸軍の用地だったそうだけど」

「東京近郊はそこだけですか？」

「うむ。まだほかに土地を求めているそうだが、出来上った町としてはそこだけだ。もっとも、千葉県、静岡県、京都府、北海道と、それぞれにあるという話だ」

「それは普陀洛教団のほうで信者に安く売ったのですか、それとも居住させているだけですかね?」

「その辺がよく分らないが、家と土地は信者のものになっているということだよ。なんでも、教団の特別なしくみで、一種の相互扶助的な組合みたいなものがあるらしい。金を安い利子で信者が借りて家と土地を自分のものにしているということだが、具体的なことはやっぱり分らんな」

辻は、現在の状況はよく分らないが、と前おきして、

「普陀洛教団は、いま、信者が全国に十数万人いるらしい。先代のときは二十万人ぐらいあったそうだがね、やはり二代目となると昔ほどではなくなったらしい」

「教団の財産は相当あるんですか?」

「人によっていろいろだそうだ。本部は二、三億円ぐらい財産を持っているという者もいれば、内証は火の車だという人間もいる。どうも実体はよく分らんな」

「やはり信者の寄付で賄《まかな》ってるんですか?」

「もちろん、信者の寄付だ。会費と特別会費とに分れているらしい。会費は一般の信者が月月納めるもので、これは大した額ではない。特別会費のほうはいわば寄付だから、五千円の人もあれば五万円の人もあるし、百万、二百万と出す人もあるだろう」

「その教団がはっきりしないというのはどういうことですか?」

「一時ほど世間の注目を惹いてないということだな。初代の華々しいときは大いに注目されたから、かえって実体以上に派手に騒がれた気味がある。何といっても初代は宣伝もうまか

ったし、それだけ信者を一挙につかんだのだから魅力もあったわけだ。今はその隆盛期が過ぎているので、かえって目立たぬ存在になったため実体がよく分らないというところだな」

「二代目の教祖というのはどういう人です？」

「さあ、宗教のことはおれは何も分らない。おまえさんはまた、なぜ、普陀洛教にそんなに興味を持ったのかね？」

「いや、或ることからです」

「入信するわけではないだろうな？」

「いや、そんなことで聞いているわけじゃないんです」

「まさか芸苑画廊の千塚に入信を勧められたわけじゃないだろうな？」

「千塚さんですって。あの人も信者ですか？」

修二は眼をまるくした。

「いや、もののたとえの話だ。普陀洛教は意外な人物を信者に持っているという話だからね。相当な事業家も人知れず入っているという噂だ。冗談だがね、千塚も信者と疑っても一向に不自然ではないというわけさ。普陀洛教団は、そんなところが強味らしい。だから、案外財政は豊かかもしれんね。そういう信者は寄付をたくさんするだろうからな」

「辻さん、普陀洛教のことをもう少し知りたいんですが、分る方法はありませんか？」

「いま云ったように、いちばん普陀洛教団のことを知ってるやつがその程度だから、外のやつに聞いてみないと分らない。そうだ。そのうち、心当りの人物を探しておくよ。そういうやつが見つかったら、おまえさんが直接会って話を聞いてみるがいい」

「そうします。お願いしますよ」

「おまえさん、そんなことばかり詮索《せんさく》して、仕事のほうはどうしてるんだね？」

「はあ」

「千塚が何か頼んでいるだろう。あんまり放っておくと、あいつ、怒るぞ」

千塚が絵を描《か》かせようとしているのは光和銀行の花房頭取からの注文だと、修二は辻の言葉で思い出した。

思い出したのは花房の注文のことではなかった。頭取が芸苑画廊を通じて彼の絵を所望したのは以前の時点だ。正確に云うと、四月六日を境にして花房の気持が変っているかもしれないのだ。なぜなら、もし、修二が熱海へ行き、山梨県南部町の高森元支店長宅を訪ね、さらには西山まで出かけたことが頭取の耳に入っていれば彼を警戒し、注文のほうも中止するだろうからだ。

修二は、今まで普陀洛教と光和銀行の関係をモヤモヤと考えていたが、これからの頭取の態度が一つの標識になるかもしれないと思った。その変化がかなり先で現われると、それだけ下部から頭取の耳に入る速度は遅く、変化が早ければ頭取と下部のパイプは短かいということになる。

もし、高森の妻の投身自殺が他殺だとすれば、彼女は光和銀行熱海支店と普陀洛教団とのつながりについて、何かの秘密を夫から聞いていたために消されたという推定もできる。教団のほうでは、彼女がノイローゼに罹《かか》ったためどんな秘密を口走るか分らないというおそれもあって、無理に山中の道場に閉じこめた、としよう。ところが、そこに奇妙な絵描がのこのこと彼女に会いに行った。この絵描は新聞社の熱海支局に行って高森元支店長のことを聞いたり、その実家を訪ねたり、奇妙な動きをしている。相手はノイローゼの高森の妻を持て余していた際である。面倒だから、いっそのこと女を消してしまい、あとの憂《うれい》のないようにしようという考えはなかったか。ノイローゼと投身自殺なら、極めて納得できる組合せだ。

高森孝次郎の死にしても疑惑が起る。つまり、教団側では、その妻が厄介《やっかい》な存在になっているくらいだから、事実を知っている高森はもっと面倒な存在だったはずだ。

そうなると、高森が豪徳寺近くの旅館に憩《やす》んだのは普陀洛教団東京支部に行く途中ではなく、そこに寄っての帰りだということになる。たとえば、支部の中で高森に或る種の毒薬を飲ませ、そのため彼が帰りに気分が悪くなって旅館に駆けこんだという推定もできるからである。

しかし、高森は医者が診て心臓麻痺《まひ》だった。だが、仮りに原因の分らない毒殺の方法があれば、それは心臓麻痺として片づけられるようなものではなかっただろうか。

さっき読んだ新聞記事はあまり簡単すぎた。修二は、高森の妻の「投身自殺」の真相をもう少し突っ込んで知りたくなった。

「辻さん、目黒署のサツ回りの記者のひとは本社ですか、それとも支局ですか？」

「サツ回りだって？」

辻は修二をしげしげと眺めた。

「おまえさんの質問はだいぶ分裂しているようだな。それも普陀洛教団と関係があるのかい？」

「いいえ、そういうわけじゃないんです。実はこれなんですがね」

と、修二は横の新聞を取って、高森の妻の自殺記事を見せた。これだけでは、辻にも何のことだか分りようがない。

「これがどうしたんだい？」

と、記事を斜め読みした辻は訊《き》いた。

「この人はぼくの知合いの人です」

記事にはべつに光和銀行元支店長の未亡人とは書いてないので安心であった。

「知合いか」

「と云っても、そう深くはないんですがね。どうしてこんなことになったのか、ぼくもふしぎなんです。それで、この記事だけではよく分らないので事情を聞きたいんですが、これ、どうせ警察ダネでしょう。その記者のひとに会わせてもらえば、もっと詳しいことが分るんじゃないですかね？」

「そりゃ分るだろう。女の投身自殺なら面白くも何ともないからね、警察から出た材料でも、これを書いたやつはずっと端折《はしょ》っているよ。……そうだな、この地区だと城西支局だな」

「どこにあるんです？」

せだよ」
「いい絵を描いてもらいたいね。それで、おれを唸《うな》らせてくれるのが、おまえさんの埋め合
「済みません。この埋め合せは、いつかしますよ」
「それでは電話をしておいてあげるよ。どうも近頃《ちかごろ》は君の世話できりきり舞させられるね」
「またお世話になりますが、紹介していただけますか。今からすぐ行ってみます」
「五反田だよ。駅のすぐ前さ」

辻は笑った。

四十分ののち、修二は静かな市街を流れる目黒川のほとりに立っていた。乗ったタクシーの運転手に新聞記事にある場所を云《い》うと、大体、このあたりだと云って、そこに降ろされたのだ。

この辺の川幅はかなり広い。両岸は石垣《いしがき》で固められ、ゆっくりと流れている水を見ると、深さも相当のようであった。

両岸に沿って十メートル幅の道路があるが、いま立っていても車の通りは少ない。夕方でもこの程度だから、夜だともっと少ないに違いなかった。両側にならんだ家はいずれもブロック塀《べい》やコンクリート塀で、小さな家は見当らなかった。

恰度《ちょうど》、近所の家から出たらしいお手伝いさん風な若い女に彼は訊いてみた。

「今朝でしたか、この川から身投げした女のひとが浮いたそうですが、どの辺ですか？」

若い女は立停り、

「もう少し川上のほうです。あすこに橋があるでしょう。あのすぐ下のほうですわ」

と、うす気味悪そうに答えて、そそくさと去った。

修二は五百メートルほど歩いた。やはり塀の長い家が横につづいている。

橋の上の道路はかなり広く、車の往来もここはずっと多い。その橋の上に立って川を見下ろしたが、今朝死体を引揚げた跡は何も残っていなかった。

修二は、通りがかった中年男に訊いた。

「この道をあっちに行くとどこへ出るんでしょうか？」

と、橋の上の広い道路を西のほうに顔を振って訊いた。

「あっちですか。あっちは世田谷のほうですよ」

「世田谷のどの辺です？」

「世田谷でもいろいろ行けますがね。もっとも、この道を一キロばかり行くと広い道路に交《こう》叉《さ》していますから、その道路について行くと豪徳寺の駅のほうに出るんですよ」

「豪徳寺？」

またしても豪徳寺である。すべての道はローマに通じているというが、いま修二の歩いている道がすべて世田谷のその一点に向っているようだった。

「ここから車で豪徳寺あたりに行くには、どのくらいかかりますか？」

「車だとわけはありませんよ。交通が混雑していなかったら三十分とはかかりません」

「どうもありがとう」

車のあまり通らない真夜中だったら、その三十分の時間はもっと短縮されるだろう。しかも夜中だと、あの教団の支部のあたりも静かだし、誰かが車に女を乗せても目撃者はなかったであろうし、この川べりに車を停めて女を突き落としても、その目撃の可能性はもっと少ないであろう。

修二は、目黒川の橋の上から五反田に向った。新聞社の支局は駅の近くで、大きい建物の間に圧《お》し潰《つぶ》されたように挟《はさ》まれている貧弱な二階建だった。屋根の看板だけが大きかった。

表のドアを開けると、カウンターの向うに机が四、五脚ならび、そこらじゅうが紙だらけだった。熱海の支局よりもっと雑多だった。修二を見て若い男が椅子の上から身体《からだ》をねじ曲げた。

「何かご用ですか?」

相手は髪の長い絵描が飛び込んだので、いささか奇異な面持《おもも》ちだった。

「ちょっとおたずねしますが、昨夜、目黒川で身投げがありましたね。あの記事がこちらの新聞に載っていましたが、それを書いた方にちょっとお目にかかりたいんです」

「はあ」

若い男は首を回してその辺に俯向いている三人ばかりの男を見回し、

「吉田君はまだ帰ってないな」

と呟《つぶや》くように云うと、修二のほうへ顔を戻した。

「書いた人間は今いませんが、どういうご用です?」

支局員は記事が投身自殺なので、彼を殺人事件のタレコミに来た人間とは思ってなく、従ってまことに無愛想だった。

「も少し、あの事情を知りたいんですが」

「あれはあれだけのものですよ」

その男はぶっきらぼうに云った。

「はあ……実は、ぼくは本社の辻さんから紹介してもらって来たんですが」

「辻？　辻ってだれですか？」

「学芸部の辻さんですが」

男の態度が変ってきた。わざわざ椅子から起《た》ってカウンターの傍に近づくと、

「そうですか。辻さんの電話の方ですか。……いや、実は、あれを書いた男は吉田といってサツ回りなんですが、あと一時間ぐらいしたら帰ってくると思います。ここでお待ちになりますか？」

と、少しバツが悪そうに云った。

「では、一時間ぐらいしてまたやって来ます」

修二は、坐《すわ》る場所もないこんな所にいるよりも、茶でも喫《の》んで時間を潰すことにした。外に出ると、ちょうど眼の前にせわしなく大股《おおまた》で歩いてくる男と出遇《であ》った。まる顔の肥った男だった。

「失礼ですが、吉田さんじゃありませんか？」

「はあ、そうですが」

その男は立停った。急いで来たせいか、男はふうふう息を吐いていた。

「実は、ぼくは本社の辻さんから紹介されて来たんですが……」

「はあ」

吉田という男も辻の名前を心得ていた。してみると、学芸部の辻は、やはり社内でも或る程度の尊敬を含めた名物男のようであった。

「昨夜目黒川で中年女性の投身があって、今朝死体が浮んだという記事が載っていましたが、あれはあなたがお書きになったんですか?」

「そうです」

吉田という男は怪訝《けげん》な眼をした。

「あれは警察の発表による記事でしょうね?」

「そうです。ぼくはサツ回りなものですから、毎日、夕刊の締切前に行っては発表ものをもらってくるんです」

「そうすると、警察の発表はあの記事以上に出ていなかったんですか? ぼくはもっと長かったものが都合で短かくされたのではないかと思ったんですが」

「大体、あんなものです。ぼくの文章が長いので、その点は整理が削ってくれましたがね」

「その削られた中に発表された部分が一緒に無くなっていませんか? いや、実は……」

と、修二は、相手がいぶかしげな表情をつづけているので自分の立場を説明した。

「その身投げした婦人はぼくの知合いなんです」

ほう、というように吉田の表情が初めて納得したものになった。

「婦人は山梨県のほうにずっと居たんですが、最近は西山という所にある御岳教の道場に身を寄せていたんです。その婦人が東京で身投げをしたと新聞で読んで、一体、どういうことかと気にかかりましてね。家族もあるような、ないような状態でして。主人が死んで、子供もないいんです。ですから気がかりなんですよ。……遺体はどうなってるんでしょうか?」

「さあ、そこまでは発表になかったですよ」

「山梨県には、実は、その死んだ主人の弟が居るんですが、それが引取りに来たんでしょうかね?」

「さあ」

修二はここで気がついた。

「そうだ。新聞には、その婦人はノイローゼを癒《なお》すため宗教団体に入っていたとありましたね。これは、山梨県の南部町という所に居るその義理の弟に連絡して分ったことでしょうね。そうすると、やはり、その弟さんが警察に遺体を引取りに来たんですか?」

修二がひとりで云うのを吉田という男はぽかんとして聞いていた。

「吉田さん、警察発表があの記事の範囲を出なかったとすると、もう少し警察に聞いてみたいんです。これは何という人を訪ねて行ったら事情を聞かしてもらえるでしょうか?」

「そうですな、ぼくらに発表したのは捜査課の石田という警部補ですがね、タコみたいな顔をしていますよ。そのタコに聞いたら分るかもしれません。ぼくが一緒について行ってあげると話が通りやすいかもしれませんな。そうだ、あなたがどこかその辺で四十分ほど時間を潰してくれれば、ぼくが署にお連れしますよ。いま恰度、明日の朝刊の締切に間に合わさなければならない急ぎの原稿が一つあるんです」

新聞記者のおかげで修二は所轄署の捜査課の警部補に会えた。アダナのように、タコに似て頭でっかちの、眼の大きな男であった。

投身自殺死体に変ったところはなかったかという修二の問いに、石田警部補は少し顔をしかめて云った。

「べつだん、そういうところはなかったですよ。われわれは十分に検視したんですからね」

警察では、あとで素人《しろうと》の市民に文句をつけられるのをいやがる。この警部補も修二の質問に不愉快な顔をしたが、新聞記者の手前、それでも愛想はいいほうだった。

「水は相当飲んでいましたか？　そして、その飲んだ水は現場の水と同じでしたか？」

と、修二は訊いた。

「むろん、溺死ですからね、たらふく飲んでいましたよ。その水も目黒川の水でした。あの川は汚れているので特徴がありますからね。口の中にもあすこを流れているゴミが詰っていましたよ」

擬装殺人の溺死には、別の場所で溺《おぼ》れさせておいた死体を異《ちが》う場所に投げ込むことがある。

その場合は、たとえば、海だとプランクトンなどが違うので解剖すれば分るのである。水を張った洗面器に顔を押しつけて窒息させた死体を海に棄《す》てるという筋の犯罪小説を修二も読んだことがあるので、そんな質問をしたのだった。警部補は、そんな事例はちゃんと心得ているという表情で、これまたしたり顔で答えたのである。

「投身した婦人には手足に傷はなかったですか？」

修二はまた訊いた。

「擦《す》り傷程度はついていましたがね。だが、これは身を投げたときに、その辺に突き出ているものにひっかかったり、川に落ちている器物などにふれたりしますからね。そういう傷ですよ。他の外力でつけられた傷ではありませんでした」

水死体の自他殺の鑑別は本当にむずかしい。船の端に立って小便をしている酔った男が足をふらつかせて墜落したのと、うしろから突き落としたのとでは死体の上で区別がつかないのである。

「死後経過は新聞に出ていましたが、昨夜の大体九時ごろから十時ごろということでしたね？」

「そうです」

「その時刻に、あの辺に車が停っていたというような聞き込みはなかったですか？」

「車ですって？　あなたはどうやら投身自殺した人に疑問を持っておられるようですが、あれは自殺ですよ。他殺か自殺かは、われわれは長い間の経験で遺体をひとめ見ればカンで分るんです。だから、他殺の線で捜査をしていないから、べつに付近の聞き込みなどもやっていません」

警部補は機嫌《きげん》を悪くした。

「ぼくも他殺の疑いを強く持っているわけではありませんが、多少ともその婦人のことを知っているので、少しお聞きしたいのです」

「あれは自殺ということが歴然としていますよ。モチはモチ屋で、そんなことは警察にまかしてもらいたいですね」

「いや、警察に対して不信感を持ってるわけではありませんがね、山梨県にいた人間があんな所で身を投げたというのが、どうも少し合点がいかないのです」

警部補は、もう、それには答える必要がないというように返事をしなかった。新聞記者の吉田は横で黙って聞いていた。

「で、遺体は誰が引取りに来ましたか?」

「本人の義理の弟という人が見えましたよ。なんでも、兄さんの奥さんがその婦人に当るのだそうです」

「こっちに来たのは何時ごろですか?」

「二時半ごろでしたな」

「二時半ですって? そりゃまたいやに早いですな」

「御岳道場で使う腕輪のような数珠《じゅず》が、手首にからまっていて、道場で修行したことがある人が、それを見て、西山へ連絡したんです。それで行方不明になっている被害者の名がすぐにわれたんです。また、われわれは本人の義弟の居る南部町にも連絡することが出来たのですよ」

「ははあ、それで分りました」

と、修二はうなずいた。

「夕刊の新聞記事に、早くも、その婦人の身元のみならず、当人がノイローゼに罹っていたことなどが出ていたが、それは、通報された時に義弟が警察に事情を話したんですね?」

「そうです。それで、新聞社の人にもそう発表したんですよ」

警察は最初から自殺と決めていて、ほかには何の疑いも持っていなかったのである。

「ところで、警部補さん。溺死体の所持品には他にどういうものがありました?」

修二は訊いた。警部補は面倒臭いという顔をして、

「財布くらいなものでしたな。中身は一万円とちょっとばかりありましたよ。だが、これはみんな引取人の義弟の高森という人に全部引渡してあります」

「荷物といったものは?」

「荷物?」

「本人は山梨県から東京に出て来たばかりです。だから、身の周りのものを入れたスーツケースくらい持ってたはずですがね」

「……そういうものは無かったな」

と、警部補は眼を天井のほうへ向けた。さすがに迂闊《うかつ》だったという色がその顔に出ていた。

「何も持ってなかったというのは少しおかしいと思うんですが」

「しかし、身投げをする人間が重い荷物をいちいち持って死場所を探しては歩きませんよ。泊った所に置いてくるでしょうよ」

「その荷物を置いた場所は分りませんか？　旅館にしても、知人の家にしても」

「そんなことまでは調べる必要はなかったのでね」

「義弟のほうもそれにはふれませんでしたか？」

「云いませんでしたよ、あんたのようにはね」

タコの警部補は、身内の者でさえそんな質問をしないのに、ただ当人とちょっとの知合いだという他人がよけいなお節介をすると云いたげな怒った顔であった。

「どうもおどろきましたね」

警察から一緒に出た支局員の吉田は歩きながら修二に云った。

「タコもだいぶあなたの質問に弱っていたようですが、あれは、なんですか、あのホトケに殺人の疑いがあるんですか？」

さすがに新聞記者で熱心な顔つきだった。

「いや、必ずしもそういうはっきりとした考えを持っているわけじゃないんですがね。ちょっと聞いてみただけです」

修二は新聞記者には用心して云った。

「そうですか。しかし、何かあなたにはお考えがあるようですな。差支《さしつか》えがなかったら聞かしてくれませんか」

吉田は新聞記者根性を出した。

「今は何もないんですが、そのうち何か考えついたらお話しますよ。そのときはあなたの力もお借りしたいです」

修二は、わざわざ警察までついて来てくれたこの記者に好意を持った。

――彼はひとりになって考えた。高森の妻の荷物のことは警察に行って気がついたのだが、実際、そういうものはどこに置かれているのだろうか。彼女を連れ出した連中がまさか着のみ着のままで東京に引張って来たわけではあるまい。修二が高森の実家を訪ねた前後に連れ出されたとなれば、彼女は一晩を東京のどこかで寝ているはずであった。

それとも、やはり彼女の身の周りのものはあの西山の御岳教の道場に置いたままなのだろうか。修二は、ここで西山で出会った三人の男と普陀洛《ふだらく》教団との関連を考えずにはいられなかった。

東京に連れ出された高森の妻は、一晩、あの世田谷の普陀洛教支部の中で過したのではあるまいか。彼女が溺死した付近の道路は、その夫が急死した梅ヶ丘・豪徳寺に通じている。普陀洛教東京支部の内部事情を誰に聞いたら分るだろうか。むろん新聞社などにたずねても知れるはずはなかった。その関係が隠微《いんび》の間に存在しているように思えるからだ。

修二は、ふと、辻の言葉を思い出した。芸苑画廊の千塚が普陀洛教の信者かもしれないよ、と云ったことだ。もちろん、あれは冗談であった。教団の信者には意外な人が入っているという比喩《ひゆ》として口に出したのだが、もしかすると、それは案外本当かもしれないぞと思った。もし、千塚がそうだとすれば、彼から何か暗示ぐらいは取れるかもしれぬ。

翌日の夜、電話が鳴った。

「修二さん。今日うちに空巣が入ったのよ」

姉は昂奮《こうふん》していた。

「空巣？」

修二は、姉の家の構造をすぐに頭に浮べた。なるほど空巣に狙《ねら》われそうな家であった。それに、姉と子供と二人きりだから、外出すれば留守番が居ない。

「それはちっとも知らなかった。相当な被害を受けたの？」

「盗《と》られたのは大したことはないわ。タンスの上の引出しに二千五、六百円くらい押込んであったのを持って行ったきりだわ」

「品物は？」

「ずいぶん家の中を荒しているけれど、それが何も持って行ってないの。警察の話では、馴《な》れた泥棒《どろぼう》だろうと云ってるわ。品物だとどうしても足がつくから、現金だけ狙うらしいのよ」

「銀行の預金通帳といったようなものは？」

「もちろん、そんなものは手もつけてないわ。……ただ、変な泥棒で、アルバムなんか引っぱり出して見ていたらしいわ」

「アルバム？　アルバムって写真を貼《は》った、あれかい？」

「そう。タンスの中の品物を引っぱり出してるときにアルバムが上の開きの中にあったので、面白がって見てたんじゃないかしら。そんなものを悠々《ゆうゆう》と見ている時間があったと思うと癪《しゃく》だわ」

姉は話しているうちに少しずつ落ちついてきた。

「警察に届けたと云ったね。警察から誰か見に来てくれたんだろうな？」

「そうよ。この前の刑事さんだわ。ほら、あんたが話したという背の低い、あの人」

西東刑事のことだと分った。本庁の勤務だが、たまたま所轄署に来ていたのだろう。よくよくあの刑事には因縁《いんねん》があると思った。

「今からそっちに行ってみる」

「そうしてね。夕方に入った空巣だけど、なんだか夜になるのが怕《こわ》くなってきたわ」

すぐに行くと云って、修二は電話を切った。疲れている際だが、やむを得なかった。

タクシーで例の私道の分れ道に降りた。夜、ここにくると橙《だいだい》色の街灯がいつも気になる。殺された義兄のコートの赤茶けた色と、玉野文雄の黒いコートとの光線による眼の錯覚。

――それを赤いマッチで偶然に発見し、西東刑事とこの道を歩きながら話合ったものである。ほんの偶然なことから思わぬ方面に足を踏みこんだものだと思う。マッチの赤の変色に気がつかなかったら、いくら義兄が殺されてもこれほど事件に興味を持たなかったかもしれない。いっさいは警察に任せてしまっただろうし、警察のほうで迷宮入りと決れば、それもやむを得ないと諦《あきら》めてしまったに違いない。ほんの些細《ささい》な偶然が人間をどんな方角へ引っぱって行くか分らない。

そのことで修二は急に思い出し、ポケットを探った。買ったばかりの煙草《たばこ》がある。巻煙草ではなく、パイプに詰める刻み煙草だが、その外装が赤い色の印刷だった。修二は、橙色の灯の下で翳《かざ》してみた。黒だ。……

修二が玄関のブザーをおすと、姉の影は待っていたように現われて内側の錠をはずした。

「空巣に入られたんだって？」

と、立ったまま修二は電話のことをもう一度繰返した。やはり顔を見ないと対話の実感が出なかった。

「そうよ」

と、姉は逸早く彼の後で錠を掛けた。

「そこに突っ立っていたって話が出来ないわ。早く上って」

「うむ。子供は？」

「もう寝たわ」

彼のくるのを待っていた姉の姿には夫を失った寡婦《かふ》の寂しさが強く出ていた。

座敷に上ってから修二はあたりを見回したが、もちろん、あたりは何事もなかったように整然と片づけられていた。

「午後四時ごろ、電車で渋谷まで買物に行ったの。やはり虫が知らせたのね。出るとき、何だか今日は行きたくないような気がしたんだけど、知合いの人が結婚なさるので、そのお祝い品をどうしても買わなくてはならなかったから、デパートまで出かけたのよ。デパートの買物は一時間ぐらいで済ませたけど、何しろ子供伴《づ》れでしょ、歩くのにもはかどらないし、思わず手間どって、家に帰ったのが六時半ごろだったの。玄関を鍵《かぎ》で開けようとしたところ、何だか手ごたえがないから戸をひっぱってみたら、すっと開くじゃないの。はっとして中に入ったら、思わず棒立ちになったわ。畳についた土足を見たとき、脚が震えて……」

「ふうむ」

「ひとりでは怕くてとても座敷には上れないわ。それで、お隣の方を呼びに行って一緒に入ってもらったの。そしたら、そこいらじゅうとり散らかされて、タンスは開けっ放しにされたままで、着物だの、帯だの、手当り次第に投げ出されてたわ」

「たいへんだったね」

「もう真蒼《まつさお》になったわ。奥に入ったら、鏡台の引出しまでみんなひっくり返してあるの。押入れの蒲団《ふとん》まで引きずり出してあったわ」

「押入れの蒲団の間にへソクリでも挿《はさ》んでいたと思われたんだな」

姉の話はこうだった。

隣の人は全然物音に気がつかなかったと云った。もっとも、隣との間は少し離れているし、空巣も物音を立てるほど無神経ではなかったろう。その場で警察に電話した。三十分ぐらいしてパトカーがやって来たが、それに西東刑事が乗っていたというのである。

家の中のほうぼうに白い粉が振られた。指紋は出てこなかった。侵入口は裏からで、ガラス戸を焼き切って手を突っ込み、掛錠をはずしている。出るときは玄関の錠をはずして表から逃走しているが、これは空巣の常用手段で、裏口から逃げるときに見咎《みとが》められる危険があるからだった。表から出ると訪問客が帰るようにも見られる。刑事の話では、かなり馴れた空巣だということだった。土足は靴《くつ》の跡だが、それによると、まず普通の体格らしい。それ以外に特殊な手がかりはなかった。

被害は電話で云った通り、タンスの上の引出しの中にあった二千五、六百円の現金で、預金通帳も実印もそのままになっていた。

「でも、刑事さんは、奥さんがそのとき居なくてよかったと云ってたわ。空巣に入っても居直り強盗に変るのが多いから、かえって幸いだったというの。わたし、それを聞いて怕くなったわ」

修二もそれは同感だった。電話を聞いたときそう思ったのだが、口には出さなかった。

「これからは戸締りの具合も替えて、なんだったら、隣との間に非常ベルでもつけるんだな。ぼくが知合いの電気屋にでも頼んでやるよ。早くしたほうがいいから」

「刑事さんもそう云ってたわ。……ほら、背の低い愛嬌《あいきよう》のいい人よ」

「あれ、西東という人だ」

「にこにこ笑ってるから、なんだか、あの刑事さんを見ると犯罪まで怕くないような感じがするわね」

「あの刑事、丁寧に調べてくれたかね？」

「とても親切に調べてくれたわ。そして、これからも何か心配なことがあれば、いつでも自分に電話してくれと云うの。たとえば、変な人がうろうろしているようだったら、すぐに報《し》らしてくれ、何でもなくても構わないからと云ってくれたわ。空巣というのは必ず、その前日か前々日あたりから狙いをつけて家の前をうろうろし、なかの人の動静を探っているんですってね」

「そうかもしれない。ところで、姉さん、電話で妙なことを云ったな」

「何かしら？」

「空巣がアルバムを見ていたということだったじゃないか」

「ああ、あれ」

と、姉はタンスのほうをふり返ったが、起つのを途中でやめた。

「ほら、あんたも知ってるわ。わたしたちの写真を貼ったのね。一つは布の表紙で、一つは木彫りの表紙のアルバムよ。あれを開いたまま、そこの座敷に投げ出していたの。だから、きっと見たと思うわ。いやだわ、空巣にわたしたちの記念写真がじろじろとのぞかれたと思うと」

そのアルバムには姉の少女時代からのものや、義兄と結婚してからのものがあった。修二もその写真はよく知っていた。

「ずいぶん悠々と時間をつぶしたんだな」

「怕いわ。もしかすると、わたしが帰ってくるのを待って、そんな暇つぶしをしてたんじゃないかしら?」

「まさか」

と云ったが、姉の恐怖ももっともだと思った。

「ねえ、修二さん」

と、姉はちょっと口調を改め、顔色も白くなって、

「徳一郎が殺されたのと、泥棒とは関係はないでしょうね?」

と訊いた。弟を見つめた眼が恐怖に光っていた。

「そんなことはないよ」

修二は断言した。理屈でなく、姉のその恐怖心を消すために、さりげないが強い口調で否定した。

「そりゃ、姉さん、思いすごしだよ」

「そうかしら?」

姉は、むろん、修二に否定してもらいたがっていた。

「偶然だよ。だって、あの事件が尾を曳《ひ》いていたら、今ごろ空巣狙いなどというようなことでは現われないよ。もっと違った形になる」

「違った形って、どういうこと？」

「まあ、たとえの話だ。どういうことと訊かれると困るが、とにかく空巣なんかのような形では絶対ないよ。……それとも警察のほうでそう云ったかい？」

「警察はそんなこと云わないわ。でも、あの西東という刑事さんは、こちらは前にご主人があんな不幸なことになり、警察としてもまだ犯人をよう挙げずにいる、その後またこういう空巣に見舞われて、ほんとにお気の毒だ、あの事件も警察としては投げたのではなく、まだ一生懸命に捜査しているのだが、今度のこともその埋め合せというか、出来るだけのことはしたいと云ってたわ」

「殺人事件が迷宮入りになった埋め合せに空巣の捜査に努力するというのは、少々釣合《つりあ》いがとれないな」

「でも、あの刑事さんは、ほんとにわたしたちを気の毒がっているようよ。あんまり悪口も云えないわ」

姉は空巣の話がひと通り済むと、弟のために紅茶など支度した。今夜彼が来てくれたことを心強く思っているのが、そのいそいそとした様子に出ていた。

「ねえ、修二さん。あんた、今夜泊って行ってくれない？」

「うむ」

修二は、その姉を見ていると断り切れなかった。これから帰ると云えば、姉はまた一層寂しがるに違いなかった。それに疲れてもいるし、このままここに残って早く横になりたい気持もあった。それを云うと、姉は俄《にわ》かに元気になった。

「ねえ、修二さん。わたし、この家を引越したくなったわ」

紅茶茶碗《ちゃわん》を口に持って行きながら姉は云った。

「うむ、そうだな」

姉としてもいやな記憶の残っている家にいつまでもとどまりたくないに違いない。それに空巣などという事件が起ると、もっと不吉な気分になっている。

「この際、気持の転換に家を替るのも悪くはないな。……しかし、この家は義兄《にい》さんが苦労してやっと建てたんだろう。それを捨てるのは惜しい気がしないでもないがな」

「そうなの。わたしもそれで思い切りが出来なかったのだけれど、今度のようなことがあると、もう、そんなことを考えていられなくなったわ。今だったら高い値で売れるでしょ?」

「そりゃ、あのときからみると、土地の値段も騰《あが》ってるしな」

「だから今、この家を売ってよそに建てようかしら、それとも母子《おやこ》二人きりだからアパートでも借りようかしらと思っているの」

「アパートの家賃だって高いからバカバカしいな。家を建てるのが一番いいが、それだって、かなり辺鄙《へんぴ》な所に行かなければ安い土地は手に入らないだろう」

「ずいぶん高いらしいわね」

と、姉は溜息《ためいき》をついた。

「知らない所に行くのも億劫《おっくう》だわ。このご近所だってやっと馴れたとこなのよ。うまくいかないものね。……わたしの知った人で光明団地に家を建てるという人がいるの。ああいう所だったら、ご近所の心配もないかもしれないわね」

「光明団地だって？」

と、修二は聞き咎めた。

「そりゃ、姉さん、普陀洛教団のことじゃないか？」

「そうなの。あんた、知ってたの？」

「うむ、ちょっと聞いたことがあるけど」

と、修二は、そこから先ははっきり云わず、

「姉さんの知ってる人というのは、その教団の信者さん？」

と、急に熱心になった。

「わたしの学校時代の友だちなの。その人、前のご主人が亡《な》くなって二度目の結婚だけど、今のご主人というのは、その教団の信者さんなの。タクシーの運転手をしてらっしゃるけど」

「へえ。で、その光明団地とかに近々入れるの？」

「やっと、その資格が取れたと云ってたわ」

「資格？　資格って？」

「資格というのは、その教団では相互扶助みたいな組織があって、お金を積み立てているの。そして、ある期限がくると、途中で土地と家とを自分のものにする資格が出来るらしいわ。

そして、あとは月々残りの金を払って行けばいいことになってるの。それも金利がやすいと云っていたわ」

「教団のほうからも援助があるんだろう?」

「そこまでは詳しく聞かなかったけれど、あんまりお金のことで聞くのは悪いと思って……でも、その団地では信者の方ばかりだから、みんな気心が合って、この世の理想郷だということだわ。その理想郷のことを何とか云ってたわ」

「そりゃ補陀洛《ふだらく》山と云うんだろう」

「あら」と、姉はおどろいて修二の顔を見つめた。「あんた、どうしてそれを知ってるの?」

「うん、ちょっと」

修二は笑ってパイプに煙草をつめた。その赤い外装函《ばこ》を見て、さっき橙色の街灯に照らしたのをちょっと思い出した。

「その人は、よほど前からの信者?」

と、煙を吐いた。姉の前では世間話を装った。

「二年くらい前らしいわ。わたしの友だちよりも、そのご主人のほうが熱心らしいわ」

「ふむ。じゃ、普陀洛教の東京支部に属してるんだな?」

「そうでしょ、きっと。わたしはよくは知らないけど。……でも、その教団に入ってから、ご主人というのは、とてもよく働くようになったんですって。やっぱり信仰のおかげだといって友だちはよろこんでいたわ。その家と土地が手に入るのも、あと一カ月ぐらいだと云ってたのしみにしてたわ。そして、そのために稼《かせ》がなくてはいけないからって、ご主人は頑張《がんば》ってるらしいの。昨日も電話をかけてきて、ご主人は、二日がかりで長野県まで仕事にいったりして無理をしていると、友だち、心配してたわ……」

その晩、姉との話はそのままにして修二は寝た。

翌朝、睡《ねむ》っているところに姉の五つになる男の子が入ってきて彼を起した。知らない間に叔父が来ていたので、子供はひどく燥《はしや》いでいる。父を失った子は家の中に男が居るのをうれしがっていた。

修二は無理に起されて早速子供に絵を描《か》かせられた。飛行機、自動車、トラックなどから超特急まで十枚ばかり描いた。子供は、それをいちいち台所にいる母親のところに走って見せに行く。台所からは味噌汁《みそしる》と葱《ねぎ》の匂《にお》いがしていた。

子供の絵の要求は際限がなく、大体が乗りもの好きで、殊《こと》に自動車が好きだ。自分でもひとりで描いている。

「おじちゃん、今度はタクシー」

とせがんだ。そのタクシーも最近では車体の模様が違うので、それをいちいち描き分けねばならなかった。横に線を引いたツートンカラー、元禄《げんろく》模様、車体の真ん中に広く白地をとった会社のマークの入ったもの、さまざまである。五つの子供の観察はよく行届いて、型の相違もちゃんと知っていた。ラッシュで車がひしめき合うところを描くとひどく喜ぶ。

修二は、そんなタクシーの絵を描いているうちに、昨夜姉が洩《も》らした、彼女の友だちの亭主でタクシーの運転手をしている普陀洛教信者の話を思い出した。東京支部に所属しているそうだが、入信してからはひどくよく働くという。しかし、その姉の話には少し不合理なところがあった。二日がかりで長野県を往復するのは運転手の勤勉ではなく、たまたま、そんな遠出の客があったからだ。客が居なかったら長野県でも仙台でも名古屋でも往復することは出来まい。女の話はとかく辻褄《つじつま》が合わないことが多い。しかし、その運転手を手づるにしたら、あるいは普陀洛教東京支部の内部が分るかもしれないと思った。

子供は飽きっぽい。自動車の絵からも少し興味がはなれてきたようだった。

「良一。さあ、今度はおまえの顔を描いてやろうな」

と、修二は子供を見ているうちにふと思いついて云った。この子は姉よりも父親に似ていた。殊に額から眼《め》のあたりはそっくりだった。

子供は少しもじっとしていなかった。が、とにかく三枚ばかりクロッキーで走り描きした。

「さあ、良ちゃんも叔父さんもご飯が出来ましたよ」

茶碗の音を立てていた姉が呼びにきた。

「あら、坊やの顔ね」

と、姉は素描をのぞきこんだ。

「姉さん。描いていて思ったんだが、良一は義兄《にい》さんの顔そのままだな。姉さんの部分は少ないよ」

「わたしもそう思うわ。……でも、よく特徴を捉《とら》えてるじゃないの」

子供は自分の顔の絵には関心を持たず、今まで描いてもらった自動車の絵を母親に披露《ひろう》していた。

「まあ、たくさんな自動車ね。タクシーもずいぶんあるわね」

姉はひと通り子供の相手をして、いっしょに別間の食卓に誘った。

「ねえ、修二さん。良一の顔を描いてもらって思い出したんだけれど、例の二重瞼《ふたえまぶた》の女性はどうなったの？」

姉は箸《はし》を動かしながら訊《き》いた。

「ああ、あれか。……どうも根負けがしてあれっきりになっている。それに、ぼくも熱海のほうに行ったりしていたもんだから」

萩村綾子のことを彼も思い出したが、おそらく「ポイント」も辞めているに違いなかった。もし玉野文雄が普陀洛教東京支部の中に居るとしたら、彼女もそこに一緒に寄寓《きぐう》して居るかもしれない。これも姉の知合いの運転手を手繰《たぐ》れば見当がつくだろうと思った。

「姉さん。昨夜話に出た普陀洛教の信者の運転手のことだけど、何という名前？」

「勝又さんというの」

「ふむ。働いているタクシー会社は？」

「中野駅に近い丸京タクシーというのよ。なぜ、そんなことを訊くの？」

「うむ、ちょっと……。もしかすると、その人に紹介してもらいたいことになるかもしれない」

「いいわよ、いつでも。でも、あんた、近ごろいやに人を知りたくなったのね。前は、人に遇うのがあんまり好きでなかったくせに……」

「うむ。気持の変化かな」

電話が鳴った。

姉が受話器をとり上げたが、修二をふり返って、

「あんたよ。留守番のおばさんからだわ」

と取次いだ。修二は飯を食いながら膝《ひざ》に載せていた子供を下ろした。

おばさんの声は云《い》った。

「たった今、R新聞社の城西支局の吉田さんという方からお電話がありました。昨夜もお電話したけれどお留守のようだったから、今かけたとおっしゃるんです。すぐに支局のほうに電話して下さいということでした」

向うのほうから昨夜と今朝と二度電話してきたのは、例の高森元支店長の妻の入水《じゅすい》事件のことだと直感した。

修二は、手帳を出して城西支局にダイヤルを回した。

「ぼくは山辺というものですが……」

「ああ。ぼく、吉田です」

と、待っていたように向うの声が応じた。

「実は昨夜お電話したんですが、信号ばかり鳴ってどなたもおいでになりませんでしたから、

今朝おかけしたんです」

　吉田は云った。

「それは失礼。昨夜から姉の家に来ているもんですから、誰も居なかったんです。……一昨日はどうもありがとう」

　修二は云った。

「いや、そのことですがね、急いで連絡したのは、四月七日の晩、つまり、あの女性の溺死《できし》体《たい》が目黒川で発見される前の晩十時ごろ、発見現場に近い場所でタクシーが一台停《とま》っていたのを見たという目撃者が現われたんです」

「え、タクシーが？」

「溺死事件と、そのタクシーとが直接結びつくかどうか分りませんが、時刻といい、その車が灯を消して停っていた状態といい、どうも変なのでお報らせしたんです」

「目撃者は、それを警察に云って出たのですか？」

「いや、警察には云わないで支局のほうに電話してきたんです。警察に云うとあとがいろいろ面倒でもあり、また何らかのかたちで係《かかわ》り合いになっては迷惑すると思ったんでしょうね。新聞社だと、その点少しは安心というわけで、昨日になって連絡してきました。したがって、電話の相手は名前も何も云いません」

「なるほど」

「いたずらの電話とも思えません。殺人事件が起ると、よく揶揄《からか》い半分の情報を電話で送ってくるのがいますが、あれは殺人事件でも何でもなく、また騒がれてる事件でもありませんからね。ぼくは、この情報は本当だし、ちょっと面白いとも思うんです」

「そうですね。……そのタクシーはどこの会社のですか？」

「そこまでは目撃者も見ていません。その人は近所に住んで居るサラリーマンですが、たまたま銀座で飲んで遅くなって、そこをひとりで通りかかったんだそうです。で、小便がしたくなって川に向って放尿しているとき、ひょっと向うを見ると、いま云ったタクシーが停っていたというんですよ。タクシーだということは、車の屋根の上に防犯灯がついていることではっきりしているといいます。しかし、ヘッドライトも消えているし、その防犯灯も灯がついてなく、真暗だったというんですよ」

「人間はどうでした？」

「それもよく分らないんですが、川を隔てていることでもあるし、少しはなれているので分らなかったが、多分、人は乗っていたんじゃないかと云っています」

「運転手が睡くなって車を停め、中で仮眠をしていたんじゃないですか。よくあることですが……」

「それも考えましたがね。しかし、場所と時刻が時刻だけに、その人は翌《あく》る日の夕刊を読んで、その灯を消して駐車していたタクシーが気になってならなかったと云っています。……あなたがあのことに興味を持たれているのでお報らせしました」

「どうもありがとう」

「あなたのほうには、その後何か新しい事実が入りましたか？」

記者は訊いた。

「いや、べつに無いんですが」

修二はちょっと考えて、これは吉田に遇《あ》ったほうがいいと思った。電話の様子では向うも溺死事件にはかなり興味を持ってきている様子だ。二度も電話してくれたのはただの親切からだけではなく、吉田も何か探りを入れているような感じであった。

「ちょっとあなたに遇いたいんですが、いま出られますか？」

「いつでもいいですよ」

向うも修二が何か話したいと感じて乗り気な声になった。場所と時間を決めて、彼は電話を切った。

「タクシーがどうしたの？」

と、姉は電話の話を聞いていて、茶碗を握った彼に訊いた。

「いや、何でもないんだよ」

飯を済ませ、茶を注《つ》いでから、

「ねえ、姉さん。その勝又という運転手は、長野県を往復したと云っていたね？」

「ええ、そうよ」

「それ、何日か分るかな？」

「さあ、日にちまで聞かなかったわ。……勝又さんが今の電話のタクシーとどう関係があるの？」

姉には返事をせず、修二は、茶を飲み終って起ち上った。

「姉さん。またくるよ」

「もう帰るの、もう少しゆっくりしたら？」

「いや、急ぐから帰る。しかし、またすぐに来るかもしれないよ」

修二は上衣《うわぎ》を着、もとの座敷に戻った。そのとき、畳の上に子供のために描いてやった絵がそのまま散らかっていた。タクシーの氾濫《はんらん》だった。

目黒川に四月七日の夜十時ごろ灯を消して停っていたタクシーはどんな型で、どのようなタクシー会社のマークをつけていたのか。——修二は吉田の報らせを早く確めたくなった。

タクシーの絵の間には子供の顔のクロッキーがはさまれていた。父親の、義兄依田徳一郎の顔にその特徴がそっくりであった。特に眼もとが父親の型を受継いでいる。

眼の特徴のことから、修二は二重瞼の女のことをもう一度思い浮べた。

R新聞社の城西支局の吉田は、渋谷駅のハチ公の前に照れ臭そうに立っていた。あたりはすでにアベックの待合せでいっぱいだった。

吉田の話は電話で聞いたこととあまり違わなかった。通報の内容も極めて短かいものだったという。吉田はかえって修二に問いかけた。

「山辺さん。どうもあんたはあの投身自殺が臭いと思っているようですな。何かほかに材料を持っているんじゃないですか？」

　修二はまだ深いことは話せなかったが、わざわざ吉田に遇いに来たのは、実は彼を使って一つの調査をしたいと思ったのである。なんといっても自分の風采《ふうさい》はひと目で絵描《えかき》と分るので不便この上ない。殊に、今後、タクシーの運転手の勝又には遇うことになりそうなので、最初から顔を先方に知られたくなかった。

「べつに何もありませんが、ちょいとふしぎなことを耳にしたんです」

　と、彼は吉田に話した。

「実は中野の丸京タクシーの運転手が、二日ばかり長野県を往復しているということです。その日にちがいつだかはっきりしないんですが、もし、それが四月六日と七日だったら、ちょっと目黒川の投身自殺現場に停っていたタクシーと関連があるかもしれないと思うんですよ」

「へえ。長野県を往復したタクシーと、目黒川で目撃されたタクシーとがどういうふうに結びつくんですか？」

　吉田はもう額に汗を光らせていた。

「ほら、あの自殺した婦人は山梨県のひとでしょう。そのひとが東京に出てすぐに自殺したわけです」

　吉田はうなずいて答えた。

「そこで、もし目黒川の縁《ふち》に停っていたタクシーが投身した女性を連れてきていたとすれば、どういうことになるでしょうね？」

修二は問いかけた。

「どうなるというのは……あなたは、よそで溺死させた死体をそのタクシーで運び、それを目黒川に投げ入れたと考えるんですか？」

「いや、そうじゃありません。死体は目黒川の水を飲んでいたことがはっきりしていましたね。つまり、ぼくが云うのは、その山梨県の婦人は他の人間によってそのタクシーに乗せられ、東京まで連れてこられたんじゃないかと思うんです」

「待って下さい」

新聞記者は、自分で考えるように肥った顎《あご》を指で撫《な》でた。

「……あの婦人は高森初江さんと云っていましたな。いや、ぼくがあの記事を書いたのでおぼえているわけです。その高森さんはそれ以前に西山から居なくなったということでしたね。そうすると、死んだのは七日の晩だから、六日の夜は都内のどこかに泊っていたということも考えられるが……あなたの説だと、六日にタクシーに乗せられて西山を出たとすれば、六日の夜の宿泊は都内でなくてもいいということになりますね？」

「そうです。もっと極端に云えば、そのタクシーが山梨県から東京にくる途中の目につかない場所に駐車していたという想像もできますよ」

「あ、そうか。そうすると、今おっしゃった長野県を往復したというタクシーが六日、七日となればあやしいわけですね」

「長野県のどこに行ったか分らないが、東京から西山往復の距離は推定四百キロぐらいでしょう。長野県も下諏訪《しもすわ》あたりの往復だと、恰度《ちょうど》そのくらいになります。したがって、運転手は日報の上で行先だけを変えて書いておけばいいわけです」

「運転手の名前は分っているのですか?」と、吉田が急に口を尖《とが》らせた。

「分っています。勝又というんですがね。あなたは新聞記者だからタクシー会社に行って事務員に、勝又が長野県を往復したのは何日だったか、また行先は長野県のどこで、どういう客を乗せてどこから行ったか、その辺のところを何か適当な理由をつけて聞いてくれませんか」

「分りました」

吉田は身体《からだ》に弾《はず》みをつけ、駅の構内に向った。

二人は新宿で乗りかえて中野駅に降りた。近くで訊くと、丸京タクシー会社は北口を五分ばかり歩いた昭和通りに面した所にあるという。行ってみると、丸京タクシーは六十台ばかりの小規模だった。駐車場には十五、六台ばかりのタクシーがならんで、四、五人の運転手が掃除をしていた。

吉田はまっすぐに事務所の中に入って行った。修二は、その会社の前にあるバス停に立ち、バスを待っているようなふりをして丸京タクシーをみつめた。

タクシーは国産の最も普及した型で、車体は濃いブルー一色だった。胴体の真ん中には丸に京の字が白抜きで書かれている。この色なら街灯の光の淡い場所ではライトを消していると目立たないに違いなかった。

修二は、掃除をしている運転手の中に勝又本人がいると具合が悪いので、なるべく向うからは見られないように電柱の陰に立っていた。

二十分ばかりもすると、吉田が猪首《いくび》を振り振り事務所から出てきた。収穫があったようだった。

「大体、分りましたよ」

吉田は早口に云った。

「そうですか。どういう結果です?」

「まあ、歩きながら話しましょう」

吉田は修二を促して先に立った。タクシー会社のすぐ前なので、そこで話すのはやはり都合が悪かった。

「なかなか面白いですな」

と、吉田は肥った身体を修二にならべて云った。

「勝又運転手は、あなたが推定されたように、四月六日の午後二時ごろ、出先から会社に電話をかけています。その朝、彼は八時ごろに出勤し、九時ごろに稼ぎに出たのです」

「なるほど」

「出先からの電話は長野県の下諏訪まで行ってくれという客があるから、今から乗せて行くというのでした。会社では、それはどういう客かと訊いています。すると勝又は、客は年齢四十歳くらいの重役タイプの人ひとりと、三十歳前後の社員らしい人ひとりだと云っています。むろん、客の姓名は述べていません」

「やはり下諏訪ですか。走行距離からすると、東海道を走っても、あるいは甲州街道《かいどう》を走って甲府から入っても、大体、西山と同じですね」

修二は歩きながら考えて云った。

「そうだと思います。会社では、それでは気をつけて行けよ、と云ったそうです。勝又は、会社と契約しているガソリンスタンドでガソリンを補給し、出発すると云っていました」

「勝又がその電話をかけたのは都内のどのあたりからですか？」

「新宿だそうです」

「すると、会社が契約しているガソリンスタンドは新宿ということになりますね？」

「それも聞いてきましたが、スタンドは新宿に二店ほどあるが、必ずしも新宿で補給したとは限らないと云っています。スタンドは中野にもあるし、荻窪《おぎくぼ》にもあるので、どっちだか分らないそうですがね。しかし、これはあとで調べてみると分るでしょう」

「そのときは、勝又は一晩出先で泊るとは云わなかったのですね？」

「それは甲府から電話をかけてきています」

「では、やはり甲州街道ですな。下諏訪までは甲府、韮崎《にらさき》、富士見、茅野《ちの》というふうに、大体、中央線に沿った国道を行くわけです。だが、その甲府から南に折れて身延線に沿って走り、西山に入った可能性は強くなってきたわけですね。で、勝又は下諏訪の何という旅館に泊ると云っていましたか?」

「それは云わなかったそうです。客の都合で下諏訪にいっしょに泊ってくれと頼まれた。客はあの辺を見物しながら翌る日東京に帰りたいので、彼の車をキープしたいと云ったんだそうです。電話を聞いた係の者は、近ごろにない稼ぎなので勝又の気持を察し、気をつけるように注意しただけだそうです」

歩きながらの話なので向うからくる人に邪魔され、そのたびに会話が途切れた。

「日報を見ると、新宿・下諏訪往復が五百二十キロで、約二万六千円の料金を会社に納めています」

吉田はつづけた。

「運転手は向うに一晩泊っているので、その待ち料金も入っているんです。近ごろ珍しい贅《ぜい》沢《たく》な客だと会社でも云っていましたよ。もっとも、熱海や箱根あたりまでは、バアの女の子など伴《つ》れて酔った紛れに行く客は相変らずあるそうですがね」

「さっき五百二十キロといいましたね。新宿・下諏訪間は大体二百キロぐらいかな?」

「さっきタクシー会社で調べましたよ。新宿・下諏訪間が鉄道だと百九十六キロです。しかし、道路だとだいぶ長くなるから二百三十キロとみたら十分でしょう。そうすると、往復大体四百六十キロ。そのほか、ぐるぐる見物に回ったのを含めて五百二十キロがいいところですね。一応辻褄が合います」

「例の西山のほうはどうだろう?」

「これは新宿・甲府が百二十四キロ。むろん、鉄道です。甲府から西山までが大体の想像で五十キロとみればいいんじゃないですか。そうすると、ほぼ二百キロになる。下諏訪までの距離とあまり変りません。一方、東海道線で東京から静岡県の富士までが百四十六キロ、そこから西山までこれまた五十キロぐらいとして二百キロです。こう考えてみると、勝又運転手が下諏訪を往復したというのは、東京から西山まで中央線で行くも東海道線で行くも、大体、三者の距離数が一致するわけです」

勝又が西山に行き、高森の妻を東京に連れてきた推定はいよいよ強くなった。勝又は普陀洛教の信者だ。教団の指図通りに動くわけだ。

「勝又が東京の営業所に帰って来たのは七日の何時ごろか、分っているでしょうね？」

「むろん、日報に出ているから分っています。七日の午後十一時となっていますよ」

七日の午後十一時というと、目黒川に溺死した高森の妻の死亡時刻より少し時間があとだ。目黒川に彼女を運んで、そこで何かが行われたのちに営業所に帰ってくれば、ちょうどそのくらいの時間になる。これも修二の想像に合っている。

「勝又が営業所に戻ったとき、彼が下諏訪に果して行ったかどうかという様子を知る、何か手がかりのようなものはなかったでしょうか？」

と、修二は吉田と歩きながら訊いた。

「それはですね、係の者が云うには、彼は煮貝を土産《みやげ》に持って帰っていたというんです」

「煮貝って何です？」

「甲府の名物だそうです。アワビを醬油《しょうゆ》で煮詰めたものらしいです。つまり、下諏訪の土産物ではありませんね。あちらのほうだと、きまりきったものではワカサギの粕《かす》漬けだとか、カリンの砂糖漬けなどがあります。それは買わずに煮貝を土産に持って帰ったというんだから、考えてみると、甲府から先には行かなかったということにもなるかもしれませんな」

「そうすると、西山に行っていたということがだいぶ確実性をおびてきたわけですね」

と考えていたが、

「吉田さん。そのほか、車体に何か変ったことがなかったですかね。たとえば、甲府から西山まではあまり道がよくない。したがって、タイヤの痛み具合だとか、車体の汚れだとかいうようなことで話は出なかったですか?」

「それは別になかったですな。ただ、奇妙なことが一つあります。それは、座席に女の髪毛《かみのけ》が落ちていたというので、その車と翌日交替した運転手が仲間にそれを話したそうですよ」

「女の髪毛?」

「勝又運転手が東京から乗せて行った客は男二人だというのに、女の髪毛が座席にあった。それで、あるいは行った先で客が女性を乗せて乗り回したということもあったのかなと、運転手同士で云っていたそうです」

女の髪毛で、すぐ高森の妻のことが修二の頭に浮んだ。

「勝又は、それにどういうふうに答えていたのでしょうね?」

「勝又運転手の返事は聞けなかったのです。なぜなら、彼はあのタクシー会社を辞《や》めましたからね」

「なに、辞めた、いつです？」

修二はびっくりして訊《き》いた。

「今朝です。ぼくもそれを聞いておどろきましたがね」

と、吉田は云った。

「今朝ですか」

勝又運転手は、溺死体が発見された八日は、仕事を休んだが、翌日、会社に辞職願を出しに来た。そして今朝正式に給料の支払いを受けて退社したというのである。

「辞めた理由は何ですか？」

修二は訊いたが、歩いている足が自然と吉田の行く方向へ無意識に従っていた。そこは昭和通りを北に越えたところで、いつの間にか静かな通りになっていた。話をするには車や人間の邪魔がなくてよかった。

「彼は二年間勤めていたが、少し健康も悪くなったし、家庭の事情もあるので辞めさしてくれと云ったそうです。会社としても目下運転手が不足なのでずいぶん引止めたそうですが、彼は諾《き》かなかったそうです。勝又は善良な運転手で、会社側にも、また同僚の側にも気受がよかったので、係の者が彼を惜しんでいましたよ」

「勝又は辞めたのちどうすると云っていたのですか？」

「なんでも、田舎のほうへ引越して百姓でもすると云っていたそうですがね。しかし、この理由はちょっと弱いようです。今は田舎から都会のほうへ飛び出してくるくらいですからな。会社でも、それは表向きの理由だろうと云ってましたが」

「勝又の住んで居るとこはどこですか？」

「われわれは今からそこに行くところですよ」

吉田は笑いながら云った。彼は営業所で聞いてきた勝又の住所をメモし、今、その場所を眼で捜していた。

「大体、この近くらしいんですがね。番地は合っているようだし、ちょっと待って下さい。そこの酒屋で訊いてみましょう」

身体の大きいわりに、こまめな吉田が酒屋に入っている間、修二は立ちながら考えていた。

新宿と下諏訪、新宿と西山の走行距離数の同等、四十歳くらいの重役タイプという客と三十歳前後の社員らしいその連れ、勝又が泊った先の不明、甲府の土産もの、座席に残っていた女の髪毛、七日午後十一時に帰社した勝又のタクシー、目黒川のふちに停っていた灯を消したタクシーの時間、勝又の突然の退社。——これらがいちどきに修二の頭に浮び、それぞれの組合せに思案が働いていた。

四十歳の重役タイプの客といえば、光和銀行の花房頭取のようにも思われ、三十歳前後の社員風の男は東京支店の秘書室の男のようにも思われる。しかし六日には熱海で二人を見かけているし、花房頭取が自分から西山の御岳《みたけ》教の道場に高森の妻を引取りに行ったとは考えられなかった。勝又がいい加減なことを云ったのかもしれない。彼が西山行を秘匿《ひとく》していれば、客の実体を正直に云うはずはないからである。

座席に落ちていた女の髪毛は、高森の妻のであろう。このことは何を語るか。普通、女性がちゃんと腰かけているぶんには座席に髪毛などは落ちない。それが落ちていたというのは、車内で女がじっとしていなかったことを示しているのではなかろうか。つまり、拉致《らち》された状態だったら、女は抵抗する。また、危害を加えられそうだと予感すれば暴れもするだろう。あるいは、例の目黒川の場所で無理に降ろされるときに女が争って、そのときに髪毛が落ちたのではなかろうか。

そんなことをいろいろ考えているときに吉田が酒屋から出てきた。

「勝又はもう引越したそうですよ」

と、吉田は酒屋で聞いてきた話をした。

「ほう」

修二も、呆気《あっけ》にとられた。

「幸い、酒屋が勝又の居たアパートの所有主でしてね、それで様子がよく分ったんです。なんでも、昨日の朝、急によそに行くことになったからと云って、荷物をまとめて部屋をあけたそうです」

「行先はどこですか？」

「小田原と云っていましたがね」

「小田原？」

修二にすぐに浮んだのは普陀洛教本部のある真鶴だった。小田原から遠くないが、真鶴というのではあまりに直接すぎるので、一応小田原と云ったのではあるまいか。

「荷物などはむろんトラック便に頼んだのでしょうね？」

「大した道具はないが、タンスとか、テレビとか、机とか、そういうものは頼んだようです。なにしろ、夫婦二人きりですからね。あとはトランクに詰めて出て行ったそうです」

運送会社に小田原まで荷物を送らせて、そこの事務所留《どめ》にし、あとは真鶴に転送も出来る。

「どうやら、これは山辺さんの推理が当ってきたようですね」

と、吉田は自分でいちいち調べたことだし、興味が乗っていた。

「勝又運転手の行動はたしかにおかしいです。これから勝又を調べてみたいと思うんですが、どうでしょう？」

と、吉田は相談するように修二に云った。

「そうですね、それは結構ですが」

修二は、ちょっと痛し痒《かゆ》しだった。自分の手で勝又を追及するのが一番いいが、それには時間も食うし、ひとりで小田原や真鶴くんだりまで調べに行くわけにもいかない。その点、吉田に頼めば調査能力も持っていることだし、手取早い。が、自分でやってみたい。新聞社が動き出したとなると向うでも警戒し、ことがやりづらくなる。また中途半端《はんぱ》な段階でスクープ的な記事が派手に出ても困るのである。

高森の妻の入っていた西山の道場は御岳教のものである。その御岳教と普陀洛教とはどんな関連を持っているのか、これは吉田に調べさしたほうが早いと思った。吉田には高森の妻が西山の道場から出て来ていることは分っているし、それが自然である。ただ、普陀洛教のことは彼には初めから明さないほうがいい。それは吉田の調査で分ってくるに違いなかった。

また、吉田に勝又運転手の行方を捜したら、その結果をとりあえず報告してもらうことにしよう。

「吉田さん。それでは、勝又の行方を調べて事情を探ってくれますか？」

修二が云うと、吉田はもちろん承知した。それでなくとも彼はひとりで小田原にでも飛んで行きたい様子である。

「山辺さん。あなたのお蔭《かげ》でだいぶ面白い記事になりそうですよ」

吉田は単純に喜んでいた。

「しかし、吉田さん、その結果が分ったら、新聞に書く前に一応ぼくに報《し》らしてくれませんか」

「承知しました。あなたには一番にお話しします」

「いや、ぼくが云うのはそういう意味ではありません。この事件は案外奥が深いと思うんです。単純に身投げ婦人の死因がおかしいというだけでとり上げるのでなく、もう少しじっくりと調べてからにしてもらいたいんです。つまり、〝調べた報告〟にしたほうが、もっと興味のある事実に突き当るかも分りませんよ」

「山辺さん。あなたは何か握っていますね？」

と、吉田はもう一度その質問をした。眼を細め、憎気のない笑顔でじっと見ている。

「まるきり何もないとは云いませんが、今の段階ではちょっと話せないんです。が、それにしても大したことはないんですよ。実を云うと、あなたが勝又のことを調べている間、ぼくのほうでも調べたいことをやってみたいんです。そうすると、両方がうまく一枚の紙のように裏表から合うかも分らない。そうすれば、もちろん、ぼくのほうも喜んで打明けますよ」

「そうですか。そう聞けば、なんだか、やる気がますます出てきたようです」

それから二人は、これからときどき電話で連絡することや、多少具体的な事実が分ったら、その後の調査の方向を決めるということで別れた。

修二が家に帰ると、留守番のおばさんが早速云った。

「お姉さまから、一時間くらい前にお電話がありました。お帰りになったら、すぐに電話して下さいとのことでした」

修二は今朝、姉とは別れたばかりなのに、また変ったことが起ったのかと思った。

「修二さん、あんたが帰ってすぐ、あの西東さんという刑事さんがこっちに来たわ」と、姉は電話で云った。

「へええ。何と云って来た?」

「それが変なの。この前、ご主人の仏前に花が届きはしなかったかと訊くのよ」

「ほう。どうしてあれが分ったのかな。それで、姉さんはどう云ったんだ?」

「刑事さんは調べた上で来ていると思ったもんだから、ありのままを云ったわ」

「ぼくがそのことで調べたなんて云わなかったろうな?」

「そんなこと、しゃべるもんですか。わたしも、どうしてそれが分ったんですか、そして、その花のことが夫が殺されたことと何か関係があるんですか、と聞いたら、刑事さんは黙ってニヤニヤしてるだけだったわ。ちょっと、気持が悪いわね」

「うむ……」

「それからね、刑事さんはこうも訊いたわ、例の空巣だけど、盗《と》られたものはほかにありませんかって。いいえ、警察に届けを出したものだけですと云ったら、奥さんがまだ気づかれないもので何かあるはずですがねえ、心当りはありませんかって云うじゃないの……」

と、姉は云った。

「気がつかないものというと、たいした価値のあるものじゃないな」

「そうなの。だから、こちらが気がつかないくらいのものだったら盗られても平気ですわと云ってやったわ。そしたら、あの刑事さん、いや、それが大事なんです、奥さんのほうでつまらない品だと思っても相手には大事な価値があるかもしれないと云うの」

「大事な価値……どういうことだろうな?」

「分らないけれど、刑事さんはそりゃしつこく訊いたわ。それで、空巣狙《ねら》いの泥棒がつかまったんですかと云うと、そうでもないらしいの。どうしてそんなことおっしゃるんですかと訊いたら、いや、べつにどうというわけはないけれど、なんだか、そんな気がすると云うのよ」

「妙な話だな」

「刑事さんはこう云うの。われわれは事件に当ると臭《にお》いのようなものを感じる。たとえば、人間それぞれに特殊な体臭があるように、事件もそれぞれ独特な臭いをもっている。それは理屈でなく、長い間捜査に従事しているとカンで分る。そう云ってたわ」

「なるほど。それで、その空巣狙いの件にはどういう体臭があったというの？」

「そこまではは っきり云わなかったけれど、何か気づかないものを盗られてるはずだとしきりと云い張ってたわ。でも、わたしが無いと云ったものだから、奥さん、それじゃ、この次またついでの折に伺うかもしれないから、それまでよく調べておいて下さいと云って帰ったわ」

「あの刑事は、どうしてそんなふうに空巣狙いにこだわるんだろうな？」

「肝心の徳一郎を殺した犯人を挙げられずにあれっきりにして、警察って変なところがあるのね」

修二は、西東刑事が空巣狙いのことをそのようにしつこく訊くのは、あるいは義兄の殺人事件に関連しているのかもしれないと、ふと思った。しかし、どう考えても殺人事件と空巣狙いとは結びつかなかった。西東刑事が何を考えているのか分らなかった。

「それはそうと、徳一郎のことで思い出したんだけれど」

と、姉は云った。

「この前、空巣がアルバムを見ていたことを話したわね。あれ、あとで考えると、とても気持が悪いわ。だって泥棒にアルバムをいじられたと思うと、もうあれを手に取って見る気がしなくなったの。なんだか泥棒の手で顔を逆撫《さかな》でされたような思いだわ。修二さん、あのアルバムから写真をみんなはずして消毒しようかと思ってるの。あとで新しいアルバムに貼《は》り直そうと思ってるわ」

「そんなに気持が悪かったら、そうしたほうがいいかもしれないな」


翌日、修二は芸苑画廊の千塚忠吉に電話することを思い立った。

新聞社の辻が、千塚も普陀洛教の信者かもしれないぞと云った冗談が修二にとっては妙に忘れられないのである。普陀洛教の信者は意外な人物も入っているというのだ。まさか、千塚がと思うのだが、何とか手がかりを求めている修二には、これはとにかくたしかめてみたいところだった。違っていても、もともとだ。

それに、芸苑画廊から光和銀行の花房頭取向きの絵を描《か》くよう頼まれているが、あれもそれきりになっている。気にかかるのは千塚の反応である。つまり、いまの修二の動きを教団が察知しているとすれば、千塚が信者なら彼に伝わっているに違いない。すなわち、千塚の態度が前と変っていれば、その点がたしかめられるわけである。

修二は芸苑画廊にダイヤルを回した。

芸苑画廊の店員の声は、千塚のものに変った。

「どうしています？」

千塚の声はふだんと変りはない。態度は同じなのである。

「いろいろこちらに用事があって連絡する時間がなかったのですが」

修二は、「いろいろな用事」というのに一つの意味をもたせたつもりだった。千塚に心当りがあれば、彼はその意味に気づくだろうからである。

しかし、千塚は変らない声で答えた。

「わたしもあんたに遇いたいと思っていた矢先ですがね」

「はあ。それじゃ、これからでもお伺いしましょうか。頼まれた絵もそのまま描かないでいますが」

修二は自分のほうから先回りして云った。ことによると、花房頭取の意思で、あの絵はもう要らないと云うかもしれないのである。

「そのこともありますがね、いや、ちょっと待って下さいよ……」

千塚は何かを思いついたように、

「それよりも、あんた、花房頭取に今日遇ってくれませんか」

と急に云い出した。

「花房頭取に？」

修二は胸が急に高鳴った。折も折である。

「あんたに用事があるというのは、実はそのこともあってね。花房頭取は昨日から東京支店に来ておられる。さっきも電話で話したのだが、あんたのことが話に出てね、頭取のほうでもいっぺん遇いたいと云われる。それで、わたしはあんたの都合を聞いてそちらに行ってもらいましょうと答えたばかりですよ」

「はあ」

花房頭取がなぜ俄《にわ》かに自分に遇いたがっているのか分らないながらも、修二にはどこかうなずけるものがあった。

「あんた、わたしのところにくるよりじかに支店に行って下さいよ。ほら、例の秘書室の加藤さん、あの人を訪ねて行けばすぐに話が通じます」

「頭取の時間はいいんですか？」

「今日はずっと夕方まで支店におられるということだが。あんたが今から行けば、わたしのほうで向うへ連絡しておきますよ」

「それじゃ、参ります」

と、修二は決心をしたように云ったが、千塚はその声の調子を気づいたかどうか。

「じゃ、よろしく。帰りにわたしの店に寄って下さいよ」

千塚は電話を切った。

修二はすぐに支度をした。花房頭取に正面から遇うのはこれが初めてである。自分の絵を買ってくれるスポンサーとしてとっくに遇っていなければならない相手だった。虚心坦懐《たんかい》に考えて、これはお礼の必要があった。

だが、この前からの事情で、頭取がこっちと遇いたいというのは向うにも下心があるように思われた。高森元支店長の死を追及しているのが銀行側に分らないはずはあるまい。頭取が遇いたいというのは、そのことでこっちの真意を訊《き》くつもりかも分らぬ。それが正面切っての質問になるのか、あるいは探り程度のことなのかは不明だが、少なくともこれまで頭取のほうから遇おうと云ったことのないのに、この態度の急変はそれに関係がないとは云えなかった。ことによると、高森元支店長の死の調査のことだけでなく、玉野文雄の追跡のことも銀行には分っているのかもしれない。とにかく、これは当ってみることだった。

一時間ののち、修二は虎の門近辺の光和銀行の受付に立っていた。受付から秘書室の加藤を呼んでもらったときは、こっそり深呼吸をしたくらいだった。

その加藤は十分ばかりしてエレベーターから現われて、受付のところに待っている修二の傍《そば》に歩いてきた。

「やあ、どうも、この間は」

と、加藤は如才なくにこにこしている。

「先日はどうも」

と、修二はお辞儀をして、

「芸苑画廊の千塚さんから伺ったのですが、花房頭取さんにお目にかかりに来ました」

「ああ、それは連絡が来ています。どうもご苦労さまでした。頭取もあなたに初めて遇えるので愉《たの》しみにしています。さあ、どうぞ」

加藤は先に立ってエレベーターの中に修二を引入れた。加藤が押したボタンは四階であった。

「お忙しいですか？」

と、加藤は動いているエレベーターの中で訊いた。修二はどきりとする。忙しいかという言葉の中には、こっちの動きのことが意味に入っているようにも取れた。

「いや、それほどでもありません」

「そうですか。しかし、絵描《えかき》さんというのはいいですな。時間に拘束されずに自由がもてますからね」

加藤は愛想のいい笑いを浮べている。この顔は先日熱海の駅前で見たばかりなのだが、向うのほうではこっちのことを気づいているかどうか。駅前で自分が見た限りでは向うは気づいてなかったが、その後熱海支店の行員が大衆食堂に入ってきて新聞記者といっしょに居る自分を見ているので、あるいは、その辺から、自分が熱海に行ったことが相手に分っているのかもしれぬ。

加藤が云う自由な時間がもてていいというのも、なんだか勝手な動きをしているのを指しているようにも思われないでもない。とにかく修二のほうで相手の言葉がいちいち素直に聞けないのだった。

加藤の案内で通されたのは広い立派な部屋であった。室内の装飾も簡素ながら凝っている。ここは支店なので頭取室も役員室もないが、この部屋は東京での役員会議、頭取が客と会う際などに使用されるのだろう。加藤はすぐに消えた。

修二は少し気持が静まってきた。椅子《いす》に坐《すわ》ってみると、案外度胸がついた。彼はやがて現われる花房頭取を静かな感情で待つことができた。

その花房頭取は、ものの五分も経《た》たないうちに加藤を従えて入ってきた。

修二は眼《め》の前に坐った頭取を見て、やはり熱海の駅で加藤といっしょにいたあの顔だと合点した。あのときは車に乗りこむ横顔をチラリと見ただけだったが、間違いなくその同じ顔が正面を見せてくれている。

小肥りの身体に円い顔だった。童顔と云《い》っていい。耳の上に白髪《しらが》がまじっているが、それがこの若い銀行頭取に貫禄《かんろく》を加えている。血色がよく、眼もとにも口もとにも柔和な微笑があった。

「花房です」

と、頭取は落ちついた渋い声で云った。

「あなたの絵は前から拝見して、少し買わせてもらっていますよ。芸苑画廊の千塚君を通じてね。それから、あなたの噂《うわさ》も千塚君から聞いています」

「拙《つたな》い絵を買っていただいて申訳ありません」

修二は丁寧に挨拶《あいさつ》した。

「いや、なかなか面白いです」

ここで頭取は椅子の片方に腕を投げ、身体をやや反《そ》らせるようにした。

「そうですな、あなたの絵は、もう、ぼくのほうに十点以上は来ていますかな」

頭取が煙草《たばこ》をとり出すと、加藤が如才なくライターをつける。

「頭取。正確には十二点でございます」

と、修二の絵の数を云った。

「ほう、もう、そんなにあるかね。山辺さん。あなたの絵をそれだけの数ひとりで持っているのは、今のところぼくだけでしょうね」

と、煙を吐いて笑った。

「どうも」

修二はまた頭を下げた。好意を持ってくれる相手だから、これは正当に感謝しなければならなかった。

「ほかからもあなたの絵を欲しいと云ってきているでしょうね。それでだいぶ忙しくなっているんじゃないですか？」

頭取は訊いた。

「いいえ、それほどでもありません。芸苑画廊の千塚さんからつづけて描くようにとは云われていますが……」

「それはぼくが頼んだのですよ。絵の安いうちに少し買溜《かいだ》めをしておこうと思いましてね」

と、再び笑って、

「しかし、ぼくが絵を買えば、ほかにもそれに誘われて買う人が出てくるはずですがね。今までもそういう例があったのですよ」

頭取がそう云ったとき、傍《かたわ》らの椅子に坐っていた加藤がすかさず、

「山辺さん。それは本当ですよ。頭取は絵の鑑賞力が高いので、頭取がお買いになれば大丈夫だというところから、今まであまりぱっとしなかった画家の絵が流行《はや》り出したことが一再ではないのです」

と、註釈《ちゆうしやく》するように云ったが、秘書特有の洗練されたお世辞だった。

「ところで、山辺さん」

頭取は加藤の云うのを少しうるさそうに振切って、

「今日あなたをお呼びしたのはほかでもありませんが、あなたにひとつ風景画を描いてもらおうと思うんですよ」

と、彼の顔を眺《なが》めた。

「風景画ですか。それは描かないでもありませんが、大きなものですか？」

修二は案に相違した。花房頭取が遇《あ》いたいという目的を今まではあれこれとカングっていたのだが、向うではまさに絵の愛好家としての注文であった。まだ油断は出来ないが、高森元支店長のことも、玉野文雄のことも、それから普陀洛教団のことも頭取の唇《くちびる》にのぼる様子はなかった。

「そうですな、八十号から百号ぐらいはどうです？」

頭取は云った。

「百号、それは相当大きなものですね」

「やってみますか。むろん、材料費その他いろいろご都合もあると思いますから、そのぶんは前もってご用立てしてかまわないんですよ」

「それはどちらでもいいんですが……その風景画には、何か特に場所のご指定がありますか?」

「希望がないでもありません」

こう云って花房はしばらく黙り、煙草を吸うのを愉しむようにした。

このとき修二は、花房頭取の顔をどこかで見たような感じがした。熱海の駅で見たときの記憶ではない。もっと身近なもので、それも最近同じような顔を描いた記憶があるようだった。あれは誰だっただろう。肖像画のような本格的な絵ではなく、もっと気楽な、走り描きのスケッチだった。

しかし、すぐには思い当らない。最近、人物をモデルに顔を描いた記憶がないのである。いや、あるとすれば、それは女だった。人の話を聞き、そのイメージで絵にした萩村綾子がある。二重瞼の顔だった。だが、花房の顔はそれとは全く違う。……

「やはり、なんでしょうな、あなたは風景画もお得意なんでしょうな?」

花房頭取は修二の思惑に頓着《とんちゃく》なく、相変らず微笑を湛《たた》えて質問をつづけた。

修二は受け答えする一方、花房に似た顔をどこで描いたのか、その記憶をしきりとまさぐっていた。

「実は、これはぼくがあなたに直接お願いするわけではないんです」

花房頭取の声が修二の耳に上《うわ》すべりして聞える。

「え、それではほかの方からの注文ですか？」

「そうなんです。いずれ、これからお話しますがね」

頭取は一旦《いったん》、言葉を休み、眼の前の茶碗《ちゃわん》をとり上げた。

その俯向き加減の顔の位置から、修二はやっとおぼろな記憶の根源に突き当った。と同時に、なんだ、と思った。

前に描いたのは姉の子の良一ではないか。——

小さな甥《おい》にせがまれて自動車の絵など描いてやったとき、ふと、その幼い顔に興味を覚えて三、四枚いたずら描きの写生をした。いま花房頭取が茶碗を取るため顔を動かしたのが、あのとき少しもじっとしていなかった甥の顔と重なったのである。そうした頭取の顔のポーズも甥のそれと同じになり、そこに特徴の相似を見たのである。

そういえば似ている。修二は発見したような気持になり、花房頭取に子供がいれば甥の良一の顔に似ているのではないかと思った。

だが、所詮《しょせん》はこれは他人の空似である。世界中の何十億の人間の顔は悉《ことごと》く同一でないが、顔面における眼、鼻、口の布置が変らぬ以上、部分部分に近似性が見られるのは当然であろう。

「あなたは、なんでしょうな、やはり風景でも写生でないといけませんか？」

頭取は茶碗を置いて顔をあげた。その正面を見ていると、さっきの発見をきっかけとして小さな甥にますます似ているようである。

「それはやはり実際の景色に接してスケッチするのに越したことはありません」

修二はおかしな気持になりながら答えた。

「しかし、必ずしも実地を見なくても想像で描ける場合だってあるでしょう？」

頭取は云った。

「想像画ですか。……ある程度、テーマをもらえれば必ずしも出来ないことはありません。だが、その場合、イメージに必要な資料はほしいですね」

頭取の云う風景画の注文主は誰だか知らないが、その場所が遠くて画家が行けないので、写生に依《よ》らない依頼をしているのかと思った。すると、それは国内ではないかもしれぬ。国内だと、そんな大作を頼む相手だから画家の旅行費用ぐらいは都合つけるだろう。だから、それは外国の景色かも分らない。

「それはそうでしょうな。やはりイメージがつかめないと絵には描けませんね」

頭取はひとりでうなずいたが、

「だが、ある程度の話だけでも想像で描けるでしょう。画家の空想力の問題になりますがね」

と笑った。

「それは描けないことはありませんが、まるきり空想でも困ります。絵描の空想と注文主のイメージとがかけ離れていては気に入らないでしょうから」

「そこは事前に相手側の意向をよく聞いて相談してもらうんですね」

「分りました。それをお引受けするかどうかは別として、先方のお話を直接に伺いましょう」

修二は云った。

「そうですね。そうして下さい」

そうして下さい、と云ったきり花房頭取はもう一度湯呑《ゆの》みを握り茶を啜《すす》った。

傍の加藤秘書はさきほどから傍聴している。頭取が何か用事を云いつけるか、ちょっとした動作の合図をすれば、いつでも腰をあげる姿勢でいた。

修二は、花房が茶を喫《の》み終るのを待った。待っているのは、その大作を注文する相手の名前である。それを早く聞きたい。

銀行の頭取が紹介するのだから、相当な地位の人か、金持には違いない。頭取は個人的にも、また、銀行という業務上からも、そういう階級の人と交際がある。

だれか適当な画家はいないかと相談をうけた絵の好きな頭取が、あいつがいいでしょうねと山辺修二の名前を挙げたのかもしれぬ。値段の点で、中堅クラス以下、将来性のある新人という条件を先方が云い出したときに、その話になったのだろう。その絵描なら自分が作品を買ってやっているのでよく分っている、描かせて損はない、実は将来を愉しみにしているんです、と云う花房の声も聞えそうであった。

若い画家なら冥利《みょうり》に尽きる話である。

花房頭取はようやく茶を喫み終った。顔を上げて修二の眼と合うと、何となく咳《せき》を一つした。

「ぼくがあなたに紹介しようという先は」

と、頭取は眼の前の函《はこ》から煙草を一本取った。

「宗教団体でね。あなたは知っているかどうか分らないが、真鶴に普陀洛教というのが本部を置いている。その普陀洛教団から頼まれたのです」

修二はあっと思った。その顔色を素早く見た頭取は、

「知っていますか、その教団のことを?」

と、正面から眼を向けて訊いた。

「はあ、名前だけは」

と、修二は軽い混乱の中で答えた。

「そう、やっぱりね」

頭取はうなずいた。そのうなずき方が修二に解釈を迷わせた。熱海に行ったときの出来事が頭に強く入ってくる。

「有名な教団ですから、新聞や雑誌などで見た記憶があります」

修二は一応そう答えた。

熱海のこともあるし、東京支部のこともある。また死んだ高森元支店長の跡を追って歩いたこともある。それを花房が知っているかどうか、その辺のところも分っていない。これまでのところ、想像だけのひとり相撲と云っていい。急に普陀洛教団からの風景画の大作の注文を紹介すると云った花房の言葉をどのように解釈すべきか、修二は方向が定まらなかった。

「普陀洛教団は初代教祖のときに爆発的な発展をしたのですがね、当時はずいぶん世間の話題になりました。だからあなたの記憶にあるのは当然です」

と、頭取は言葉の上で修二の答えを承認した。

「そこで、ぼくが先方から頼まれて絵描さんを推薦してくれと云われているのです。ぼくの勝手だが、まず白羽の矢をあなたに立てておいたんですがね……」

「それはどうも光栄です」

と、修二は頭を下げた。

「ぼくは先方の意向の大体のことは聞いているが、それを取次いであなたに話すよりも、あなたが直接先方から聞いてもらったほうがいいと思います。間違うといけないし、あなたに絵の図柄《ずがら》やその他で余計な先入観を与えては困りますからね」

「はあ。その風景画というのは、普陀洛教の本部のある真鶴の景色でも描くのでしょうか、その本部の建物などをとり入れて?」

「いや、そうではないのですよ。さっきも云ったでしょう、それは想像画だということを……」

「あ、そうでしたね」

と、修二は気づいた。頭取は、

「つまり、一種の宗教画ですね」

と云う。

「宗教画？」

「まあ、そう云えるでしょうな。普陀洛教団も宗教ですからな。それに因《ちな》んだ絵には間違いない。普陀洛教団本部がお願いするのだから、まさか日本や世界の名所地ではありません」

「そうすると、たとえば、教義に則《のっと》った聖地みたいなものを描くのでしょうか」

修二は、東京支部でもらった普陀洛教のパンフレットのさし絵を思い出した。

――海に囲まれた島がある。島には突兀《とっこつ》たる霊山が聳《そび》え、その中腹には瑞雲《ずいうん》がかかっている。山あいには珍奇なる樹木が茂り、名も知れぬ美しい鳥が飛び交っている。海にはきれいな魚が群れている。山道を登り詰めたところには壮大な伽藍《がらん》が層々と聳えている。

これは南画の構図である。油絵での表現には不向きである。西洋の宗教画では、風景は人物の背景でしかない。それでも天の一角から射《さ》しこむ数条の光線の中に山と森と平原と泉とがなごやかな色彩の調和のなかに模糊《もこ》としてぼやけている。その靉靆《あいたい》たる雰囲気《ふんいき》に神秘性を表現しているのだが、東洋の宗教的な荘厳性《そうごん》には及ばぬ。西洋の宗教画は光線の明暗だが、東洋の宗教画は雲霧の水蒸気に包んでいる。洋画のそれは視覚に説明的だが、東洋画は瞑想《めいそう》的である。

補陀洛山の図を油絵で描く場合、この空想画は説明的に傾き、滑稽《こっけい》な写実画に終りそうな気がする。――全く、これは自分の得手《えて》ではないのだ。

ふだんなら、ただちに断るところだが、修二は勇気を出した。絵の失敗よりも、普陀洛教団の中枢《ちゅうすう》に接近する結果に価値を置いた。

「聖地？」

花房頭取は微笑して聞き咎《とが》めた。

「あなたは普陀洛教団の聖地のことを知っているんですか？」

「よく分りませんが、前に教団のパンフレットをもらったことがあります。それには、普陀洛教というのは観音信仰で、その聖地は昔からインドかどこかの南の海だというように読んだと思います」

修二は、東京支部に行ったことをあまり隠していても、あとになって不都合が生じるかもしれないと考えてそう云った。殊《こと》に、これから本部の人に会うというなら、なおさらである。

ここで修二は普陀洛教団と光和銀行との関係を聞く機会をつかんだと思った。相手は頭取だ。こんなチャンスは滅多にない。

「頭取さんは普陀洛教の信者でいらっしゃるんですか？」

この質問を受けて花房はうろたえもせず、静かな微笑を返した。

「いや、ぼくは信者ではありませんがね。しかし、あの教団とは商売上の取引があるんです」

頭取はチラリと横の加藤秘書をかえりみた。椅子につくねんと掛けている加藤は眼もとを笑わせた。修二の質問に両人が何となく微笑を交したという情景だった。

「つまり、こうですよ」

と、頭取は眼を修二のほうに戻し、

「われわれ銀行屋は、金のあるところにはいつも眼をつけているんです。普通の家庭だってそうでしょう。三つも四つもの銀行が預金をしてくれと誘いに行っている。銀行界は預金獲得競争が激しいんです。どうして普陀洛教団のような組織に銀行屋が眼をつけないはずがあるでしょうか」

「…………」

「あの教団は、ほかの宗教団体がそうであるように、信者からの金がうんと集っています。大口の寄付や、信者の月々の会費といったものが、あすこには唸《うな》るほど転がりこんでいます。なにしろ全国に十数万人の信者がいるんですからね。毎日のように各支部から、あるいは信者自身から送金されている。まあ、日銭《ひぜに》のようなものですな。したがって、どこの銀行も普陀洛教本部と取引をしたいと、当初は猛烈な競争でした。うちは会長が頭取のとき、あの教団の初代教祖に特に働きかけて逸早《いちはや》く熱海に支店を出したのです。真鶴とあまり遠くない熱海にすれば、ホテルや旅館はいっぱいあるし、他行とのそのほうの預金獲得競争にも参加できるし、一挙両得というわけです。そんなわけで、取引の上でうちの銀行と普陀洛教団とは非常に親しいのです。信者では決してないが、やはり商売上、いくらか教団にはシンパ的な立場を取らないわけにはゆきませんな」

正当な理屈だった。聞いてみて少しも不自然ではない。

だが、修二はむろんそれでは納得出来なかった。心からうなずくにはあまりにも光和銀行に関連する奇怪《きっかい》事が多すぎる。そして、その悉くが普陀洛教団と何らかのつながりがあるのだ。頭取の説明は誰にでも向って発言する公式的なものに思えた。

しかし、たとえ、それがある事情を隠すに必要な正当化であろうと、修二は、教団に接近するためには頭取の云う紹介者に会わなければならなかった。そこから今までの謎《なぞ》が解けてゆくかもしれない。

「分りました」と、修二は答えて、いよいよ真鶴に行く覚悟を決めた。

「では、二、三日のうちに普陀洛教団の本部に参りたいと思いますが、本部のどういうお方にお目にかかったらいいでしょうか?」

頭取はうなずくと、加藤秘書にちょいと顎《あご》をしゃくった。

今まで静かに待っていた加藤は椅子から素早く起ち上ると、自分のポケットから小さな封筒を出して頭取に渡した。

花房は、封のしてないその角封筒から一枚の名刺を出し、

「これはぼくの名刺ですが、あなたが伺ったらよろしくお願いするという意味の紹介文句を書いておきました。あなたが会う先方の人の名前も名刺の肩に書いてある。よく見て下さい」

頭取は封筒といっしょに名刺を修二に渡した。

「どうも」

名刺を受取って眼を落としたとき、修二は危うく叫ぶところだった。

頭取の名刺の左肩に、

「玉野文雄様」

と、万年筆の文字があった。

わが眼を疑ったというのはこのことである。修二は、動揺する自分の顔色を頭取に見られない苦心だけでいっぱいだった。

「この方は……」と、修二は自分の声まで変っているのが分った。

「普陀洛教本部の方ですか？」

「そうです。本部の宗務局宗務主任をしています」

　これにも二の句がつげなかった。

　玉野文雄が普陀洛教東京支部に身を潜めているのではないかという想像は早くから修二にあったが、まさか本部の宗務主任になっていようとは予想もしてなかった。

　しかし、そんなことよりも彼の当面のおどろきは、眼の前にいる花房頭取から生命保険代理業桜総行を叩《たた》きつぶされ、追放された玉野が花房と意外に友好関係をつづけているという事実だった。これは今まで修二が築き上げていた想像をいっぺんに覆《くつがえ》したことだ。

　玉野は花房頭取に対して反感と敵意とを持っていたと、修二は今まで信じていた。義兄が殺されたのも、あるいは花房の関係から玉野が狙われて間違えられた殺人事件と推定していたのである。玉野は、その危険を察して身を隠していると思っていた。そして玉野は秘《ひそ》かに花房に対して何らかの報復に出るものと推察していた。そのことごとくがこの名刺の事実でいっぺんに崩れ去った。啞然《あぜん》となったというのはこのことだった。以前玉野のことを加藤に聞いた時、「よく知らない」という返事だったが、なんと加藤はあたかもそんなことがなかったようにふるまっている。——

修二は、どのような挨拶をして花房頭取と別れ、光和銀行東京支店を後にしたのか、よくおぼえていない。混乱した頭は、そのへんをぼんやりとさせてしまった。

修二は、その後の花房頭取との問答だけをおぼえている。

——玉野文雄という人を頭取さんはよくご存じですか。

——もちろん、よく知っている。ですからあなたを紹介するんです。

——近ごろ玉野さんにはお会いになっていますか。

——ときどきね。

——玉野さんは教団本部で寝起きしておられるんですか。

——教団直属の役員住宅があるんです。

——では、そこに奥さんも一緒におられるんですか。

——もちろん、おられるんでしょうね。

「いらっしゃい」

ふいに大きな声をかけられた修二は、はじめて自分が芸苑画廊の店内に入っているのに気づいた。

奥のほうから千塚が出てきて、

「やあ、いらっしゃい」

と、修二に眼尻《めじり》の皺《しわ》を寄せ、黄色い歯を出して笑った。今日の千塚はご機嫌《きげん》らしかった。

いつもだと奥の事務室に陣取って、訪問する修二クラスの画家なら横柄《おうへい》にそこに通させるのだが、今は自分から起《た》って出てきている。

それとも店にいいカモでも来ているのかと思って見回したが、ゴテゴテとならんでいる額縁の前には客ひとり居なかった。

「さあ、まあ、どうぞこっちへ」

と、千塚は修二を奥に導くように背中を回した。小肥りの彼の臀《しり》は中年女のようにたるんでいた。

「茶を持っておいで」

千塚は女の子に云いつけると、引出しから煙草をとり出し、修二にすすめようとしたが、彼がパイプをとり出したので、その煙草を自分の口に持って行った。

「花房頭取と会われての帰りでしょう、どうでした、印象は？」

千塚は早速に首尾を訊いた。

「どうもありがとう。これからお話します……」

修二は煙を吐いた。大作を注文する普陀洛教団を花房が紹介してくれる。その話を千塚の反応と合せながら報告せねばならなかった。

ところで、千塚のその顔は近ごろとみに貫禄を加えたようであった。画商の仲間にも古株として重さが加わってきたせいもあろうし、年齢的にも大店《おおだな》の主人といった容貌《ようぼう》に近づいている。最近、絵が静かなブームになっているせいか、画商がふえた。それだけに失敗して廃《や》めるのもいたりして新陳代謝が激しいが、芸苑画廊ぐらいになると安定もすでに久しい。その安定が千塚の顔にも落ちつきをもたせている。

修二は癖で、話しながら対《むか》い合っているその顔を心の中でスケッチしていた。テカテカと光る広い額、下がり気味の太い眉《まゆ》、笑うと糸のように細まる三角形の眼、肥えた鼻、厚い唇、真ん中に窪《くぼ》みのある顎……見えない鉛筆が頭の中に動いていた。

その素描が、さっき花房頭取の顔に小さな甥の良一との相似のあったことを修二に思い出させた。——良一は父親似である。良一が父親似というのは、だから、良一の父、修二の義兄の依田徳一郎と花房頭取の顔とがよく似ていることになる。……

人間の顔はさまざまだが、大体、円顔と長顔との二つに分けられるし、その中からいくつかの分類が求められる。したがって、人間の顔を描く場合、大体、どの型の分類に当てはまるかが決る。その上で相手の個性を付加する。一見複雑にみえる人間の顔も絵に描く場合、この方法だとそれほど厄介《やっかい》ではなくなる。

千塚の顔と、花房や義兄の顔は全く違っている。

玉野文雄はどんな顔つきだろうと思う。実際、萩村綾子のことは姉をはじめ他人の話でイメージが取れたし、事実、その後本人を見て分ったのだが、玉野に至ってはどんな顔だかくわしくは聞いていなかった。その玉野にはいずれ近いうちに真鶴まで行って会わなければならない。

玉野が普陀洛教団の役員をしていたと聞いた衝撃は、今でも修二の気持に残っている。この芸苑画廊に来たのも半ばふらふらと足を運んだようなものだった。玉野のことが気にかかるのは当然で、千塚と話しながらもどうかすると会話がうわすべりしてくる。

「頭取に会って、あんたの絵の催促の話が出ませんでしたか？」

と、千塚は訊いた。

「いや、それよりも注文の絵の紹介を受けましたよ」

修二は話しながらパイプの吸口を唇から放した。

「注文の絵って何です？」

と、千塚はけげんな顔をしている。

「おや、千塚さんは頭取からその話を聞いてなかったんですか？」

「一向に」

修二は、どうして花房が千塚にそのことを云わなかったのかとふしぎに思った。大体、出入りの画商を通じてこういう話は持ちこまれるのが普通である。花房は単なる紹介だけだが、それにしても千塚に事前に何か一口云っておいてもいいはずである。あるいは花房はあとで千塚に話すつもりでいるのかもしれない。いずれにしても、普陀洛教団からの注文は芸苑画廊を通じてということになるであろう。

「思いがけない話でした」

と、修二は花房の話を千塚に伝えた。

「ほう、普陀洛教団がね？」

千塚はちょっと眼を伏せて考えていたが、すぐに元の顔に戻って、

「多分、頭取は、わたしに話す前に早くあんたの意向を聞きたかったのだろうな。詳しいことはあとからわたしのところにも話があるに違いない」

と、千塚も自分を納得させるように云った。

「そうだと思います」

千塚に悪いので、修二もそう答えた。

「八十号から百号とは大作だが、あんた、価格の点はどんなふうに云ったのですか？」

千塚は、自分の商売だから気がかりげだった。彼としても注文主と画家との直接交渉は好ましくないし、これまでの行きがかり上、自分が画家の面倒をみるという権利を意識している。画商をさしおいて素通りされてはたまらないといった気持だ。

「いずれ、その点は千塚さんにお任せしようと思っているんですが」

修二は云った。

「そりゃあんたの口からは先方には云いにくいでしょう。わたしがあんたのために交渉してあげますよ」

千塚はうなずく。

「花房頭取の紹介ですが、花房さんもその点は千塚さんに任されると思いますよ」

「もちろん、花房頭取の蒐《あつ》める絵はわたしのほうで扱っていますからね。殊にあんたの場合だ。頭取はきっとわたしに相談されます」

千塚はそう云って、思いついたように煙草を取り、

「普陀洛教団ですか。あすこは金を持っているから、少しふっかけたほうがいい」

と、口もとにうすい笑いを浮べた。画商としてもこれは逃してはならない商売であった。

千塚のほうは花房とは何もかも型が違うなと、修二は心で彼のスケッチを描いている。

「千塚さんは普陀洛教団のことをよくご存じですか?」

と、修二は心のスケッチと竝行《へいこう》しながら問題に入って行った。

「よくは知っていないがね、噂は聞いている。だいぶ金がだぶついている教団ということもね」

その云い方は信者の言葉ではなかった。だが、それを正直に取るには早すぎた。えてして新興宗教の信者には妙な照れ臭さもあって、自分がそうだとは他人に云わない場合がある。

「花房頭取は普陀洛教団とは親しいということですが、それはやはり銀行の取引からだけですかね。もっと教団のほうに関心を持っているんじゃないですか?」

「そりゃ単に取引の上だけでしょう。普陀洛教団は光和銀行にとっても有力な預金源だからな。銀行としては得意先のご機嫌をとり結ばなければならない。その意味で多少は光和銀行も教団に外交辞令を使っているかもしれないが、やはりそれは商売として割切っているんじゃないかな。あの花房頭取が教団に深入りしているとは思えませんよ」

「そうですか。しかし、ぼくは意外な人が普陀洛教団の信者になっていると聞いたことがあ

ります。一般にはそれが分っていないが、名前を聞いてびっくりするような人も信者にはいるそうです」

あんたもその一人ではないか、という眼差《まなざし》を修二は千塚に向けた。

「そうかね。一向に聞いてないが」

と、千塚は煙草の灰を皿に落とすために眼を伏せた。

「だから、ぼくは千塚さんのような人も信者になっているかもしれないと思ったのですよ。その話を聞いてね」

「冗談じゃない」

と、千塚は眼をあげて修二を見た。それは糸のように細まっていたので表情が隠れていた。

「わたしは宗教心は全くありませんよ。そりゃ一応門徒宗ということになっていますがね。これは先祖からのしきたりで、べつに信仰があってのことではないんです。これは日本人のほとんどについて云えることじゃないですかな。何か仏事があったら、ああ、そうか、自分は真宗だったとか、法華《ほっけ》宗だったというのを思い出すようにね」

「それはそうですね。ぼくのところは天台だが、やっぱりそういうときにしか思い出しません」

修二は、義兄が殺されたときの葬儀がやはり天台で、荘厳な儀式だったことを思い出した。

「ところで……」

と、千塚は話を本題にひき戻すように、

「あんたのさっきの話では、普陀洛教団の注文は風景画でも仏教の未来図のようなものでしたな。それを油で描《か》くとなると新しい絵ができるわけだが、あんたにはもうおよその腹案でもできていますか?」

と、修二を遠くから眺めるような目つきで訊いた。

「いや。なにしろ、たったいま聞いたばかりですからね。腹案も何もありません。とにかくこれから普陀洛教団の本部に行って、先方の希望を聞いた上で考えをまとめることにします。万事はその上のことです。先方があんまりぼくの気に染まない注文ばかりつけるようでしたら、お断りするだけですよ」

「なるほど。妥協はできないというわけですな」

「妥協はできるだけするつもりです。なにしろ宗教画というのはぼくもはじめてですからね。新しい試みにはいつも魅力を感じます。妥協のできる範囲内で野心作を志したいと思うんですよ。そのためにはこれまで伝わっている浄土未来図といった仏画も参考にできるだけ見ておきたいと思います。いろいろ研究した上で構図をまとめたいと考えてますが、まだ先方に会ってないですからね。いまは何も頭の中にありません。けど、折角、花房さんに紹介されたことでもあり、ぼくとしては何とか描かせてもらいたいですね」

「ぜひそう頼みます。そうすれば、わたしも花房さんに顔が立ってありがたいです。なにしろ、花房さんにあんたの絵をすすめたのはこのわたしだし、花房さんもあんたの絵のファンになったんだからね」

千塚は画商として画家に恩を売ることも忘れなかった。また、百号くらいの絵だと千塚にはかなりの儲《もう》けにもなるのである。

芸苑画廊が間に入るとなれば、千塚もいずれは先方と値段の交渉をしなければならない。修二は画料その他の条件を一切千塚に一任することになろう。当然、千塚は先方とその交渉のために会わなければならぬ。

——このとき、千塚の傍《そば》の電話が鳴った。

千塚は受話器を耳に当てたが、先方の声を聞くとすぐ、商人らしい笑顔になった。

「先ほど山辺さんがお伺いして頭取さんにお会いしたそうですが、どうもいろいろお世話になりました」

話の具合では光和銀行の加藤秘書からのようだった。

「はあ、いま、ここに来ておられます。承知しました。……あの、いずれ頭取さんにお目にかかってお礼を申しあげますが。はあ、大体のことは、いま、山辺さんからお話を伺ったばかりです。少々お待ち下さい」

受話器を修二のほうに差出しながら、

「加藤さんからですよ」

と、千塚は云った。修二は耳に受話器を当てた。

「山辺です。先ほどはどうも」

「いや、失礼しました」

と、加藤の声がにこやかに伝わった。

「早速ですが、あなたがお帰りになってすぐ、頭取が真鶴に電話されたのです。教団本部のほうに山辺さんがいつ伺ったらよろしいかという都合を訊《き》かれたんですがね。そうすると、先方では、よろしかったら今からでもお目にかかりたいと云われたんですが、あなたのご都合はどうでしょうか？」

「今からですか」

もう夕やみがせまっていた。この時間だと日帰りは無理である。しかし修二は、会うなら早いほうがいいと思った。玉野文雄に直接遇えると思うと、急に心がはずんだ。萩村綾子の顔が流れる。

「今からは無理ですが、明日の昼ごろにでも着くように電車に乗ることにします。あの、お会いする方は玉野文雄さんでしたね？」

修二はたしかめた。

「そうです、そうです」

加藤はケロリとして云った。

このとき、修二は加藤のそのとぼけたような口調から、思わず準備もしていなかった言葉が出た。

「加藤さん。玉野文雄さんというのは、いつぞやぼくがあなたにお訊きした、あの玉野さんのことでしょう？　あなたの銀行に元おられた考査課長の玉野さんでしょう？」

質問の語気も強かった。

——さっき頭取に会ったとき、花房は修二の会う相手は普陀洛教本部の宗務局宗務主任の玉野文雄だと云った。あまりに不意のことだったし、意外だったので、修二は言葉を失ったものだ。あのときは加藤が横に居た。本来なら、あの場でこの質問を加藤に対《むか》って放つところだったが、あのときの予期しない花房頭取の言葉ですっかり動揺してその余裕を失った。それに頭取の前だという意識も手伝い、加藤にそれが訊けなかった。

しかし、今はその動転から立直っている。ただ奇怪なことだという気持だけが残っている。その矢先、加藤が何も知らないような口調で教団に行ったら玉野に会え、と云ったので修二も千塚の前を忘れたのである。

「ええ、まあ、そういうことですが……」

加藤は果してたじたじとなって答えた。

「玉野さんはいつ普陀洛教本部に移られたのですか?」

修二は追及した。この前、その用事で加藤に会ったときにとぼけられたことから腹が立っていた。

「さあ、ぼくはよく知らないんですよ……」

加藤はやはり曖昧《あいまい》だった。

「しかし、この前、玉野さんのことであなたに伺ったとき、あなたは何もそんなことはおっしゃいませんでしたね」

「いや、あのときは実際、ぼくも何も知っていなかったんですからね……」

「そうすると、頭取さんだけが分っていたというのですか？」

「いや、山辺さん。そのことではいずれあとで話します。……実はいま横に人が居ますのでね」

と、加藤はわざと低い声を出した。果して横に人が居るや否《いな》や分ったものではなかった。加藤の一時逃れと思われた。つづいて、

「しかし、山辺さん。ぼくは実際、玉野さんという人はよく知らないんですよ。それは、この前もあなたに申しあげたでしょう」

と、加藤は云った。

しかし、今はそれが逃口上だったということが分った。加藤はたしかに玉野のことをよく知っている。花房頭取にぴたりと付いている彼が、花房と玉野の線を知らないはずはなかった。

電話を切ったあと、ふと見ると、千塚が眉の間に皺をよせて俯向き、新しい煙草の先にマッチを燃していた。吸いさしの煙草が灰皿の上にまだ残っているというのに。……

松本清張著

小説日本芸譚

日本美術史に光彩を放つ10人の名匠たちの生身の人間像を創造し、彼らの世俗的な葛藤を、共感を伴いながらも冷静にみつめた異色作。

松本清張著

或る「小倉日記」伝

芥川賞受賞　傑作短編集(一)

体が不自由で孤独な青年が小倉在住時代の鷗外を追究する姿を描いて、芥川賞に輝いた表題作など、名もない庶民を主人公にした12編。

松本清張著

黒地の絵

傑作短編集(二)

朝鮮戦争のさなか、米軍黒人兵の集団脱走事件が起きた基地小倉を舞台に、妻を犯された男のすさまじい復讐を描く表題作など9編。

松本清張著

西郷札

傑作短編集(三)

西南戦争の際に、薩軍が発行した軍票をもとに一攫千金を夢みる男の破滅を描く処女作の「西郷札」など、異色時代小説12編を収める。

松本清張著

佐渡流人行

傑作短編集(四)

逃れるすべのない絶海の孤島佐渡を描く「佐渡流人行」、下級役人の哀しい運命を辿る「甲府在番」など、歴史に材を取った力作11編。

松本清張著

張込み

傑作短編集(五)

平凡な主婦の秘められた過去を、殺人犯を張込み中の刑事の眼でとらえて、推理小説界に新風を吹きこんだ表題作など8編を収める。

隠《いん》花《か》平《へい》原《げん》（上）

新潮文庫　ま－1－61

平成八年二月一日発行

著者　松《まつ》本《もと》清《せい》張《ちよう》

発行者　佐藤亮一

発行所　株式会社　新潮社

郵便番号　一六二
東京都新宿区矢来町七一
電話　編集部(〇三)三二六六—五四四〇
　　　読者係(〇三)三二六六—五一一一
振替　〇〇一四〇—五—八〇八

価格はカバーに表示してあります。

印刷・二光印刷株式会社　製本・加藤製本株式会社

ISBN4-10-110967-2 C0193